Le programme D-X

DU MÊME AUTEUR

Le Projet Bleiberg, Éditions Critic, 2010
Le Projet Shiro, Éditions Critic, 2011
Les Vestiges de l'aube, Éditions Michel Lafon, 2011
Le Projet Morgenstern, Éditions Critic, 2013
Thunder : Quand la menace gronde, Rageot, 2014
Une nuit éternelle, Fleuve Éditions, 2014
Atomes crochus, J'ai lu, 2016
La Trilogie Bleiberg, J'ai lu, 2017

DAVID KHARA

Le programme D-X

Le succès n'est pas final, l'échec n'est pas fatal,
c'est le courage de continuer qui compte.

Winston CHURCHILL

Chapitre premier

Los Angeles, Hôpital privé Saint-Vincent.

Les premiers rayons du soleil s'insinuaient entre les deux gigantesques immeubles qui dominaient le parking bondé réservé au personnel médical. La multitude de fenêtres sur les colosses de béton et d'acier reflétaient le bleu pastel du ciel immaculé de cette fin d'été. La journée s'annonçait magnifique.

Virginia n'en profiterait pas.

Elle admirait l'aube naissante chaque matin en quittant son service sans jamais savourer les bienfaits qu'elle annonçait. Une fois sa nuit de travail achevée, un programme invariable s'offrait à elle. Près d'une heure de route pour rentrer chez elle, préparation d'un petit déjeuner express pour ses enfants, Eliott et Victor, une tasse de thé en solitaire une fois la maison désertée par les deux petits monstres, tout en lisant le mot doux écrit à son attention par son époux, Mario, déjà parti travailler. S'ensuivaient six heures de sommeil peuplées des fantômes d'une nuit passée en enfer puis un réveil douloureux avant de s'engouffrer dans la salle de bains afin de s'y refaire une beauté pour repartir au combat.

Le quotidien d'une infirmière de nuit œuvrant dans le service d'oncologie impliquait des sacrifices inimaginables pour la plupart des gens. La chair de sa chair grandissait sans elle, son mari vivait avec une ombre, ses amis lui reprochaient son indisponibilité. Les jours, les semaines, les mois et les années s'écoulaient inexorablement, au gré des patients, des soins prodigués et des défaites, trop fréquentes, face à l'acharnement de la mort à s'emparer de ses proies.

Mais au final, peu importaient la maladie ou l'épuisement, le désespoir ou la lassitude, le job n'attendait pas.

Peu importaient le sang, les excréments et la liste sans fin des sécrétions produites par les corps brisés dont elle avait la charge, le job n'attendait pas.

Et peu importait que l'être humain soit ramené, aux yeux du personnel hospitalier, à son expression la plus tristement biologique, le job n'attendait pas.

Virginia ressentait un peu plus chaque jour la morsure amère de l'abnégation et se réfugiait dans la conviction absolue que ses collègues et elle menaient une véritable guerre. Un conflit de l'ombre, oublié des médias, ignoré de la population jusqu'à ce qu'elle soit elle-même, directement ou à travers ses proches, confrontée à sa réalité la plus âpre.

Depuis l'obtention de son diplôme, dix ans auparavant, Virginia promenait son mètre cinquante, ses yeux rieurs, son sourire franc et communicatif dans les couloirs de l'hôpital. Petit bout de femme à l'énergie insoupçonnable au vu de son apparente fragilité, elle soignait les corps autant que les âmes, accompagnait les patients et leur famille, depuis l'annonce du cancer jusqu'au fréquent décès.

Seringues et canules constituaient son arsenal tout autant qu'humanité et compassion.

Cette nuit n'avait pas été plus rude qu'une autre, mais elle concluait une longue séquence. La politique de réduction drastique de la masse salariale menée par la nouvelle direction de l'établissement avait des conséquences désastreuses sur le personnel. Mobilisation durant les jours de congé pour pallier les absences, horaires à rallonge, conditions de prise en charge des patients dégradées… Litanie tristement classique des désagréments causés par l'incurie d'une administration totalement déconnectée de la réalité du terrain.

La grogne se répandait dans les services et soudait un peu plus les équipes, allant même jusqu'à faire disparaître l'ancestral clivage hiérarchique médecin-infirmière.

Tout en ressassant ses récriminations, Virginia consulta ses textos. Claire, sa meilleure amie et ex-collègue de jour partie travailler à l'autre bout dans un autre État, lui souhaitait une bonne fin de service et espérait la revoir bientôt. À quand remontait leur dernière soirée ? Deux mois ? Trois, peut-être.

Claire, jeune femme de quelques années sa cadette, formée par ses soins, belle comme l'aurore, débordante d'énergie, avait résisté sept ans avant de sombrer dans un alcoolisme ordinaire pour oublier les horreurs du métier. À un coma éthylique avait succédé un violent burn out. Les deux événements avaient sonné comme autant d'alarmes salutaires. Démission du monde hospitalier, nouveau départ au sein d'une ONG dans laquelle elle avait invité Virginia à la rejoindre le temps d'une mission.

Depuis, Claire avait retrouvé un poste à Seattle en même temps que le goût d'exercer.

Combien de temps Virginia tiendrait-elle ? Sans Mario, Eliott et Victor, elle aurait probablement déjà sombré. L'idée d'une reconversion en tant que kinésithérapeute mûrissait dans son esprit depuis des années. Peut-être était-il temps de sauter le pas...

Ses petites mains arrimées au volant du break familial, elle lâcha prise, comme tous les jours avant de rentrer chez elle.

Les larmes coulaient sur ses joues sans qu'elle parvienne à les retenir. En se regardant dans le rétroviseur intérieur, elle se demanda comment un corps aussi frêle que le sien pouvait en contenir une aussi grande quantité. La question, aussi absurde fût-elle, eut au moins le mérite de lui arracher un sourire. La perspective d'étreindre ses enfants acheva de lui remonter le moral. Entre deux sanglots, elle s'essuya les joues puis tourna la clef et démarra le moteur en reniflant.

Elle entamait la marche arrière quand un nouveau texto illumina l'écran de son smartphone.

« Tu as oublié tes papiers ! Je les pose sur ton casier. Bisous. »

Il sembla à Virginia entendre les intonations rieuses d'Emily, expéditrice du message et collègue de jour au tempérament solaire. Elle possédait une joie de vivre et un entrain que sa récente grossesse décuplait.

Pressée de récupérer son bien et de rentrer chez elle, Virginia sortit de sa voiture et se hâta jusqu'au bâtiment qui abritait son service. Elle traversa les halls déserts en ce début de matinée et dévala l'escalier sombre et étroit menant au sous-sol où se cachait le vestiaire des infirmières. Seul le claquement de ses sandales sur le ciment gris brisait le silence monacal des lieux.

Elle poussa la double porte à battants et déboucha dans la grande salle surchauffée qu'elle avait quittée un quart d'heure plus tôt. Le désintérêt de la direction pour le bien-être des employés se reflétait dans chaque coin de la pièce. Au plafond, la moitié des néons émettait un grésillement morbide tandis que l'autre moitié avait déjà rendu l'âme. Le linoléum se décollait et se soulevait en vagues propices à des chutes spectaculaires. De part et d'autre des murs dont la peinture s'écaillait en larges plaques, de longues rangées de casiers métalliques s'étiraient jusqu'aux cabines de douche.

Une légère angoisse saisit Virginia à l'idée que dans une douzaine d'heures, elle enfilerait à nouveau le pantalon et la blouse blanche qui constituaient sa tenue de travail.

D'ordinaire, une dizaine de femmes se changeaient simultanément. En y réfléchissant, elle se rendit compte qu'elle ne s'était jamais trouvée seule ici. Virginia se dirigea vers son casier plongé dans la pénombre. À chaque pas, son cœur accélérait un peu plus. Une peur muette s'insinua en elle. Les images des films d'épouvante dont Mario raffolait commençaient à la hanter.

Aucun maniaque portant un masque de hockey et armé d'une hache ne va surgir pour t'égorger, pensa-t-elle en pestant contre les goûts cinématographiques de son époux.

Amusée, un petit sourire aux lèvres, elle arriva devant son vestiaire et aperçut son portefeuille. Elle s'en emparait quand un grincement se fit entendre.

Virginia sursauta, porta les mains à sa poitrine, puis tourna la tête vers les douches situées cinq mètres plus loin, elles aussi étrangement plongées dans le noir. Une des portes s'ouvrit dans un gémissement douloureux.

Emily était recroquevillée sur le carrelage de la cabine, nue. Sa longue chevelure blonde tombait en cascade sur ses tibias fins. De légers spasmes secouaient sa tête, appuyée contre ses genoux serrés.

Elle sanglotait en silence, comme Virginia l'avait fait quelques minutes plus tôt. Celle-ci s'approcha pour réconforter sa collègue quand elle remarqua le filet de sang qui s'écoulait entre ses cuisses et se déversait en un flot ininterrompu formant une flaque noirâtre sur le linoléum.

Elle fait une fausse couche ! pensa Virginia.

Elle se précipita vers la malheureuse pour lui porter secours. Le temps d'un battement de cils, elle s'accroupit à ses côtés sans faire cas du sang qui maculait déjà son pantalon de lin beige. Tout en murmurant des paroles de réconfort, Virginia chercha le menton d'Emily pour lui relever la tête en douceur.

Le monde bascula en même temps que le corps inerte de la jeune femme.

Tel un pantin désarticulé, Emily vacilla avant de s'écrouler, ses grands yeux bleu clair fixés sur le plafond.

Une plaie béante déchirait sa gorge de part en part et de multiples lacérations barraient ses cuisses au point qu'il ne restait plus que des lambeaux de peau dont s'échappaient des chairs boursouflées.

Virginia sentit un cri monter en elle, mais il ne franchit jamais ses lèvres.

Une gerbe de sang jaillit de sa bouche.

Plus rien n'avait de sens. Ni le corps mutilé d'Emily ni la douleur intense provoquée par les multiples coups de la lame impitoyable qui s'acharnait sur son dos.

Les sourires de Mario, Eliott et Victor dansèrent devant ses yeux.

Alors Virginia pleura, pour la dernière fois.

Chapitre 2

Quelque part, au large de l'Irlande,
un mois plus tard.

Depuis plus d'une heure, le bateau fendait les flots enragés de l'Atlantique Nord. La coque percutait la surface de l'océan avec tant de fracas que le vieil homme se demandait par quel miracle elle ne se brisait pas en deux. Ses doigts parcheminés cramponnés au bastingage, il fouillait l'horizon de ses yeux bleus perçants à la recherche d'une terre qu'il se languissait de fouler depuis son départ, deux jours plus tôt. Il ne prêtait attention ni à la pluie glaciale ni au vent tranchant qui l'assaillaient sans répit.

Son esprit naviguait sur des eaux plus clémentes. Ses sens, sous des cieux bienveillants. Soixante-quatre ans plus tôt, il voguait en direction d'Israël, avec tant d'orphelins en quête, comme lui, d'une nouvelle famille, d'une nouvelle chance. Un nouveau départ dans un monde dévasté par la fureur d'un conflit planétaire.

Minot effronté et audacieux, le jeune Franck Meyer jouissait déjà d'un esprit vif et indépendant. Il avait onze ans lors de cette traversée.

Aujourd'hui, six décennies plus tard, il conservait ces qualités. Elles seules auraient suffi à lui conférer une jeunesse physique étonnante. Pour qui le rencontrait, le Pr Meyer, éminent scientifique, enseignant émérite, titulaire d'une chaire prestigieuse de la non moins prestigieuse Université de Chicago, évoquait un fringant quinquagénaire plutôt qu'un vieil homme fatigué.

Sur cette coquille de noix perdue entre les côtes irlandaises et une île obscure qui refusait obstinément de se dévoiler à travers la brume, Franck se revoyait sur le pont du paquebot. Il y jouait avec d'autres gamins quand son regard avait croisé celui d'un jeune homme assis contre une manche à air. Depuis le départ, des rumeurs bruissaient sur ce type d'une vingtaine d'années, plus grand que n'importe qui sur le navire. Si son imposante stature ne suffisait pas à le singulariser, son crâne chauve et ses sourcils rasés achevaient le travail. Des adultes affirmaient qu'il œuvrait pour l'armée anglaise, d'autres sous-entendaient qu'on lui devait la mort de criminels de guerre. Il n'en fallait pas plus pour que les enfants s'inventent mille histoires à son sujet.

Franck, lui, ne s'était pas contenté de simples élucubrations et avait abordé le géant tandis que celui-ci dessinait paisiblement, avec la ferme intention de découvrir la vérité. Une rencontre marquée au fer rouge dans l'esprit du garçon, comme tous ces instants qui, à jamais, infléchissent notre existence. Il ignorait, à l'époque, que sa curiosité influerait sur tant de destins...

Les volutes nostalgiques du passé se dissipèrent sous les aboiements de Bart, le berger allemand du capitaine O'Barr, le maître de l'embarcation. Franck flatta l'encolure du chien, tout juste sorti de la cabine.

L'animal se frotta au seul passager de la traversée, lui imposant une longue séance de caresses à laquelle le scientifique se plia de bonne grâce.

Le rugissement lugubre d'une corne de brume monta du bateau. Bart abandonna son compagnon de jeu pour se ruer vers la proue et aboyer à tout rompre tandis que la silhouette de l'île tant attendue se découpait sur l'horizon, débarrassée du brouillard comme par enchantement.

Pour un esprit romanesque, les éléments semblaient protéger l'endroit de la démence du monde. Il aurait pu y lire les présages d'un lieu maudit ou la promesse d'un éden caché, mais Franck n'avait rien d'un poète et encore moins d'un rêveur. Seules comptaient l'impatience qui le taraudait et la boule qui se formait dans sa gorge.

Dix minutes plus tard, il se tenait, sac de voyage sur l'épaule, sur un ponton perdu dans une crique au milieu d'une côte déchirée. Face à lui, la lande rocailleuse et inhospitalière s'étendait à perte de vue, balayée par un vent incessant.

Un instant, Franck se sentit submergé par l'insondable solitude exhalée par cette terre oubliée. En dehors de Long John Silver, qui n'aurait trouvé meilleur endroit pour y enterrer son trésor, seule une âme érodée par l'usure du temps et la folie des hommes s'installerait en tel purgatoire.

Franck suivit la direction indiquée par le capitaine O'Barr. Au bout d'une heure d'une marche pénible, rendue harassante par un terrain accidenté et d'impitoyables bourrasques, il aperçut enfin sa destination.

Une grande bâtisse tout en longueur se dressait là, improbable construction posée sur un sol où ne poussaient que de ternes fourrés et de lourds rochers. La maison s'étendait sur environ trente mètres. Des volets bleus constituaient la seule touche colorée, non seulement de la demeure, mais de tout le paysage alentour. Franck remarqua surtout les imposantes pierres de granit des murs. Ce constat en apparence anodin – il fallait au moins ce matériau pour supporter l'érosion imposée par l'air marin – arracha au scientifique un sourire ironique, qui s'accentua lorsqu'il avisa l'homme et la femme, assis côte à côte sur de petits tabourets, face à leurs chevalets respectifs, à quelques dizaines de mètres de l'habitation. L'incongruité de la scène découlait moins de leur présence, surprenante après une heure sans croiser âme qui vive, que de la différence de formats entre les deux individus. Cette vision illustrait un dimorphisme sexuel spectaculaire !

La femme ne devait pas mesurer plus d'un mètre soixante une fois debout. Elle se penchait vers sa toile, épaules voûtées, comme rabougrie, et paraissait déployer d'importants efforts pour tenir sa palette. Son voisin, lui, mesurait très exactement un mètre quatre-vingt-dix-huit une fois sa grande carcasse dépliée et il était deux fois plus large que sa voisine. Elle avait de longs cheveux blancs bouclés. Lui était chauve. Elle portait un gilet beige en maille épaisse. Lui se contentait d'un tee-shirt kaki. Elle peignait une mer azur sous un soleil éclatant dans un ciel constellé d'oiseaux. Lui esquissait une tour sombre sous une lune voilée par de lourds nuages gris.

Franck eut la déplaisante sensation de briser la paix dans laquelle ces deux-là évoluaient. Comme un oiseau de mauvais augure, envoyé pour rappeler à celui qui avait déposé les armes que seule la mort procurait aux guerriers le vrai repos.

— Bonjour, Franck.

Le géant parla sans décoller les yeux de son ouvrage. D'un coup de pinceau délicat, il appliqua une fine touche de rouge dans son ciel nocturne.

— Bonjour, Franck, ajouta la vieille femme en se tournant vers le nouveau venu.

Elle le gratifia d'un sourire avenant. À en juger par les rides qui sillonnaient son visage, elle devait avoir sensiblement le même âge que le scientifique. Le masque creusé par le temps ne suffisait pas à altérer sa beauté.

Franck s'approcha d'elle et lui serra la main en prenant garde de ne pas la briser tant elle semblait fragile.

— Ann, se présenta-t-elle d'une voix enjouée. Je sais qui vous êtes, il m'a beaucoup parlé de vous.

— Laissez votre chevalet, Ann, je le rangerai jusqu'à votre prochaine visite.

Poli, le message d'Eytan n'en était pas moins clair. Ann se dirigea vers la maison et disparut en la contournant. Franck s'émut de la grâce avec laquelle elle évoluait. Il la salua lorsqu'elle réapparut, au volant d'une voiturette électrique.

— Délicieuse.

— Effectivement, approuva le géant.

Ce dernier se leva lentement. Franck l'observa, saisi par la même émotion qui l'étreignait, enfant, face à cette force de la nature. Il daigna enfin se tourner et les deux hommes se retrouvèrent face à face, se dévisageant de pied en cap, jusqu'au moment, inévitable, où leurs regards bleus se rencontrèrent, impact silencieux mais intense. La puissance de leurs émotions élimina tout besoin d'une quelconque étreinte. Franck baissa les yeux, et réalisa alors que jamais il n'avait vu cet homme en manches courtes. Sur son avant-bras droit, une lettre et six chiffres profondément tatoués. Sur son avant-bras gauche, trois chiffres, plus sinistres encore pour qui connaissait son histoire : trois, zéro, deux.

— Comment as-tu su que j'arrivais ? demanda Franck.

— *Drakkar Noir*. Tu portes ce parfum depuis son arrivée sur le marché au début des années 1980. Ses fragrances de romarin se repèrent vite dans le coin.

— Tu m'as reconnu à mon odeur ? s'étonna Franck.

— Qu'en penses-tu ?

— Qu'avec toi, rien ne peut vraiment me surprendre.

Le géant afficha une mine sévère avant d'éclater d'un rire sonore.

— C'est James, andouille…

— James ?

— James O'Barr, le capitaine qui t'a amené. Il m'a appelé pour me prévenir de l'arrivée d'un visiteur. Sa description ne laissait guère de place au doute. Cela dit, ton parfum empeste vraiment à vingt mètres. Surtout avec un tel vent dans le dos.

— Tu es content de ta plaisanterie, je suppose ?

— Assez, oui. Je suis surtout content de te voir, Franck.

— Et moi donc, Eytan. Et moi donc.

*
* *

Quelques minutes plus tard, Franck se réchauffait près de l'âtre. La décoration de l'endroit se limitait au minimum vital. La pièce principale faisait office de salon et salle à manger avec pour tout mobilier une table ronde cernée de quatre chaises du même bois et un canapé en tissu marron. Seule touche fantaisiste au cœur de cette ode à l'austérité : une cuisine américaine équipée flambant neuve. Eytan, accroupi, fouillait dans le réfrigérateur à la recherche de la bière qu'il avait proposée à son visiteur. Il se releva avec deux Guinness dans les mains.

— Je suis désolé, je n'ai pas de rondelle de citron.

— Que le Ciel te pardonne.

— Je doute qu'il exauce le souhait d'un athée comme toi.

— Mais je crois, mon cher. Ma foi se porte sur les lois de la physique, et sur l'ensemble des règles qui font l'univers. Je n'exclus pas l'existence d'un être supérieur, je doute simplement qu'il ait poussé le vice jusqu'à endosser plusieurs personnalités afin d'inciter les humains à se massacrer en ses multiples noms. À moins que Dieu ne souffre d'un sévère trouble dissociatif de personnalité, ce qui expliquerait pourquoi le monde est aussi mal barré…

Eytan sourit en décapsulant les bouteilles. Il en tendit une à Franck mais la retint au dernier moment.

— Tu as le droit d'en boire ?

Le scientifique arracha sa boisson d'autorité.

— Premièrement, j'ai passé l'âge que tu me paternes, mon grand. Deuxièmement et d'après plusieurs études, consommer soixante-quinze centilitres de bière par jour réduirait les risques cardiovasculaires et même le diabète.

— Ah, alors si c'est recommandé par la Faculté…
À la tienne.

— À la tienne.

Ils burent une gorgée de concert.

— Spartiate, ton intérieur, risqua Franck.

— Je n'ai pas besoin de plus. La chambre à coucher est confortable, ma bibliothèque déborde de livres pas encore ouverts et comme de toute façon je passe l'essentiel de mon temps en extérieur…

— Compte tenu du volume de granit qui t'entoure, tu fais bien.

— Pardon ?

— Cette pierre comporte des résidus d'uranium et du radium. Ah, et également un gaz amusant : le radon, deuxième cause du cancer du poumon après la cigarette.

— Tu es venu jusqu'ici dans le but de me faire un cours sur la radioactivité naturelle ou pour m'informer que je vis dans une centrale nucléaire et qu'il me faut la raser pour tout reconstruire en matériaux écolos ?

— Non, Eytan, je suis venu pour que tu reprennes du service.

Le géant sembla s'affaisser.

— Je m'en doutais, soupira-t-il. Franck… j'ai quitté le Mossad, et depuis la mort d'Eli[1], j'ai déclaré forfait.

Eytan Morgenstern, garçonnet polonais déporté de la première heure, témoin de l'assassinat de son jeune frère, Roman, sujet d'expérimentations des nazis pour créer l'Aryen éternel, s'était mué en un géant, un titan même, en apparence indestructible.

---

1. Voir *Le Projet Morgenstern* dans *La Trilogie Bleiberg* (J'ai Lu) *(Toutes les notes sont de l'auteur)*.

Était-ce dû à son physique parfait de sportif accompli ? À son absence de vieillissement qui l'avait figé dans la trentaine ? À sa science consommée du combat, de la stratégie, ou à sa capacité unique à enchaîner les missions sans relâche, encore et encore, en dépit des blessures et des coups ?

Franck n'aurait su le dire, mais il craignait cet instant depuis toujours. Un seul ennemi pouvait contraindre un être aussi exceptionnel qu'Eytan à rendre les armes : lui-même. Pour inverser la tendance, un électrochoc s'imposait.

— Je vois. Après soixante-dix années à parcourir le monde, pour le compte des Anglais puis des Israéliens, à la poursuite de criminels de guerre, espions et terroristes en tout genre, le légendaire Eytan Morg aspire à la paix. En plus, des nazis, il n'en reste pas des masses, et ceux qui sont encore en vie sont un peu défraîchis. Franchement, pourquoi se battre encore ? Je te le demande.

— Tu as tout compris.

— Bien sûr... Bien sûr... Je te savais pudique, Eytan. Je ne te savais pas égoïste.

— Pèse bien tes paroles, Franck.

— Sinon quoi ? Tu n'as jamais levé la main sur moi quand j'étais enfant, et tu veux me faire croire que tu le ferais, maintenant que je suis un vieil homme ?

— Je peux te jeter hors de cette maison sans te frapper, tu sais.

— Oh oui, je sais. Je sais aussi qu'il est beaucoup plus commode de s'enterrer dans un trou paumé que de rester parmi les siens pour affronter leur peine. Je sais aussi qu'il est plus facile de décocher une droite que de verser une larme. Tu crois peut-être que tu étais le seul à aimer Eli ?

Eytan ne pipa mot. Il suivait Franck du regard en terminant sa bière.

— Ce verbe te terrifie, pas vrai ? *Aimer*. Courir le risque de s'inquiéter, d'être déçu, malheureux, de souffrir, qui sait.

— Tu as raison, pour les gens normaux, cela dit...

— Ce foutu monde n'a rien de normal. Appliqué à la vie, le mot « normal » lui-même ne signifie rien ! Mon père adoptif est le seul survivant d'expérimentations nazies menées dans le but de créer un super-soldat. Je l'ai rencontré sur un bateau qui transportait des orphelins jusqu'en Israël, j'avais onze ans, il en paraissait vingt, et aujourd'hui il semble de quarante ans mon cadet. Accessoirement, j'ai passé mon adolescence à me demander s'il reviendrait des missions d'élimination des criminels de guerre qu'il menait à travers le monde.

— Franck...

— Je n'ai pas terminé ! Je suis devenu l'un des plus grands scientifiques de cette planète dans le seul but de fabriquer le sérum sans lequel son organisme génétiquement modifié surchaufferait jusqu'à le tuer. Pour couronner le tout, Eli, l'autre garçon qu'il a adopté, est entré au Mossad pour suivre ses traces puis veiller sur lui. Alors, tu m'excuseras de te répéter qu'il n'y a rien de normal là-dedans. Et il n'est pas nécessaire d'être un grand savant pour parvenir à cette conclusion. Merde, à la fin !

— Franck ?

— Quoi ?

— J'ai compris.

— J'espère bien, crâne d'œuf, parce que je n'ai pas la force de recommencer.

Franck se laissa tomber dans le fauteuil, exténué.

— Maintenant que tu as expulsé ton ressenti-ment, je me permets de te faire remarquer que je t'ai demandé de peser tes paroles quand tu m'as traité d'égoïste. Je ne prétends pas avoir été un bon père, mais j'ai fait de mon mieux compte tenu des circonstances, et je trouve l'adjectif un peu dur à mon égard. De surcroît, je ne t'ai pas interdit de m'expliquer pourquoi tu souhaitais que je reprenne du service.

— Pardon ?

— Tu t'es emballé aussitôt après que je t'ai dit que je m'étais retiré, mais je ne demande pas mieux que de savoir pourquoi tu as besoin de moi.

— Ah bon ?

— Si j'avais enregistré la conversation, je te la repasserais volontiers, hélas...

— On dira qu'il fallait que ça sorte !

— On dira ça. Une autre bière ?

— Envoie.

Eytan débarrassa Franck de sa bouteille vide puis se dirigea vers le réfrigérateur. Franck se repassait intérieurement le film des dernières minutes, furieux de s'être laissé piéger. Il n'était jamais venu sur cette île dont il connaissait pour-tant l'existence depuis toujours. Jamais il n'appe-lait Eytan, qui ne l'appelait pas non plus. Leur dernière rencontre datait d'une bonne dizaine d'années. Cette distance n'était pas le fruit d'un quelconque mépris, mais d'un accord tacite per-mettant à chacun de mener sa propre existence. Dans une famille aussi étrange, l'affection existait mais ne s'exprimait pas. De plus, chacun menait ses propres combats, aux quatre coins du monde. Seuls le hasard et les impératifs les amenaient à se retrouver. L'ancien assassin du Mossad n'était pas assez naïf pour penser que Franck lui rendait une simple visite de courtoisie. Eytan avait poussé Franck à lâcher ce qu'il avait sur le cœur depuis sa plus tendre enfance.

L'espace d'un instant, le vieil homme se sentit comme un ado démasqué par ses parents. À la recherche d'une contenance, il s'éclaircit la gorge et reprit la main.

— Avant d'en venir au but premier de ma visite, je tenais à t'annoncer que j'ai réussi à synthétiser une nouvelle version de ton sérum. Son injection sera moins douloureuse, et son action plus rapide.

— À la bonne heure.

La deuxième Guinness atterrit dans la main de Franck comme un remerciement.

— Tu en utilises beaucoup, en ce moment ?

— Non, je tire peu sur mon organisme, du coup je ne me suis inoculé que trois ou quatre doses depuis ma retraite.

— Trois ou quatre ?

— Quatre. Quel est donc ce but premier ?

— J'ai reçu un message pour toi, sur le répondeur de mon portable. Je n'ai pas compris de quoi il s'agissait jusqu'à ce que ton ami médecin, Avi Lafner, en décrypte le sens.

— Tu vois toujours Avi ?

— Depuis qu'il a eu recours à mon expertise à propos des prothèses de nouvelle génération utilisées par l'armée américaine[1] ? Je le revois d'autant plus qu'il travaille désormais pour moi.

— Avi a quitté le Mossad, lui aussi ?

— Peu après ta défection. Je n'en ai jamais parlé avec lui, mais je pense qu'il ne voyait pas de raison

---

1. Voir *Le projet Morgenstern* dans *La Trilogie Bleiberg*.

d'y rester sans toi. C'est pénible de tout faire pour éloigner les gens et de réaliser qu'ils tiennent à toi, pas vrai ?

Et hop, un tacle en passant, pensa Franck, aussi amusé que revanchard.

La moue agacée d'Eytan confirma la réussite de la manœuvre.

— Ouais… et donc, ce fameux message ?

Franck sortit un téléphone portable de sa poche, pianota sur l'écran puis posa l'appareil dans sa paume.

« J'adresse… ce message… à Eytan Morgenstern. Venez… me voir… à l'Hôpital américain… de Paris. Chambre… 302. Il vous reste… il me reste… quinze jours… au plus. Avec… les… compliments… du Consortium. »

L'homme geignait plus qu'il ne parlait et chaque mot prononcé semblait lui coûter plus que le précédent. Dans l'intervalle, un bruit semblable à celui d'un compresseur résonnait en arrière-plan, de même qu'un « bip » aussi régulier qu'un battement de cœur.

À mesure que le message s'égrenait, Eytan se redressa. Sa mâchoire se contracta, tout comme ses poings qui palpitaient au rythme du compresseur.

— D'après Avi, le Consortium serait…

— Une organisation qui préside, en secret, aux destinées de l'humanité. Une organisation impliquée dans d'innombrables opérations financières et industrielles, dans les domaines militaires et pharmaceutiques. La grande nébuleuse dont rêvent tous les complotistes. Je connais la voix de cet homme. Il se fait appeler Cypher, et il dirigerait le Consortium.

Eytan leva le bras de manière à exposer le chiffre 302 qui y était gravé.

— Accessoirement, poursuivit-il, l'organisation responsable de la mise en place du Projet Bleiberg à qui l'on doit mon existence.

— Le numéro de sa chambre ressemble alors à une provocation grossière.

— Si c'en est une, ce sera sa dernière, dit Eytan en souriant.

Chapitre 3

Seattle, quelques jours plus tard.

Des trombes d'eau s'abattaient sur le pare-brise et le dévalaient en un torrent tumultueux contre lequel les essuie-glaces ne pouvaient rien. Ils émettaient de longs gémissements plaintifs à chacun de leurs allers-retours.

Cramponné au volant, Gavin Hastings ne cessait de s'agiter sur son siège à la recherche d'un angle de vue susceptible de rendre la conduite moins hasardeuse. Il se trémoussait, se penchait vers l'avant autant que son ventre rebondi le lui permettait, reculait en grommelant, se trémoussait à nouveau puis pestait de plus belle.

— Avec un temps de merde comme celui-là, y a rien d'étonnant à ce que Nirvana soit né ici, soupira-t-il.

Les yeux dans le vague, Andy ne cilla pas plus qu'il ne décolla le front de la vitre de la portière passager. Habitué à l'humeur sombre du lieutenant Gavin Hastings, il prêtait une oreille distraite aux récriminations crachées par l'imposant vétéran de la police de Seattle. Douze mois passés aux côtés de ce personnage haut en couleur avaient dissuadé son jeune collègue de se lancer dans des débats aussi stériles qu'interminables. Au fil du temps, il avait appris à s'amuser de ce caractère de cochon, voire à en jouer.

— Je ne saisis pas le rapport entre la pluviométrie et la bande à Cobain, mais je te le concède, on voit que dalle !

— Ah ouais, tu ne vois pas le lien entre un climat qui pousse à la dépression et la bouillasse nirvanesque ?

— J'oubliais que seul le jazz trouve grâce à tes délicates oreilles.

— Pardon, mais il y a un monde entre Billie Holliday et Kurt Cobain.

— Seul un esprit dérangé se risquerait à comparer ces deux-là.

— Tu me crois dérangé ?

— Non, je te *sais* dérangé, nuance.

Andy appuya son propos en pointant fièrement l'index vers le ciel. La provocation lui valut un regard affligé de Gavin.

Perdus au milieu de son visage monumental, ses yeux gris semblaient minuscules. De lourds cernes rejoignaient de profondes pattes d'oie, trahissant autant ses cinquante-cinq ans qu'une récente et massive perte de poids. De l'époque où il flirtait dangereusement avec les cent trente kilos – il pesait encore un quintal – lui restaient encore des bajoues plus souples que flasques. Ses lèvres fines et pincées lui conféraient un air bougon et peu engageant. D'épais cheveux châtain clair couverts de laque au point qu'ils étaient imperméables surmontaient sa gueule de bouledogue irascible. Sans prévenir, son expression changea du tout au tout. Gavin s'illumina d'un sourire gargantuesque. De furtifs spasmes le secouèrent tandis que s'élevait dans l'habitacle son rire sonore et incroyablement communicatif.

Andy se l'avouait sans honte, il aimait profondément Gavin et son côté bourru. Qui ne connaissait pas le quinquagénaire le prenait volontiers pour un vieux con réactionnaire. Son caractère tempétueux lui valait nombre d'inimitiés et bloquait un avancement pourtant mérité. Mais pour qui le connaissait vraiment, il se montrait d'une loyauté indéfectible, acceptait la dérision de bonne grâce et possédait une culture encyclopédique. Sur le plan professionnel, le lieutenant Gavin « Satch » Hastings était sans conteste le meilleur enquêteur en exercice au sein du SPD. Avec plus de trente ans de maison au compteur, il affichait des états de service impressionnants et Andy le suspectait d'envoyer promener ses supérieurs pour empêcher toute promotion susceptible de l'éloigner du terrain.

Le fou rire continua de plus belle et parvint même à dérider le jeune détective, pourtant morose depuis le moment où son équipier l'avait agrippé par la manche de son blouson de cuir pour le traîner de force dans leur voiture.

— Et si au lieu de te marrer, tu m'expliquais où on va ?

— Un 9A.32 sur les docks, annonça Satch en tentant de recouvrer son sérieux.

— Super ! ironisa Andy. Rien de tel qu'un bon homicide pour démarrer la journée…

— Sa Majesté des homos a peur de gerber son petit déj ?

— Tu vas me la resservir longtemps celle-là ? Ce n'est arrivé qu'une seule fois et je souffrais d'une intoxication alimentaire.

— Tu es vraiment un mec surprenant.

— Je ne vois pas ce qu'il y a de surprenant à en avoir ras le bol de me faire charri...

— Ce qui l'est, c'est que tu t'emballes quand je te rappelle que tu as vomi tes tripes sur une scène de crime, par contre, pas un mot sur le fait que je t'appelle « Sa Majesté des homos ».

— Homo, j'assume. Mauvais flic, en revanche...

— J'vais pas te mentir, Andy, quand le capitaine m'a dit que j'héritais d'un bizuth, j'étais en rogne. Pas un peu, pas à moitié. Je l'avais vraiment mauvaise. Mais quand j'ai appris que c'était toi, ce bizuth, j'ai été rassuré.

— Pourquoi ? Quand je patrouillais en uniforme, on s'est peu croisés au final, non ? Je veux dire... tu ne me connaissais pas.

— On s'est croisés précisément quatre fois sur le terrain avant que tu deviennes inspecteur. À chacune de nos rencontres, tu t'es montré affable, loquace, et tu puais l'enquêteur en devenir.

— Et ces qualités t'ont rassuré ?

— Non. Ce qui m'a rassuré, c'est que tu as les lettres « PD » gravées au milieu de la figure.

Andy se redressa et observa son front dans la glace de son pare-soleil.

— Tant que ça ?

Andy se détailla dans le miroir. Malgré sa récente entrée dans la trentaine, il possédait toujours un visage juvénile. Ses petits yeux marron rieurs reflétaient sa fraîcheur naturelle. Ses sourcils fins, eux, trahissaient son goût pour l'ironie et les plaisanteries potaches. Quant à son front large, sa mâchoire finement ciselée et la petite fossette au milieu de son menton, ils lui conféraient tous les attributs du mâle viril. Le pouvoir de séduction qu'il exerçait

34

sur les jeunes femmes en attestait depuis toujours. Certes, il attirait aussi les hommes, mais après tout, n'était-ce pas là le privilège de la beauté ? A priori, rien ne trahissait une quelconque homosexualité, hormis peut-être une peau incroyablement lisse savamment entretenue à coups de crèmes et autres soins. À moins que ce ne soient ses cheveux clairs coupés à ras. Ou sa tenue faussement débraillée, chemise vichy et sweat-shirt bleu à col relevé sous un blouson de cuir marron.

— Cherche pas, c'est le pif, ricana Satch.

Andy remonta le pare-soleil en soupirant.

— Si tu le dis. Par contre, je ne saisis pas où tu veux en venir.

— Ça fonctionne comme pour les femmes, tu vas voir le raisonnement. Dans une société phallocrate, et plus encore dans un milieu aussi machiste que la police, les femmes doivent en faire trois fois plus que les hommes pour se faire ne serait-ce qu'une petite place. Ce qui est valable aussi pour les gays. Les faits me donnent raison : tu es plus rigoureux que moi, plus appliqué, plus respectueux des procédures et tu es certainement plus intelligent que je ne le serai jamais. Il te manque juste l'expérience, mais tu es en train de l'acquérir.

— Si je suis ton raisonnement, tu étais satisfait de faire équipe avec un homo parce qu'il ferait tout pour être reconnu comme un bon flic ?

— Tout juste. Mais ne te sens pas trop flatté, une gonzesse aurait fait l'affaire de la même manière, hein.

Satch conclut sa démonstration d'un clin d'œil complice et ironique.

Andy se massa les paupières en hochant la tête. Loin de s'offusquer de ces paroles, il savait que ce qui pouvait passer pour du machisme ou de l'homophobie n'en était pas dans la bouche de son mentor, et il devait reconnaître que celui-ci disait vrai. Le jeune inspecteur se remémora les doutes qui l'avaient assailli au moment d'intégrer les forces de l'ordre. Seattle avait beau appartenir aux villes les plus tolérantes envers les homosexuels, elle n'échappait pas aux crimes et agressions haineuses. S'il n'avait jamais cherché à masquer son orientation sexuelle, il ne la portait pas en bandoulière, la jugeant sans incidence dans l'exercice de ses fonctions. Certes, il souhaitait réussir, en tant qu'homme comme en tant que flic. Mais au plus profond de lui demeuraient les blessures de l'adolescent rejeté par son père et déterminé à lui prouver sa valeur, coûte que coûte.

— Le plus terrible, c'est que je n'arrive même pas à te donner tort, admit-il.

— Ma grande sagesse ne sera reconnue qu'après ma mort.

— Alors j'espère que tu resteras longtemps un génie incompris.

La discussion continua tandis que les deux hommes arrivaient dans le quartier des docks.

Satch se gara derrière une Ford Interceptor, une voiture de patrouille dont la rampe de lumières rouges et bleus clignotantes égayait la grisaille ambiante. Compatissante, la tempête se calma au moment où Gavin et Andy quittèrent la chaleur ouatée de leur véhicule. Les bourrasques de vent s'arrêtèrent, et le déluge se fit bruine. Satch referma son trench tandis qu'Andy releva le col de son blouson de cuir avant d'enfoncer les mains dans ses poches.

Enveloppé dans un imperméable noir, casquette solidement vissée sur le crâne, un policier en uniforme fumait une cigarette à l'abri d'un container ouvert. Avisant les deux enquêteurs, il tira une longue bouffée avant de jeter son mégot et de l'écraser du bout du pied.

— Lieutenants Hastings et Irvine, les salua-t-il d'une voix faible, mais avec une déférence évidente. Officier...

— On se détend, Simmons, ce n'est pas une inspection, se moqua Gavin en balayant des yeux les environs.

Andy sourit à l'idée qu'un an plus tôt lui aussi accueillait les gradés avec la même obséquiosité.

— Bon, qu'est-ce qu'on a ? s'enquit l'imposant lieutenant.

Simmons posa les mains sur ses hanches et expira lourdement, le nez vers le ciel.

— Je préfère que vous alliez voir par vous-même...

Cette fois, la voix ne se contenta pas d'être faible, elle se brisa net. Andy comprit que le formalisme de l'accueil dispensé par le policier ne tenait pas de la seule déférence, mais de la nécessité vitale de se raccrocher aux convenances de la vie ordinaire, normale, sans remous. Le recours à la hiérarchie comme rempart à la peur et au dégoût.

— C'est moche à ce point-là ? demanda-t-il en posant une main prévenante sur l'épaule de son subalterne.

Incapable d'articuler un mot, celui-ci se contenta d'opiner du chef.

D'un signe de tête, Satch informa Andy qu'il entrait dans l'entrepôt, laissant à son équipier le soin de réconforter un Simmons salement secoué qui s'allumait déjà une nouvelle cigarette.

Moins d'une minute plus tard, le vétéran réapparut, visage fermé à double tour. Si son air bougon était finalement habituel, sa pâleur, elle, n'avait rien d'ordinaire. Plus blanc qu'un linceul, Satch darda sur Andy un regard lourd, pesant, empli d'une lassitude infinie.

Le malaise de ses confrères contamina le jeune détective. Son pouls s'accéléra. Une fièvre subite enflamma son front. Il aurait voulu parler, briser le silence assourdissant qui s'était abattu sur les trois hommes, mais un nœud dans sa gorge l'en empêcha. Andy éprouva alors une nouvelle conscience du monde qui l'entourait. La fumée nauséabonde de la cigarette de Simmons. Les doigts de Satch cramponnés à son carnet de notes. La chape de nuages noirs stagnant au-dessus de la ville. Sa propre respiration, plus lourde et plus lente.

L'univers se figeait un peu plus à chaque pas qu'il effectuait en direction de l'entrepôt.

Au moment où il pénétrait dans le bâtiment, la voix de Satch s'éleva, aussi blanche que son propriétaire.

— Andy ?

— Quoi ?

— Je préfère te prévenir. Ce n'est pas une simple scène de crime.

— Ah bon ? Et c'est quoi alors ?

— Un putain de barbecue…

*
* *

L'entrepôt s'étendait sur une cinquantaine de mètres. Un habile maillage de poutrelles métalliques s'étirait sur toute sa surface, sous une toiture de tôle percée de multiples lucarnes translucides. Des milliers de graffitis recouvraient les murs de béton dont le gris originel se devinait encore à de rares endroits. D'innombrables canettes de bière, sacs en plastique et emballages de nourriture traînaient sur le sol près de monticules de gravats, témoignant, s'il en était besoin, que le bâtiment était désaffecté. À la crasse ambiante s'ajoutait une humidité telle qu'elle imprégnait les os.

Andy aurait voulu détourner les yeux. Il aurait souhaité s'enfuir, prendre ses jambes à son cou et quitter cet endroit lugubre, retrouver l'air libre, oublier l'odeur ignoble qui flottait dans les lieux. Mais son sens du devoir l'emporta sur sa volonté. L'instinct du flic triomphait du dégoût de l'homme. Andy triturait nerveusement l'insigne qu'il portait autour du cou à la manière d'un chapelet ou d'un crucifix.

Perdue au milieu du hangar, une jeune femme était pendue, nue, à deux mètres du sol, les chevilles entourées d'une chaîne métallique. Elle était éclairée par un fin rai de lumière que dispensait une lucarne au plafond. Poussé par une pudeur absurde, Andy ignora sa nudité et détailla son visage. Ses traits lisses et délicats, presque enfantins, lui conféraient un air étrangement paisible. Ses longs cheveux noirs ruisselaient vers le béton humide en une crinière ondulée et soyeuse. Le policier l'imaginait endormie, lovée sous une couverture moelleuse au coin d'un feu crépitant. Dans cette vision, elle lui apparaissait d'une beauté ingénue, innocente. Andy crut, d'abord, que l'image des flammes dansantes s'imposait à son esprit à cause de son imagination trop fertile. Il releva les yeux, et, à mesure que se dévoilait à lui le corps de la défunte, il comprit que c'était la réalité. De la taille jusqu'à mi-mollet, sa peau était carbonisée. L'épiderme et le derme fondus laissaient place aux chairs agglomérées en larges plaques marron et noires. D'aspect cartonné, elles possédaient un relief irrégulier, ponctué de crevasses et de bosses immondes. Une nouvelle vision s'imposa à Andy : des torrents de lave en fusion dévalant les flancs d'une montagne. Mus par un appétit insatiable, ils dévoraient tout sur leur passage, ne laissant dans leur sillage que mort et désolation. Puis les flammes, rassasiées, mouraient de s'être trop nourries.

Seul subsistait le néant.

Andy sentit ses forces l'abandonner. Son estomac se noua. La nausée menaçait. Le retour de Satch la refoula.

— Un coup de fil anonyme a prévenu nos services de la présence du corps, faute de quoi il aurait pu croupir ici un long moment, déclara-t-il de sa voix de stentor.

L'écho de ses paroles résonna dans le hangar. Andy se tourna vers son équipier. Celui-ci avait retrouvé son teint rose et se tenait solidement campé sur ses jambes. Il ressemblait à ces cow-boys de western prêts à dégainer.

— Tu tiens le choc ? demanda-t-il, avec toute l'assurance de ses trois décennies de service.

— Je n'ai pas vraiment le choix, répondit Andy, cramponné à sa plaque.

Le regard de Satch se posa sur cette dernière.

— Accroche-toi bien à elle, conseilla-t-il sur un ton plus doux. C'est elle qui te tient debout quand tu ne demandes qu'à tomber. C'est elle qui te protège des pires abominations dont l'être humain est capable. Cette plaque, tu t'en rends compte en ce moment même, est lourde à porter. Mais c'est ton bouclier.

Satch s'approcha du cadavre, enfila une paire de gants en latex, puis ajouta pour lui-même :

— C'est notre bouclier à tous.

*
* *

Un quart d'heure plus tard, un bataillon de policiers avait pris possession des lieux, désormais éclairés par de puissants projecteurs. Deux groupes distincts évoluaient sur la scène de crime.

D'un côté, l'équipe scientifique composée de cinq hommes et femmes vêtus de combinaisons blanches, surchaussures, gants et masques de protection faciale. Trois d'entre eux passaient l'entrepôt au peigne fin, déposaient ici et là de petits panneaux jaunes numérotés, enchaînaient photos et prises de notes, tandis qu'un tandem s'affairait autour du cadavre toujours suspendu, effectuant de multiples relevés avec une précision chirurgicale.

De l'autre, les enquêteurs et officiels, en cercle autour d'Andy et Satch. Tels deux coachs sportifs s'adressant à leurs joueurs, ils dispensaient consignes et requêtes à quatre inspecteurs venus en renfort. Intégré au groupe, un émissaire du maire suivait les échanges, l'air grave.

L'arrivée d'un homme en blanc interrompit la réunion improvisée.

— Excusez-moi, mais ça pourrait vous intéresser. On a trouvé ça dans un sac à main.

Le scientifique tendit un portefeuille à Andy qui le saisit d'une main gantée.

— Cynthia Hamon, trente-six ans, mariée, trois enfants. Infirmière à l'hôpital Northwest de Seattle. Pas de doutes, c'est bien elle, conclut-il en montrant sa photo à tout le monde.

— OK, on vient de gagner un temps précieux. Vous savez tous ce que vous avez à faire, alors en avant !, ordonna Satch en frappant dans ses mains.

— Hastings, je peux te parler un instant ? demanda l'homme en blanc.

Ils s'éloignèrent tandis qu'Andy échangeait quelques mots avec le fonctionnaire municipal. Ce dernier insistait sur la nécessité de régler l'enquête avec doigté, diligence et discrétion. La règle des trois D à laquelle Andy prêtait une oreille distraite. Malgré lui, son regard dévia de son interlocuteur pour se porter sur Satch, qui s'empourprait à vue d'œil.

Depuis leur arrivée sur la scène de crime, il était passé par tous les états. D'abord effondré, à la limite de l'apathie, puis protecteur et professionnel jusqu'au bout des ongles, il semblait désormais plus tendu qu'un élastique prêt à se rompre. Une impression confirmée par sa manière de délaisser le scientifique pour embarquer Andy en le saisissant par le coude.

— Amène-toi.

L'ordre ne souffrait aucune contestation. Andy suivit son équipier et mentor à l'extérieur du bâtiment. Il constata avec soulagement que les nuages se disloquaient, laissant même poindre un rayon de soleil à travers leurs interstices. Répit bienvenu mais de trop courte durée.

— Qu'est-ce qui t'arrive ? Un souci ?

— Plus qu'un souci, Andy, un vrai bon gros problème. Le nom de Gary Leon Ridgway te parle forcément.

— Le Tueur de la Rivière Verte ?

— Lui-même.

— Je doute qu'il existe un flic du coin qui ne le connaisse pas et, à mon avis, ça va durer quelques générations. Pourquoi ?

— Tu sais quoi de cette histoire ?

— Dans les années 1980 et 1990, Gary Leon Ridgway a tué au moins quarante-neuf femmes. Il a même prétendu avoir atteint le chiffre de soixante et onze, mais a reconnu ne plus se rappeler le nombre exact tant il y en avait. Il attirait ses victimes dans des lieux clos ou isolés, les violait puis les étranglait. Dans certains cas, il revenait sur la scène de crime pour s'adonner à la nécrophilie. Il a été soupçonné à de nombreuses reprises, mais les preuves manquaient pour l'inculper. Il a fallu attendre les progrès de l'analyse ADN pour le confondre en 2001. Il a passé un deal avec le procureur, et en échange de la vérité sur ses crimes, a sauvé sa tête et obtenu la prison à vie. En fait, quarante-huit peines de prison à vie. Voilà ce que j'en sais, en gros.

— Et en gros, tu as tout juste. Ridgway appartient sans conteste au top dix des pires tueurs en série de ce pays. Il pourrait même être numéro un.

— Ce n'est pas mon classement préféré.

— Ça l'était pour lui.

— J'ai vu des vidéos de ce type. Le moins que l'on puisse dire, c'est qu'il était glaçant.

Satch laissa échapper un rire désabusé.

— J'ai dit une connerie ?

— Pas vraiment. C'est juste que « glaçant » est l'adjectif qui m'est venu à l'esprit la première fois que j'ai été confronté à lui.

— Je te demande pardon ? Tu as approché Ridgway ? Je ne savais pas…

— Oui, j'étais un tout jeune flic à l'époque. J'ai même débuté ma carrière avec ce dossier. Tu vois, Andy, il faut plusieurs années pour éroder la confiance d'un policier en l'âme humaine. Le processus est lent, insidieux, mène certains d'entre nous vers l'alcoolisme, d'autres y laissent leur couple, leur famille, et j'en connais même qui ont fini par se faire sauter le caisson. Le phénomène est inéluctable. Dans mon cas, une heure face à ce mec a suffi à me faire basculer.

— À ce point-là ?

— À ce point-là. Au-delà de l'impact sur ma petite personne, tu ne peux pas imaginer le battage médiatique que cette affaire a généré, ni la peur qui s'était abattue sur la ville et les comtés environnants. Merde, il y avait même des manifestations pour faire pression sur les autorités afin qu'elles mettent la main le plus vite possible sur le ou les meurtriers. C'était le bordel, Andy. On retrouvait des corps partout, dans les forêts, dans la rivière. Un vrai cauchemar. Une cellule spéciale a été déployée et dotée de moyens colossaux tant en hommes qu'en matériel. On nageait tellement dans le brouillard que certains détectives sont allés rencontrer en prison les pires tueurs en série de l'époque, principalement Ted Bundy. Il a aidé à établir un profil de notre coupable.

— Attends une seconde. Si mes souvenirs sont bons, les crimes de Bundy étaient similaires à ceux de Ridgway, non ?

— Oui. Le seul détail amusant dans cet océan de saloperies, c'est que la relation entre Keppel, l'inspecteur qui menait l'enquête, et Bundy a inspiré

Robert Harris pour son roman *Dragon rouge*, et les rapports entre Clarisse Sterling et Hannibal Lecter dans *Le Silence des agneaux*.

— Je l'ignorais. La vache, c'est la foire aux monstres, ton histoire.

— Tu as trouvé la juste expression, mais revenons à ce qui nous intéresse. Le *modus operandi* de Ridgway a évolué au fil du temps et des informations qu'il lisait dans la presse. Ces cons de journalistes ne se contentaient pas de raconter le déroulement de l'enquête, ils exposaient certaines des pistes et preuves dont nous disposions.

— Je me doute que l'autre taré n'a pas manqué de s'en servir pour mieux nous balader. Enfin… vous balader.

— Tu ne crois pas si bien dire. Fort des infos divulguées dans les médias, il s'est amusé à brouiller les pistes en transportant des victimes jusque dans l'Oregon ou en souillant les scènes de crime avec des déchets, comme des mégots de cigarette par exemple. Une vraie partie d'échec.

— Au risque de décevoir les espoirs que tu plaçais en mes capacités d'enquêteur, je ne comprends pas le lien entre Ridgway et notre cadavre. J'espère surtout que ce lien n'existe pas et que tu me racontes tout ça pour le seul plaisir de me dispenser un cours…

Andy plissa les paupières et sonda le regard sombre de Satch. Devant le sourire en coin de ce dernier, il se répondit à lui-même.

— Ce qui, évidemment, n'est pas le cas. Allez, ne me laisse pas poireauter comme un con, crache le morceau !

— On va attendre le compte rendu médico-légal, mais l'un des scientifiques aurait repéré des petites pierres dans certains orifices de notre victime. Et si c'est vraiment le cas, on a un sérieux problème.

— Laisse-moi deviner : Ridgway laissait des cailloux dans ses victimes ?

— Les toutes premières, oui. Et comme ce détail est très peu apparu dans les médias, je crains d'avoir affaire à un admirateur avec une connaissance très pointue du dossier.

— Tu penses à un *copycat* ?

— Je pense surtout que la dernière chose dont j'ai envie, c'est de me retrouver avec des cadavres de femmes dans toute la région.

Chapitre 4

Paris, au même moment.

Le taxi réservé à la sortie de l'aéroport Roissy-Charles-de-Gaulle se frayait tant bien que mal un chemin parmi le trafic surchargé de la fin d'après-midi. Confortablement installé à l'arrière de la Mercedes, Eytan observait les immeubles qui s'étendaient à perte de vue de part et d'autre de l'autoroute.

— Combien de temps pour l'hôpital ?

À la question posée dans un français rouillé, empreint d'un fort accent anglais dont le géant n'arrivait pas à se départir lorsqu'il maniait la langue de Molière, le chauffeur répondit avec un non moins fort accent du Sud-Est.

— Quarante minutes, à vue de pif.

Eytan se perdit dans la contemplation des abords du périphérique, océan urbain gris, triste, et finalement peu accueillant. Impression sans doute renforcée par la violence du contraste entre le silence recueilli de son île et le vacarme assourdissant d'une mégalopole post-industrielle.

Nul besoin de partager la maîtrise d'Eytan en matière de mesures de sécurité pour remarquer l'exceptionnelle présence militaire au sein de l'aéroport. Il avait croisé pas moins de cinq groupes de militaires, lourdement équipés, et encore, il n'avait pas compté les policiers. Quelque chose s'était produit dans ce pays et il n'était guère compliqué d'en imaginer la nature. Une sensation similaire quoique moins prégnante l'avait étreint lors de son transit par Londres. Quand ce genre d'interrogation se fait jour, rien de tel que « radio taco » pour rattraper son retard sur l'information…

— Vous avez reçu des menaces d'attentats ? demanda-t-il au chauffeur.

— Vous plaisantez ? répondit ce dernier. Vous vivez dans une grotte ou quoi ?

— Disons que je me suis un peu éloigné de la civilisation ces dernières années…

Après avoir mis au courant son client des récents événements terroristes qui avaient eu lieu en Europe, le chauffeur conclut :

— Je ne sais pas où on va, mais on y va.

Eytan, lui, savait. Ou craignait de savoir, mais avait la sagesse de ne rien en dire.

Droit dans le mur, comme toujours.

La tentation fugace de retourner sur son île lui traversa l'esprit. Ce monde pouvait bien s'entretuer sans lui. Le mal pur était une invention pour poètes évaporés, ou une arme de propagande pour les prêcheurs de tout poil. Mais la vraie nature du mal, Eytan la connaissait pour l'avoir éprouvée. Il naissait de la bêtise, de l'ignorance et de la peur. Trois maux dont l'humanité n'arriverait sans doute jamais à se défaire.

Dans un contexte aussi houleux et explosif que celui exposé par le chauffeur de taxi, les aspirations du Consortium paraissaient bien vénielles. À moins qu'il ne pilote le tout en sous-main...

Eytan se fit déposer à proximité de l'Hôpital américain dans l'espoir de trouver un café pour finir d'y lire ses notes sur le lieu. Hélas, pas de commerce à l'horizon et encore moins de bistrot. De part et d'autre de la chaussée bordée d'arbres, rien que des résidences cossues et des espaces verts soigneusement entretenus.

Il s'assit donc tant bien que mal contre un étroit muret pour se concentrer sur ce qui l'attendait.

Franck et Eytan avaient débattu longuement de la tactique à adopter face à l'invitation d'un Cypher dont l'élocution lente et hachée indiquait, d'après le scientifique, une insuffisance cardiaque. Il émit même l'hypothèse d'une cardiomyopathie, seule capable, à ses yeux, de justifier la présence d'une assistance respiratoire et d'un monitoring cardiaque.

Eytan avait immédiatement décidé de répondre à l'invitation, balayant les mises en garde de Franck quant à un piège éventuel.

— Cypher connaît déjà ton nom, ton numéro, donc très certainement ton adresse et le moindre détail de ta vie, avait résumé Eytan. S'il voulait me contraindre à quoi que ce soit, il lui suffisait de te menacer pour faire pression sur moi. C'est ce qu'il a fait avec Eli[1].

— En même temps, faire comprendre qu'il a accès à moi constitue déjà une forme de menace.

— Je te le concède, à ceci près que la subtilité n'est pas son arme de prédilection. Tordu, oui, vicieux, sans aucun doute, mais certainement

_____

1. Voir *Le Projet Shiro* dans *La Trilogie Bleiberg*.

pas subtil. Tiens, il aurait aussi pu nous piéger en t'envoyant ici, en te suivant, et en lançant les troupes du Consortium sur l'île. À l'heure qu'il est, nous subirions déjà un assaut en bonne et due forme. Et puis, cette conclusion m'intrigue. « Avec les compliments du Consortium ». Lors des rares échanges que nous avons eus, il n'a jamais employé ces mots. Ils sonnent ironiques, presque moqueurs, voire désabusés. Sans parler des quinze jours. Il y a définitivement quelque chose qui cloche dans sa démarche. Comme si les règles du jeu avaient changé.

— Cet homme est réellement mourant, conclut Franck.

Un constat sur lequel ils s'accordèrent.

Le lendemain matin, Eytan et Franck avaient retrouvé James O'Barr, Bart, le bateau puis l'Irlande. Le Pr Meyer s'était envolé pour l'Amérique, l'ex-agent du Mossad, Eytan Morg, pour la France. La séparation n'avait fait l'objet d'aucune effusion, mais Franck obtint, sans avoir à insister, une double promesse : être tenu informé en temps réel des opérations et recevoir la visite d'Eytan une fois cette histoire réglée.

Eytan sortit de son sac militaire un dossier imprimé constitué à la va-vite sur l'Hôpital américain de Neuilly. Ne disposant plus des moyens de renseignement du Mossad et manquant de temps pour en appeler à ses contacts occultes, il s'était livré avant de partir à de sommaires recherches sur Internet, histoire de savoir où il mettait les pieds.

Pénétrer avec une arme, ou même prendre d'assaut cette véritable place forte – il y avait songé, par principe – relevait de l'exploit. Deux conclusions s'imposaient donc : Cypher appartenait à la caste des nantis, ce qui n'était pas une surprise en soi, et il savait pertinemment qu'Eytan se présenterait non armé, à supposer qu'il se présente tout court.

Dans le fond, on tuait aussi sûrement un homme malade et alité avec les mains qu'avec un flingue. Balle dans la tête ou strangulation, qu'importe le flacon... Et si tout ceci était un piège, les survivants du carnage qui en découlerait bénéficieraient au moins de soins immédiats.

Après un rapide passage par l'accueil, et la confirmation que sa visite était attendue, Eytan franchit un portique de sécurité puis eut droit à une fouille corporelle plus sérieuse qu'il ne l'avait envisagé. Il s'engouffra ensuite dans un ascenseur, qui s'ouvrit quatre étages plus haut sur un long couloir au milieu duquel se trouvait une créature d'un autre monde.

Moulée dans une blouse blanche qui flattait sa taille fine autant que son opulente poitrine, la jeune femme s'approcha d'Eytan d'une démarche chaloupée. Aussi plaisante que fut cette vision, elle revêtait un caractère tellement incongru qu'elle en devenait déstabilisante.

— Eytan Morg ?

Le ton était glacial.

Eytan confirma son identité d'un hochement de tête.

— Il vous attend.

L'infirmière tourna les talons sans traîner. Elle le guida à travers les couloirs plongés dans un silence absolu laissant penser que tout l'étage était privatisé. Il établit une carte mentale des portes, fenêtres et pièces devant lesquelles ils passaient.

Ils arrivèrent enfin devant la chambre 302.

— Son état s'est un peu amélioré dernièrement, mais je vous prierai de ne pas trop le fatiguer.

— Rassurez-vous, je vais vous le chouchouter, sourit Eytan en pénétrant dans la pièce.

Une fois à l'intérieur, et après un coup d'œil furtif pour s'assurer qu'aucune menace immédiate ne le guettait, il ferma la porte derrière l'infirmière.

Il focalisa son attention sur le lit médicalisé dans lequel était assis un homme en pyjama bleu clair. Plutôt petit, Eytan l'estima aux alentours du mètre soixante ; il avait une mâchoire carrée, une bouche large aux lèvres pincées et des cheveux gris coupés en brosse.

De nombreuses ridules de déshydratation barraient son visage au teint jaunâtre. Déterminer son âge était impossible tant l'épuisement se lisait sur son corps maigre, presque décharné.

Un capteur enroulé autour de son pied, associé à cinq électrodes collées sur son torse, alimentait en informations un scope cardiaque dont l'écran affichait un tracé régulier, ainsi que les constantes du malade. Un tuyau allait de son avant-bras à une poche de transfusion remplie aux trois quarts.

Ainsi harnaché, l'homme se trouvait dans la plus totale, la plus absolue vulnérabilité. Difficile de voir en lui une quelconque menace, mais Eytan refusa de céder à son apparente innocuité.

Campé devant le lit, l'ancien tueur du Mossad fixait le vieillard précoce qui lui faisait face. Le malade lui rendit la pareille. D'un côté, les yeux bleus d'une victime directe du Consortium. De l'autre, les iris sombres de son dirigeant. Deux fauves prêts à se sauter à la gorge.

Cypher laissa échapper un ricanement qui gagna en puissance jusqu'au fou rire.

— Qu'y a-t-il de si drôle ?

— Vous avez plus de quatre-vingts ans et vous en paraissez trente, avec une forme physique digne d'un athlète olympique. Quant à moi, du haut de mes cinquante-deux ans, j'ai l'air d'un fossile.

— Tordant. Tout comme le choix du numéro de votre chambre.

— N'y voyez qu'un hommage au patient 302, monsieur Morg. Je sais que pour vous ce nombre signifie des souffrances au-delà des mots, mais pour nous, il est mythique.

L'homme s'exprimait avec plus d'aisance que lorsqu'il avait laissé le message téléphonique, mais il devait tout de même fournir des efforts pour parler.

— Mythique, rien que ça...

— Vous n'imaginez pas à quel point je suis heureux de vous rencontrer. Je n'osais pas espérer votre visite.

— Ben voyons, ironisa Eytan en parcourant la chambre des yeux.

Canapé trois places chesterfield en cuir noir, reproductions de tableaux d'Andy Warhol aux murs – à moins qu'il ne s'agisse d'originaux –, écran géant, tapis d'Orient, une certaine idée du luxe très éloignée de l'hôpital. Comme si l'opulence gardait à distance la maladie, la souffrance ou la mort.

— Vous me faites parvenir un message via un de mes proches pour m'informer qu'il ne vous reste que quelques jours à vivre, et vous me fournissez votre localisation. Le tout sans chercher à dissimuler les sons du matériel médical auquel vous êtes connecté. Je ne peux pas croire qu'un homme comme vous puisse envisager qu'un lion affamé se contenterait de contempler un bout de viande sans bouger.

Eytan arpentait la pièce, les mains dans les poches de son pantalon de treillis.

— Voilà bien la première fois qu'on me compare à un steak. Et je suis loin d'être dodu.

— Un homme mort n'est plus qu'un bout de viande, mon pote. Juste un bout de viande...

— Je suis mal en point, mais je ne suis pas encore mort, monsieur Morg.

— Ne désespérez pas, la matinée n'est pas encore terminée.

— Les menaces ? Déjà ? Je ne les attendais pas aussi tôt.

— Je ne menace jamais. Je promets. La nuance mérite d'être soulignée.

Eytan acheva sa phrase sur un sourire aussi franc que lourd de sens. Il lut l'écritoire accrochée au pied du lit.

— Archibald... Mountbatten[1] ?

— Pour vous servir.

— Mais, Mountbatten, comme...

— Tout à fait.

Eytan lâcha un sifflement aigu.

— Mazette. Dois-je vous donner du lord ? demanda-t-il en parodiant l'accent anglais.

— Je suis issu d'une branche très lointaine de la couronne britannique. Restons simple, appelez-moi Archibald ou Archi, à votre convenance.

— Et pourquoi pas Cypher ?

— Je ne suis plus Cypher.

Il toussa à s'en décrocher les poumons.

---

1. Lord Mountbatten (1900-1979) est l'oncle maternel du prince Philip, duc d'Édimbourg, époux de la reine Élisabeth II.

— Mauvaise toux. Cancer ?

— Cardiomyopathie dilatée.

— Grave, à en croire votre appareillage.

— Seule une greffe peut me sauver.

— À supposer que vous surviviez à cet entretien.

— Allez savoir.

— Insoutenable suspense, déclara Eytan en faisant craquer ses doigts. Donc, vous n'êtes plus Cypher ?

— En effet.

— Vous comptez m'expliquer ou je dois deviner ? Petite précision : je ne suis pas d'humeur à jouer.

— Cypher n'est pas un nom, mais un titre. Le Consortium est une nébuleuse complexe à déchiffrer, mais aux instances dirigeantes pyramidales. Ce qui s'apparente à un conseil d'administration désigne un leader à vie. Il est élu sur une ligne politique et un projet de gouvernement. En cela, le Consortium ne diffère guère de n'importe quelle organisation humaine. On y trouve des gens honnêtes, d'autres moins, des opinions divergentes, et même des courants philosophiques. Mais il y a un dogme : la faiblesse est proscrite. J'ai tenté de garder ma maladie secrète, mais il n'y a pas de secrets pour le Consortium. En remerciement d'années de service exemplaires, les administrateurs m'ont autorisé à mourir de mon vivant, si vous me permettez le trait d'esprit.

Sa tentative d'humour se heurta à un mur.

— J'ai été mis sur la touche. Le conseil m'a retiré toute autorité, et tout moyen. Je ne peux même plus communiquer avec qui que ce soit. Et j'attends un cœur neuf comme n'importe quel patient.

— Ce n'est pas gentil. Non, vraiment, c'est dur. On complote toute sa vie, en jouant avec la santé et la vie des gens, on manipule leur destin, on déclenche des conflits pour des raisons politiques ou financières, ou les deux, et tout ça pour quoi ? Pour se faire licencier sans même un merci. Monde cruel... Archi, pensez-vous vraiment que vos histoires m'intéressent ?

— Je vous espérais plus curieux.

— Un conseil amical ? N'espérez plus.

Eytan sortit de sa veste une paire de gants de cuir noir.

— Je sais qui m'a remplacé, et je vous assure que personne ne gagne au change.

— Nous y voilà ! Je sens que si je vous laisse la vie sauve, vous me livrerez l'identité de cette personne, ce qui me mènera au cœur du Consortium. C'est votre idée ?

— Exactement. Ce qui pourrait éviter bien des désagréments à beaucoup de monde.

— À supposer que cela m'intéresse, ce qui, pour le moment, n'est pas le cas, pourquoi je vous ferais confiance ?

— Il se peut que je sois arrivé à la fin de ma vie. Alors si je dois mourir, autant payer ma dette avant d'en finir. Et toute la beauté de la chose tient dans l'impossibilité pour vous de savoir si je dis la vérité. Acceptez l'idée que le contrôle puisse vous échapper.

— Le fameux lâcher-prise que cette époque rabâche sans rien y comprendre ?

— Le symptôme d'une humanité perdue, monsieur Morg. La politique, l'économie, l'avenir sont devenus flous. La religion n'offre même plus de canot de sauvetage à une espèce en pleine dérive. Les gens se tournent à nouveau vers les faux prophètes, comme ce fut le cas maintes fois par le passé. « Lâchez prise, apprenez à vous occuper de vous, devenez qui vous êtes, soyez égoïste » et autres conseils vides de sens font la une des magazines mais ne font qu'accroître la sensation de chute libre. Vous connaissez votre place en ce monde comme je connaissais la mienne. Dans un océan de doutes, voilà qui faisait de nous des phares. Et des privilégiés.

— Épargnez-moi le « vous êtes comme moi », on me l'a déjà servi. Nous n'avons en commun qu'une détermination infaillible et une propension certaine aux méthodes expéditives et radicales. Un peu léger pour envisager une coexistence pacifique, mais largement suffisant pour déclencher une guerre.

— Trouvons un compromis, alors. Parlons d'ennemis qui se respectent. Ce ne serait pas si mal.

— Voilà, on n'a qu'à dire ça ! Maintenant, cher Archi, si vous en avez terminé avec votre pseudo-fraternisation à la con, je vous laisse une minute pour me dissuader de vous étrangler.

— Nous en sommes déjà là ?

— Absolument.

Eytan enfila lentement ses gants puis déclencha le chrono de sa montre.

— C'est parti...

— Sous ma direction, le Consortium s'est orienté vers l'utilisation de la science pour améliorer l'humanité, lui faire franchir une étape décisive dans son évolution. Cette évolution s'accompagnait d'un soin particulier apporté à l'environnement et à la planète en réduisant drastiquement une démographie dont l'expansion devenait incontrôlable.

— Pas intéressé. Quarante-cinq secondes.

— Dérèglement climatique, surpopulation, disparités sociales, famines, les fléaux sont déjà nombreux, et s'aggraveront encore d'ici la fin de ce siècle.

— Pas intéressé. Quarante secondes.

— Pris un à un, ces problèmes sont dramatiques, et considérés dans leur ensemble, ils nous mènent droit à l'extinction. Ma logique de dévoyer quelque peu la science pour pallier ces risques est moralement discutable, mais la cure doit être aussi drastique que le mal est grave. Celle que j'envisage consiste à améliorer l'humanité, de force s'il le faut, pour lui éviter une extinction inéluctable compte tenu de sa gestion délétère de son espace vital, en l'occurrence, la Terre.

— Pas intéressé. Trente secondes.

— Mon successeur partage mes analyses, mais ses solutions sont bien plus radicales. À ses yeux, un grand nettoyage doit être fait avant que l'on puisse évoluer. L'exact inverse de ma politique.

— Pas intéressé. Vingt secondes.

— Le Consortium s'oriente vers une stratégie déjà utilisée par le passé. S'appuyer sur le chaos pour provoquer un rebond économique via les besoins de reconstruction et l'élimination aveugle d'une génération d'hommes. Le tout pour construire un monde neuf sur la base d'une autorité plus forte.

— Intrigué. Quinze secondes.

— Guerre totale et ordre nouveau. Cela doit raviver de sinistres souvenirs.

— Dix secondes.

— Et un mot ne manquera pas de vous rallier à ma cause.

— Cinq secondes.

— Pervitine.

Eytan plissa les yeux et coupa son chronomètre.

Chapitre 5

Seattle, au même moment.

Andy ôta ses lunettes, s'étira et bâilla à s'en décrocher la mâchoire.

Depuis plus d'une heure, il établissait le rapport d'observation de la scène de crime. Horaires de signalement, d'arrivée des premiers officiers, conditions climatiques, description des lieux, il consignait par écrit le moindre détail, même insignifiant en apparence. Souvent présentée par les séries et les romans comme une tâche fastidieuse, la procédure revêtait en réalité une importance capitale dans l'élucidation des affaires. Andy s'en acquittait avec méticulosité et passion, contrairement à Satch.

Ayant connu les machines à écrire, le vétéran se réfugiait derrière sa nostalgie de la dactylographie pour échapper à l'exercice. Il prétendait même souffrir d'une incompatibilité avec les ordinateurs, lesquels auraient tendance à planter en sa présence. De rares bruits de couloir l'accusaient de fainéantise. Les plus mauvaises langues se risquaient à le décrire comme un dinosaure rincé jusqu'à la moelle.

Andy laissait médire, pas par lâcheté ou manque de solidarité, mais parce que Satch s'en foutait de toute façon. De surcroît, Andy ne se voyait pas dévoiler une vérité qu'il n'était pas censé connaître : le vétéran présentait les premiers symptômes de la maladie de Parkinson.

En attendant, Andy voyait son travail actuel comme un tribut payé à son binôme.

Celui-ci ne se tournait d'ailleurs pas les pouces. Installé à son propre bureau, il enchaînait les appels téléphoniques sans détourner les yeux de l'écran de son ordinateur – qui, étrangement, fonctionnait à merveille – sur lequel Andy apercevait ce qui ressemblait à des articles de presse. S'il ne pouvait en lire le contenu, il ne doutait pas de leur lien avec le Tueur de la Rivière Verte dont la victime de la matinée portait la signature.

Un policier en uniforme se présenta devant Satch, les bras chargés de cartons d'archives qu'il déposa aux pieds du lieutenant. Celui-ci leva un pouce en guise de remerciement sans interrompre sa lecture. Après un nouveau coup de fil, il se leva, empoigna son imperméable et se dirigea vers Andy.

— Alors, ce rapport ?

— Quasi bouclé. Et toi ?

— J'ai lancé les recherches sur le passé de la victime, son parcours professionnel, tout le toutim. J'ai aussi signalé le meurtre sur la base de données centrale du FBI, on ne sait jamais.

— Je vois, tu testes ta théorie sur le tueur en série ?

— Au cas où tu ne l'aurais pas remarqué, je ne suis pas le seul que cette éventualité préoccupe. Tant qu'on n'aura pas prouvé le contraire, les politiques vont flipper à mort à l'idée que ça recommence. Et je ne te dis pas le bordel si les médias s'en mêlent.

— Espérons ne pas en arriver là.

— Ouais, espérons. Bon, c'est le moment. Prends tes affaires, on y va.

— Tu l'as eu en ligne ?

— Oui, il nous attend chez eux.

La gorge d'Andy se noua. Une boule d'angoisse l'oppressa. Il enfila son blouson de cuir, puis soupira longuement en fixant Satch.

— Ouais…, grommela-t-il.

L'heure à venir s'annonçait la pire de l'enquête.

*
* *

Vingt-cinq minutes plus tard, les deux policiers se présentaient devant le domicile des Hamon, situé dans un paisible quartier résidentiel.

À peine garés devant la maison, ils virent un homme d'une quarantaine d'années, occupé à faire les cent pas sur le perron. Mince, à la limite de la maigreur, il effectuait des étirements au fil de ses déplacements. Avec ses longues jambes, son torse fin et ses épaules étroites, Satch fit remarquer qu'il ressemblait à un héron perché au milieu d'une mare. Andy, lui, voyait dans cet étrange physique les signes d'une pratique assidue de la course de fond.

Le duo sortit du véhicule puis monta une volée de marches pour aller à la rencontre de l'homme. S'ensuivirent des poignées de main rapides, des présentations succinctes et une invitation à entrer timide tant les mots sortaient douloureusement.

Une fois à l'intérieur, Andy s'éclipsa dans le jardin à l'arrière de la maison au prétexte de passer un appel. En réalité, après un débat houleux mais court, il avait été décidé que l'annonce se ferait en tête à tête et incomberait au vétéran.

Satch s'assit dans le fauteuil voisin de celui occupé par Sebastian Hamon. Si Andy n'entendait pas la conversation, il en connaissait parfaitement le contenu comme le déroulement. Satch annonçait le décès. L'époux encaissait le choc, chancelait, mais ne s'effondrait pas. Pas encore. Cela viendrait plus tard, quand les mots retrouveraient leur sens, quand l'absence de sa femme, sans retour possible, prendrait corps. Il demanderait comment c'était arrivé, si elle avait souffert, si elle était morte sur le coup, s'il pouvait la voir. Satch connaissait les mots. Il ne dirait que la stricte vérité, avec toute la sobriété du flic rompu à l'exercice. Il s'exprimerait lentement, murmurerait presque, transformerait l'annonce funeste en détresse partagée. Car il n'est d'instant plus intime que celui où la vie d'une personne bascule à tout jamais.

Des larmes couleraient.

Il aurait compris.

Après avoir accueilli les policiers en mari, il les quitterait en veuf.

Sans participer à la conversation, Andy ressentait les symptômes que devait éprouver Satch. L'accélération du rythme cardiaque, les nœuds dans la gorge, l'envie de pleurer face à la peine de l'autre, souvent insoutenable. L'ingratitude du rôle de messager dans toute sa cruauté.

Le moment n'était simple pour aucun flic, débutant ou blanchi sous le harnais.

À travers la baie vitrée, Andy observait la scène se dérouler telle qu'il l'imaginait, sans la moindre entorse.

Satch posa une main sur l'épaule de l'époux éploré. Nul besoin de lire sur les lèvres pour saisir la promesse formulée :

« Nous allons trouver, arrêter et faire condamner le ou les coupables. C'est notre boulot. »

Il ne fallait pas y voir une mauvaise réplique tirée d'un polar de série Z. Derrière cette promesse se cachait la projection dans un avenir. Le désir de voir le meurtrier derrière les barreaux constituait une motivation suffisante pour endurer l'absence et garder une once d'espoir.

Et tant qu'il y a de l'espoir...

Le veuf puisa dans la force de la promesse l'énergie suffisante pour répondre aux inévitables questions. Son épouse avait-elle des ennemis, comment se portait leur mariage, avait-il, lui, des ennemis, que faisait-il au moment du crime ?... Satch notait scrupuleusement les réponses sans lever les yeux de son carnet.

Moins de dix minutes plus tard, il prenait congé et retrouvait son jeune équipier, adossé à la voiture, en plein envoi de SMS à Damian, son compagnon.

— Putain, que je déteste ça... J'aurais dû faire chirurgien. Tant qu'à annoncer des décès, autant gagner un maximum de pognon.

Sur ces mots, il dégaina une cigarette qu'il alluma aussitôt. D'un geste, Andy fit part de son envie de la partager avec lui. Il sentirait le tabac froid en rentrant à son appartement tout à l'heure, ce que lui reprocherait Damian. Andy se justifierait en expliquant que l'empathie peut avoir des effets cancérigènes.

— Combien en as-tu annoncé ? demanda Andy.

— J'me rappelle pas.

— Combien ? insista-t-il.

— Trois cent douze en trente-cinq ans de maison. Trois cent treize aujourd'hui.

— Putain...

— Et tu sais quoi ? C'est toujours infernal.

Un rire désabusé secoua son imposante carcasse tandis qu'un voile de larmes troublait son regard. Loin des clichés du flic blasé, revenu de tout, Satch exprimait une humanité intacte. Une vertu, certes, mais aussi une vulnérabilité qui poussait certains représentants de l'ordre à chercher l'oubli dans l'abus d'alcool, ou à en finir une fois pour toutes. Lui trouvait le réconfort dans le jazz et noyait son désespoir dans le blues.

— Tu aurais pu me laisser faire.

— Et tu t'en serais très bien tiré, aucun doute là-dessus. Mais tu auras tout le temps d'en prendre plein la gueule plus tard.

— Tu comptes me protéger encore longtemps ?

— Autant que je le pourrai.

— Tu ne pourras pas le faire éternellement. Et tu ne me rends pas forcément service.

— Je sais.

— Alors pourquoi ?

— Parce que je me souviens de celui que j'étais quand j'avais ton âge, et que ce job a flingué à petit feu.

— J'ai choisi ce métier, Satch, j'en connaissais les difficultés avant d'y venir.

— Vraiment, Andy ? Tu en avais envisagé tous les aspects ? Les journées à rallonge, les affaires qui tournent en boucle dans ton esprit vingt-quatre heures sur vingt-quatre, les nuits entières à ressasser les faits, les témoignages, les preuves ? Tu crois vraiment que le mec qu'on envoie à la guerre parce qu'il a rêvé toute sa vie d'être soldat n'en revient pas traumatisé ? Pourtant, si tu lui avais demandé avant de partir, lui aussi t'aurait dit qu'il connaissait la difficulté de son métier.

Andy ne pouvait le nier, Satch débitait des vérités aux échos familiers. Trop souvent le jeune flic ne trouvait pas le sommeil, ou se réveillait en sursaut au beau milieu de la nuit, esclave d'un cerveau incapable de déconnecter. Trop souvent, il feignait de s'intéresser à son conjoint lorsqu'il racontait ses déboires au bureau avec untel ou machin chose, pour des raisons tellement vénielles et puériles qu'elles ne présentaient aucun début d'intérêt. Confronté à ce que l'humanité avait de plus sale à proposer, les petites choses du quotidien paraissaient insipides, futiles et, pire, inutiles.

Mais Andy luttait encore contre ce mal insidieux qui coupait les flics de leur entourage et les immergeait tout entier dans le cloaque de la société. Et il entendait bien lutter le plus longtemps possible.

Satch indiqua d'un signe qu'il était grand temps de partir. Il s'installa d'autorité au volant et Andy reprit son poste de copilote. Ils prirent la direction du commissariat central.

— Alors, avec le mari ?

— Rien à en tirer. Couple sans histoire selon lui, pas de dettes, pas de jeu, pas d'alcool, pas de drogue, pas de tromperies, que dalle. Et un alibi en acier trempé, il bosse de nuit lui aussi, dans une usine, qui plus est avec des dizaines de témoins. Une de leurs grands-mères dort chez eux pour veiller sur les enfants quand ils travaillent tous les deux. À corroborer avec l'entourage mais a priori, j'achète.

— Tu penses que c'est un crime opportuniste ?

— Comme la plupart des victimes des tueurs en série. Elles se trouvent juste au mauvais endroit au mauvais moment.

— C'est marrant, je ne le sens pas.

— Quoi ? Le tueur en série ou le mauvais endroit au mauvais moment ?

— Le tueur en série.

— Et pourquoi donc ?

— Je n'en sais rien. L'instinct. Cynthia était infirmière. Il y a un paquet de mecs qui fantasment sur les blouses blanches.

— Tu penses au fétichisme de l'uniforme, type hôtesse de l'air et compagnie ?

— Ouaip. Elle a dû voir passer un paquet de patients. Il suffit d'un déséquilibré dans le tas.

— Léger, mais pas con… Une piste qui mérite d'être explorée. Plutôt intelligent de la part d'un flic qui reluquerait plutôt les pompiers.

La trompette mélancolique de Chet Baker s'éleva de l'imper de Satch. Tandis que les notes d'*Almost Blue* résonnaient dans l'habitacle, Satch se contorsionna pour dégager la poche où se trouvait son téléphone portable. Devant son incapacité à maintenir la trajectoire du véhicule et pour éviter l'accident, Andy vint à la rescousse, réussit à extraire le mobile coincé sous la cuisse du vétéran, et lui en montra l'écran.

— C'est la maison, mets sur haut-parleur.

Andy s'exécuta. La voix éraillée du capitaine Tanner, la moins mélodieuse du monde, agressa les oreilles des deux policiers. Personnage au demeurant sympathique, il était issu de la même promotion que Satch. Mais écouter cet homme parler équivalait à se décaper les tympans à la toile émeri, la faute à un cancer de la gorge provoqué par vingt années à deux paquets par jour et dont il avait réchappé par miracle. Conscient de l'épreuve qu'il imposait à ses troupes, il versait dans le synthétique plus que dans l'expansif. Une particularité dont son charisme naturel et sa légitimité à la tête du service sortaient encore renforcés.

— Lieutenant Hastings ?

Satch lança un regard interrogateur à Andy. Jamais Tanner ne l'appelait par son nom de famille et moins encore en précisant son grade. Il privilégiait Satch ou « connard » en souvenir de leurs années de patrouille communes.

Dans le doute, Satch joua le jeu en adoptant un ton protocolaire :

— Lui-même, capitaine.

— Où en êtes-vous ?

— Nous sortons de chez le mari de la victime, nous rentrons.

— Parfait. Mon bureau, direct. Réunion avec le FBI.

Tanner coupa court à la conversation, laissant les deux policiers seuls face à leur perplexité.

— Les fédéraux ? C'est rarement bon signe, commenta sobrement Andy.

Satch pressa plus fort l'accélérateur.

— C'est *jamais* bon signe.

Chapitre 6

Andy et Satch se présentèrent quinze minutes plus tard devant leur patron. D'un naturel taciturne, ce dernier les accueillit dans son antre, le visage plus fermé encore qu'à l'accoutumée.

Devant l'étonnement des lieutenants face à l'absence du FBI, Tanner leur expliqua que les deux agents dépêchés par le Bureau s'étaient absentés pour passer des appels téléphoniques. Pour Satch, c'était une perte de temps intolérable dans une enquête qu'il jugeait sensible et qui nécessitait vitesse et concentration.

Les deux hommes avaient des caractères bien trempés et la conversation tourna à l'altercation. Andy savourait la scène, sortie d'une autre époque. Les flics de sa génération ressemblaient à des comptables propres sur eux, et employaient un vocabulaire lisse tout en se montrant respectueux de la hiérarchie. Alors assister au spectacle des deux dinosaures s'envoyant à la figure des noms d'oiseaux possédait une saveur délectable.

Avec eux, « connard » devenait une ponctuation et « tu me fais chier », une formule de politesse. Mais toutes les bonnes choses ayant une fin, Andy se désintéressa de cet échange et trompa le temps en contemplant une pièce dont il ne se lassait pas.

Si l'idée saugrenue venait un jour à la mairie d'ouvrir un musée à la gloire du capitaine Tanner, la décoration de son bureau suffirait à l'alimenter. Des dizaines de cadres au mur retraçaient le parcours du policier mais aussi celui de l'homme. Le cliché le plus ancien datait de son premier jour sur le terrain, en jeune flic au sourire radieux portant l'uniforme avec fierté. Les plus récents présentaient un sexagénaire bourru flottant quelque peu dans des costumes trop larges. Les images intermédiaires auraient pu illustrer une rétrospective de la mode masculine des années 1970 aux années 2010. Épaisse chevelure frisée, favoris touffus, frange lisse, bouc, jusqu'à sa calvitie actuelle, Kris Tanner avait expérimenté tous les looks. Les styles vestimentaires n'étaient pas en reste, des pantalons « pattes d'éph » aux vestes à épaulettes en passant par les costumes trois pièces. Des affiches de films policiers intercalées entre les photos attestaient des inspirations de celui qui dirigeait aujourd'hui la police criminelle de Seattle.

Dans une bibliothèque en verre étaient exposés ses trophées sportifs, souvenirs d'exploits accomplis sur des parcours de golf aussi prestigieux qu'Augusta ou Bay Hill. Capable de tenir la dragée haute aux professionnels, Tanner s'était taillé une réputation qui lui avait valu des invitations dans les plus grandes compétitions Pro-Am du continent. Près de chaque coupe ou médaille étaient posés des portraits de lui aux côtés de ses équipiers ou adversaires, parmi lesquels Tiger Woods, Jean Van de Velde et autres Kevin Costner ou Dennis Quaid.

Son cancer de la gorge avait mis fin à ses activités sportives et s'il avait vaincu la maladie, cela lui avait coûté son physique d'athlète et sa voix autrefois chantante. Mais même amaigri et les cordes vocales usées, il conservait intact un charisme reconnu de tous.

Deux coups retentirent à la porte, trop timides pour sortir Tanner et Hastings de leur algarade. Andy tenta de les interrompre, mais se ravisa, jugeant risqué de s'immiscer entre eux. Il se leva donc et ouvrit la porte sur un homme et une femme visiblement peu à l'aise, vêtus tous deux d'un ensemble pantalon et veste noirs sur chemise blanche. Andy ne douta pas de leur appartenance au Bureau et les invita à entrer. La femme, petite brune quadragénaire aux cheveux noués en queue-de-cheval, lui offrit un sourire gêné, preuve que les éclats de voix retentissaient par-delà les murs de la pièce. L'homme, à peine plus grand et plus âgé qu'Andy, haussa les sourcils. Andy lui répondit par une grimace, lui confirmant l'ambiance tendue qui les attendait.

— C'est bon, entrez, ordonna Tanner, revenu à de meilleurs sentiments.

— Pardon de vous déranger, dit la femme tout en serrant la main d'Andy. Agent spécial Rosicki et voici l'agent spécial Stamos.

Les policiers se présentèrent à leur tour. Si Andy se montra affable et détendu, Gavin demeura bougon et distant.

— Irvine, fermez cette porte.

Andy s'exécuta, pressé d'en savoir plus sur le motif de cette rencontre. Un empressement partagé par Gavin qui ne se priva pas de le signaler.

— Bien, si vous pouviez nous expliquer ce qu'on fout là, ça nous permettrait de retourner à notre enquête.

— Putain, Satch, un ton en dessous, soupira Tanner.

— Ben quoi, c'est vrai, non ? renchérit Gavin en cherchant du regard un soutien qu'Andy ne lui accorda pas.

Au contraire, celui-ci lui signala d'un mouvement des mains qu'il serait bon de calmer le jeu.

— Nous sommes là précisément pour parler de votre enquête, lieutenant, répondit Stamos, plus gêné qu'autoritaire.

Sa partenaire intervint à son tour.

— Vous avez signalé le meurtre dans notre base de données UCR[1].

— Et nous voulions vous poser quelques questions sur le crime.

— Qu'est-ce que vous voulez savoir ? demanda sèchement Tanner.

— Tout ce que vous avez relevé sur la scène, le corps, et ce que vous savez de la victime.

— Vous ne pouviez pas attendre le rapport ?

— Non, justement.

Andy prit la main. Il détailla minutieusement toutes les observations effectuées sur place ainsi que les investigations déjà lancées. Les deux agents du FBI l'écoutaient religieusement sans prendre la moindre note, ce qui surprit le lieutenant. Il acheva son récit par la découverte des cailloux dans les organes génitaux de la victime. Gavin choisit ce moment pour intervenir à son tour et évoquer le Tueur de la Rivière Verte.

---

1. Unified Crime Database.

— Nous craignons d'être confrontés à un admirateur de Ridgway et de découvrir des cadavres de femmes dans tous les coins, tuées sur le même mode opératoire, conclut-il.

— Je ne crois pas à la piste du simple *copycat*, répondit Rosicki d'un ton qui se voulait rassurant.

Plus étonnant encore, la nouvelle délivrée par le lieutenant sembla presque la satisfaire.

— Pourquoi ? demanda Tanner, se faisant ainsi le porte-parole de Gavin et Andy.

Imperceptiblement, deux clans s'étaient formés dans le bureau. D'un côté les trois flics, de l'autre les deux agents. Ceux qui s'interrogeaient et ceux qui savaient. Stamos relaya sa collègue.

— Parce que, messieurs, nous avons recensé pas moins de vingt-sept meurtres d'infirmières pendant la seule année écoulée, sur l'ensemble du territoire.

— Vingt-sept ? répéta Gavin, effaré.

— Ce n'est pas tout, poursuivit Stamos. Il faut ajouter à ce chiffre macabre huit brancardiers et cinq chirurgiens.

— Si vous le présentez comme ça, c'est que vous supposez que ces crimes sont liés, n'est-ce pas ? interrogea Andy.

— Les faits nous laissent à penser que oui.

Cette fois, Gavin sortit de ses gonds.

— Mais quels faits, bordel de merde ?

Stamos et Rosicki se rapprochèrent mécaniquement, comme si cela les protégeait de l'hostilité des policiers au bord de la crise de nerfs. Le jeune agent spécial se lança.

— Au début, les meurtres entraient dans les cases, statistiquement parlant. Sur les quinze mille cinq cent quatre-vingt-seize meurtres recensés l'année dernière, il n'était pas anormal qu'on trouve des membres du personnel soignant. Ce qui a attiré notre attention, ce sont les conditions dans lesquelles les quarante infirmières, brancardiers et médecins ont été assassinés. Chaque fois, les policiers chargés de l'enquête se sont trouvés confrontés à des modes opératoires semblables à ceux d'un tueur en série ayant sévi dans leur État. Comme vous avec Ridgway…

— Ben merde… soupira Gavin.

— Attendez, c'est loin d'être terminé, continua Rosicki. Quand nous avons pris conscience de cette étrange similitude, nous avons contacté les enquêteurs concernés pour étudier avec eux les informations dont ils disposaient, tant sur les victimes que sur les conditions de leur décès. Outre le mode opératoire, nous avons noté deux éléments troublants. Tout d'abord, aucun des policiers ne disposait du moindre indice menant à quelque suspect que ce soit, ce qui, toujours statistiquement parlant, est plus qu'improbable. Ensuite, il ressort des interrogatoires des familles que toutes les victimes ont travaillé pour une organisation humanitaire sur une période de deux ans, entre 2008 et 2010. Elles s'absentaient deux mois, rentraient une semaine et repartaient pour deux mois. Ce dernier point établissait un lien entre elles et aurait pu nous permettre d'identifier d'autres victimes potentielles.

— Sauf que… ? souffla Gavin.

— Sauf que l'organisation humanitaire pour laquelle elles sont supposées avoir travaillé n'existe pas. Aucune trace. Pourtant elles ont effectivement touché un salaire qu'elles ont déclaré, mais nous n'avons pas pu tracer l'origine de l'argent, qui a transité par plusieurs comptes offshore en dehors de notre juridiction. Nous avons collecté des feuilles de paye et des courriers avec logo, adresse, etc., mais il s'agissait de faux. Très travaillés, mais faux néanmoins. Les numéros de téléphone indiqués sur les documents renvoyaient vers des messageries. Aujourd'hui, les lignes sont coupées.

— Qu'est-ce que c'est que cette histoire ? demanda Andy en se massant la nuque.

— C'est ce que nous nous employons à découvrir, lieutenant.

— Si je comprends bien, quelqu'un élimine des membres du personnel médical d'une ONG bidon, et l'assassin utilise les méthodes de tueurs en série emblématiques de l'État où résident ses victimes, récapitula Andy.

De longues secondes s'écoulèrent sans que personne prenne la parole. Ce fut Gavin Hastings qui brisa le silence.

— Ou alors, on retourne le problème. Des infirmières, brancardiers et médecins sont éliminés après avoir travaillé pour une ONG factice, par un ou plusieurs tueurs qui utilisent les méthodes de tueurs en série célèbres. En prenant la question sous cet angle, la priorité de nos enquêtes change. Au lieu de chercher un mobile et un tueur, nous cherchons ce qui se cache derrière l'ONG, ce qui nous mène au tueur. Vous saisissez la nuance ?

— Comme ça, là, tout de suite, pas très bien, non, avoua Andy.

— Si chaque enquête est menée localement, en cherchant des indices sur place, des mobiles dans l'entourage professionnel ou personnel, ou si nous partons sur la piste du meurtre opportuniste perpétré par un *copycat*, nous ne regardons qu'une toute petite partie du puzzle. En fait, si petite que nous ne voyons pas le tableau d'ensemble, et donc, nous passons à côté de la vérité. Or je soupçonne nos camarades du Bureau d'envisager un lien direct entre les meurtres pour lesquels le recours aux méthodes d'un tueur en série ne serait qu'un écran de fumée pour occuper les flics locaux. Mais voilà, le FBI veille et, grâce à sa base de données informatiques, recoupe ce qui aurait mis des années à être recoupé il n'y a pas si longtemps. En fait, le but de ceux qui sont derrière ces crimes est de semer la confusion. C'est clair pour tout le monde ou c'est moi qui déconne ?

Andy et le capitaine Tanner acquiescèrent d'un hochement de tête étonnamment synchronisé.

— Vous avez assez bien résumé notre angle d'attaque, confirma Rosicki.

— Et à part un angle d'attaque, vous avez des pistes sérieuses ? demanda Tanner sans détour.

Les deux agents du FBI baissèrent les yeux de concert et Stamos lâcha un soupir lourd de sous-entendus.

— Rien de précis pour le moment…

— Nous v'là bien avancés, murmura Gavin.

— Oui, mais c'est pour cela que nous avons monté une force opérationnelle. Elle regroupe les ressources conjointes de la police et du FBI pour éclaircir cette affaire.

— Je sais ce qu'est une force opérationnelle. J'en ai intégré une avant votre naissance, déclara Gavin d'un ton définitif.

— Et quel est notre rôle dans cette histoire ? interrogea Tanner sans chercher à masquer son impatience.

Rosicki monta au front.

— Nous n'avons pas assez de personnel pour tout traiter, et on aurait besoin d'aide. Le Bureau s'occupera d'éclaircir les tenants et aboutissants de cette ONG. Les forces de police locales mèneront leurs enquêtes à l'aune des informations que nous venons de fournir. Ensuite, nous centraliserons les données et nous les traiterons.

Tanner sonda en silence Andy et Gavin qui signifièrent leur assentiment, chacun à sa manière. Le vétéran haussa les épaules l'air de dire « si ça peut leur faire plaisir » tandis que son cadet se fendit d'un sourire qui signifiait « pourquoi pas ? ».

— Vendu, mes hommes vont mettre le paquet et resteront en contact avec vous.

Rosicki et Stamos parurent soulagés d'en avoir terminé et distribuèrent leurs cartes de visite avec la hâte de ceux qui se rêvent ailleurs, loin et vite.

Après de rapides poignées de main, ils désertèrent la pièce sans demander leur reste.

— Beaux formats de peigne-cul, s'amusa Gavin.

— Pas mieux, dit Tanner en riant.

— Nous n'avons plus qu'à nous y remettre, lança Andy à son équipier.

— Ouais. Remarque, pour nous, ça ne change pas grand-chose.

— N'empêche que nos fédéraux ont un beau merdier sur les bras, conclut Tanner en désignant la sortie aux lieutenants d'un geste de la main un rien méprisant.

Andy quitta le bureau en premier, tout en se demandant si, par le plus grand des hasards, ce merdier ne risquait pas de les éclabousser, Gavin et lui.

Chapitre 7

Paris, Hôpital américain de Neuilly.

Eytan et l'homme désormais privé du statut de Cypher se fixaient en silence. Depuis que le mot « Pervitine » avait été prononcé, le géant était resté aussi figé que le chronomètre de sa montre. Quant au malade allongé sur son lit de souffrance, il demeurait aussi immobile que le cadavre qu'il serait bientôt, d'une façon ou d'une autre.

L'hypothèse d'un simple piège paraissait trop évidente à Eytan pour être envisageable, quand bien même les principes de précaution appliqués tout au long de sa vie de combattant le poussaient à s'y préparer. Il se méfiait plutôt des capacités de manipulation de Cypher – qu'il n'arrivait pas à nommer intérieurement Archibald tant cela humaniserait ce sinistre personnage –, capacités dont il avait déjà fait les frais[1].

Certes, face à cette créature faible, le danger était de se laisser, sinon attendrir, du moins infléchir. Mais Cypher connaissait trop bien Eytan pour

---

1. Voir *Le Projet Shiro* et *Le Projet Morgenstern* dans *La Trilogie Bleiberg*.

espérer quelque pitié que ce soit, rendant cette option finalement improbable.

Oh, la menace de strangulation n'était pas feinte. Dès qu'il avait pénétré dans la chambre aux allures de suite, Eytan s'était imaginé fermer ses mains autour du cou de Cypher pour le serrer d'abord lentement avant de l'écraser de toutes ses forces, de toute sa haine. Mais l'ex-*kidon* se réservait ce plaisir pour l'éventualité où l'autre ordure n'aurait rien dans son jeu.

Cypher avait sauvé sa peau, temporairement du moins, à la seconde où il avait évoqué la passation de pouvoir au sein du Consortium. Pour Eytan, tuer son ancien dirigeant ne représentait aucun intérêt tant qu'il n'avait pas révélé tout ce qu'il savait, permettant ainsi d'éliminer une bonne fois pour toutes l'organisation.

Une partie de poker se jouait donc entre les deux hommes. En annonçant puis exposant sa maladie, Cypher avait misé la totalité de ses jetons. En répondant à son invitation, Eytan avait lui aussi fait tapis.

La partie prenait un tour inattendu et inconfortable car Cypher disposait encore d'une carte, voire plus, connaissant le personnage. La lueur de satisfaction qui dansait dans ses yeux fatigués témoignait de son incontestable avantage. Eytan reconnaissait la précarité de sa position, mais ne s'avouait pas vaincu pour autant. Après tout, il lui restait un joker...

— Est-ce que je dispose de votre attention ou dois-je confier mon âme à Dieu ?

— L'un n'empêche pas l'autre, répondit Eytan.

— Puis-je vous proposer de vous asseoir ? reprit Cypher. Je risque d'en avoir pour un petit moment.

— Merci de votre prévenance, mais je prends trop de plaisir à vous toiser.

— Comme vous préférez.

— Voilà, vous avez pigé le principe : c'est comme je préfère. Maintenant que nous en avons terminé avec les politesses d'usage, vous allez m'expliquer de quoi il retourne, et fissa, parce qu'en toute franchise, me trouver dans la même pièce que vous m'est insupportable.

Eytan sortit de sa veste un smartphone avec lequel il prit plusieurs photos de la feuille de soins accrochée au pied du lit, puis se redressa, la mine fermée.

— Que faites-vous ?

— Je souscris une assurance en ligne. C'est fou tout ce qu'on peut faire avec Internet de nos jours.

Il pianota sur son écran avant de rengainer l'appareil puis, d'un mouvement du doigt, indiqua à son hôte de reprendre. Celui-ci s'exécuta.

— Peu avant que le conseil me renvoie, j'ai eu vent d'un programme développé par la personne qui a pris ma place. Le Programme D-X, qui puise sa source dans l'utilisation d'une drogue utilisée massivement dans l'Allemagne hitlérienne depuis les années 1930 et qui a conféré un avantage décisif à la Wehrmacht durant la *Blitzkrieg*.

— La Pervitine, donc...

— En effet. Fabriquée par les laboratoires Temmler en quantité industrielle de 1938 à 1988, elle a été testée au camp de Buchenwald, sous l'égide de Waldemar Hoven, médecin-chef du camp[1]. Ce petit remontant permettait à l'ouvrier d'ignorer la fatigue

---

1. Waldemar Hoven a été condamné en 1948 pour crimes contre l'humanité et pendu dans la cour de la prison de

et d'accroître sa productivité, ou à la femme au foyer d'éliminer tout signe de dépression. Tout le monde consommait le produit miracle, les professeurs, leurs étudiants, les artistes même. Un pays entier défoncé à la méthamphétamine, car c'est bien de cela qu'il s'agit. Une drogue dure aux effets dévastateurs, mais il a fallu des années pour que les autorités en découvrent les effets pervers. Entre-temps, l'usage militaire produisit des résultats remarquables sur l'efficacité des soldats au combat.

— J'y étais, Cy... Archibald. Je sais ce dont les soldats du Reich ont été capables grâce à cette saloperie. Des heures de marche avec leur barda sur le dos sans éprouver la moindre baisse d'efficacité, l'agressivité décuplée au combat, la faculté d'attaquer sans relâche des troupes incapables de tenir le rythme imposé par les combattants drogués. De quoi leur permettre de signer quelques exploits notables.

— Lesquels avez-vous à l'esprit ?

— Je pense notamment à un groupe de quatre-vingts soldats allemands qui a réussi à prendre d'assaut la forteresse belge d'Ében-Émael, défendue par mille deux cents soldats. Le commando bénéficiait d'un soutien aérien et d'explosifs à charge creuse, une véritable avance technologique pour l'époque, mais il a surtout tenu ses positions face à la contre-attaque belge pendant vingt-huit heures, jusqu'à l'arrivée des renforts allemands. Les témoignages évoquaient des surhommes et ont alimenté la légende selon laquelle les soldats du Reich étaient invincibles. L'offensive des Ardennes a renforcé

Landsberg, où Hitler avait été emprisonné après le putsch raté de la brasserie.

cette légende. Ils ont franchi cent soixante-dix kilomètres, sur un territoire accidenté, en forêt, avec leur matériel, le tout en quatre jours, sans dormir, et cette promenade de santé a débouché sur des combats acharnés. On a souvent accusé les alliés de naïveté, mais la réalité est que personne ne s'attendait à cette attaque simplement parce qu'elle était a priori impossible. Croyez-moi, j'ai bien connu le problème. Je l'ai même affronté les yeux dans les yeux. Et je suis familier avec les effets secondaires de cette saloperie.

— Effectivement, l'augmentation des capacités d'éveil, de concentration ou l'élimination de la sensation de fatigue entraînent des contreparties physiologiques... disons... amusantes. Au début on se sent frais et dispo, à la limite de l'euphorie et peu à peu, on ressent des crises d'angoisse, de paranoïa jusqu'à des montées d'agressivité incontrôlables.

— Si on considère que les accès de manque sont amusants, alors c'était à se tordre, ironisa Eytan. Les types perdaient tout sens commun. Certains déliraient purement et simplement. D'autres devenaient tellement enragés qu'ils tiraient sur leurs propres troupes. Je vous assure qu'en face, il n'y avait pas vraiment matière à rire.

— C'est invraisemblable, sourit l'ex-Cypher. J'ai beau savoir que vous avez vécu ce pan de l'Histoire, je n'arrive pas totalement à le concevoir.

— Concevez-le, mon vieux, c'est en grande partie grâce à votre organisation que je suis là pour en témoigner.

— Oui... je... c'est exact... Mais vous êtes conscient qu'à titre personnel, je n'y suis pour rien ?

— Vous m'excuserez mais j'ai un peu de mal à faire la part des choses. La suite ?

— Dès... dès 1941, les dirigeants nazis ont pris conscience des dangers de la Pervitine. Deux décisions en ont découlé. D'un côté, le haut commandement a ordonné la limitation de sa distribution. Un ordre que les généraux n'ont pas suivi, notamment sur le front russe. Même après la régulation officielle de l'usage de la drogue, des dizaines de millions de doses ont continué à être produites et utilisées.

— Je confirme.

— D'un autre côté, les nazis ont travaillé à l'élaboration d'une nouvelle substance, plus efficace et surtout débarrassée des effets secondaires délétères de la méthamphétamine.

— Le programme D-IX, dit Eytan, mis en place en 1944. Un mélange d'oxycodone, cocaïne et méthamphétamine. Fort heureusement, l'effondrement du régime a empêché la production de masse du produit. Ceci dit, le cynisme de notre société est tel qu'en 2012, le groupe Aenova a racheté l'entreprise Temmler pour devenir un des géants pharmaceutiques européens.

— Vous êtes un livre d'histoire vivant, monsieur Morg.

Depuis quelques minutes, Eytan tournait devant le lit comme un lion en cage. Il s'immobilisa tout à coup.

— C'est formidable... Dites, Archibald, outre le fait qu'entendre parler de ces saloperies soixante-dix ans après leur utilisation m'amuse modérément, ai-je des raisons de m'inquiéter ?

— Je crains que oui.

— Pourquoi ne suis-je pas surpris...

— Parce que l'humanité court après les mêmes choses depuis l'aube de son existence et continuera de courir après jusqu'à son crépuscule. L'amour, la mort, le pouvoir sur les autres, ces interrogations sont immuables et nous reviennent toujours en pleine face aussi sûrement qu'un boomerang. L'usage militaire des drogues est aussi ancien que la guerre elle-même, et n'a pas fini d'obséder les dirigeants de toutes les grandes puissances. Aujourd'hui, la problématique s'est quelque peu déplacée vers le terrain sportif avec le dopage, le prestige d'une victoire dans les stades ayant remplacé les lauriers glanés sur les champs de bataille, mais il n'empêche, elle reste entière. Quel pays refuserait d'avoir à sa disposition une armée en tout point supérieure à celle de ses adversaires ou ses alliés ? Aucun, je vous l'assure. Et vous êtes bien placé pour le savoir. Furieusement, dramatiquement bien placé.

Cette fois, Eytan ne répondit pas du tac au tac. En une simple démonstration, celui qui fut Cypher venait de résumer les enjeux de sa vie. Depuis le jour où il s'était évadé du camp dans lequel il avait subi les pires expérimentations possibles, Eytan avait compris les appétits qu'il susciterait. Le hasard et la volonté de quelques hommes avaient conféré un but à son existence. Il avait toujours évolué sur une corde raide entre exploitation de ses facultés et fuite devant les forces qui souhaitaient se les approprier. Alors, oui, le fond, il le connaissait par cœur. Il vivait depuis toujours avec la fascination qu'un homme amélioré suscitait. Mais la forme... Furieusement, dramatiquement... La fureur et le drame. Deux mots qui résonnaient en lui avec plus de force qu'en aucun autre être. Deux mots pour résumer une vie. Il reprit la parole au prix d'un réel effort de maîtrise de soi.

— Et je suppose que le programme développé par votre successeur possède un lien direct avec la Pervitine, faute de quoi vous viendriez juste de me faire perdre mon temps.

— Je ne me serais pas permis.

— Alors qu'avons-nous précisément à redouter ? Le nouveau Cypher compte vendre une nouvelle drogue aux Américains, aux Russes ou aux Nord-Coréens ? Et à supposer que ce soit le cas, en quoi cela me concerne-t-il ?

— Vous avez vu juste pour ce qui est du développement d'une nouvelle drogue, mais il ne la réserve pas à une grande puissance. Il compte faire bien pire que cela. Et tout ceci vous concerne pour la plus simple des raisons : vous êtes seul responsable de la crise qui se profile devant nous… Vous et vos vieux amis du MI6.

Eytan plissa les yeux, à la fois dubitatif et en pleine exploration d'une mémoire emplie d'innombrables souvenirs d'opérations et de missions dont il n'arrivait pas à isoler le moindre lien avec la conversation actuelle.

— Je ne comprends pas.

— Vous comprendrez, monsieur Morg. Mais comme nous n'avons que peu de temps devant nous, vous allez commencer par ouvrir le tiroir de ma table de chevet.

Eytan en sortit une grande et épaisse enveloppe qu'il décacheta sans attendre. À l'intérieur, il découvrit une liasse de billets de banque, des dollars en grosses coupures, et un dossier détaillant le parcours professionnel et personnel d'une jeune femme dont le visage ne lui disait absolument rien.

— Avant mon éviction du Consortium, quelques fidèles m'ont fait parvenir des éléments sur les plans de mon successeur, reprit Archibald. La femme qui est l'objet de ce dossier devrait vous fournir une piste intéressante. L'argent servira à couvrir vos frais.

— Mes frais pour quoi, au juste ?

— Vous partez pour la côte Ouest des États-Unis, vous aurez besoin d'un billet d'avion et d'un hébergement sur place. Pour ce qui est du matériel, je compte sur votre réseau à travers le monde.

— Ah oui, carrément ?

— Carrément.

— Mais pourquoi devrais-je vous faire confiance ? Pourquoi moi ? Et vous comptez me dire en quoi je serais responsable de la « crise qui se profile devant nous » ?

— Que vous me croyiez ou non, j'ai encore un sens moral, et ce qui se trame va à l'encontre de mes convictions. Disons qu'il s'agit pour moi d'une forme de rédemption, histoire d'améliorer mon karma avant ma mort. Quant à vos autres interrogations... Vous prétendez que l'effondrement du régime nazi a empêché le déploiement du programme D-IX, mais vous oubliez un peu vite que vous avez joué un rôle dans cette histoire. Rappelez-vous votre incorporation au sein du très secret SEDI, monsieur Morg. Tout particulièrement votre première mission...

Chapitre 8

Camp d'entraînement des commandos,
Achnacarry, Écosse. Septembre 1943.

Depuis la vaste terrasse au sommet du château, la forêt écossaise verdoyait sur des kilomètres à la ronde. Pourtant, les militaires rassemblés ne se préoccupaient pas plus de la majesté des robustes collines que de la beauté des eaux du Loch Arkaig ondoyant sous leur protection séculaire. Personne ne prêtait attention au retour du soleil, éclatant dans un ciel immaculé après des semaines de temps couvert et d'averses incessantes. La température, elle, demeurait fraîche, même si les quatorze degrés qu'affichait le thermomètre constituaient un réel progrès comparés aux dix de moyenne des quinze derniers jours. Mais, après tout, personne n'avait choisi d'installer les camps d'entraînement des forces spéciales dans les Highlands pour profiter d'un climat propice au farniente.

Stefan Starlin examina le petit cercle de privilégiés conviés à la démonstration par le maître des lieux, le très aristocratique général Robson. Ce vétéran de la Première Guerre mondiale, dont il avait suivi le déroulement depuis le quartier général anglais en France, incarnait à merveille la notion d'innocuité. D'après la légende, le grand échalas n'avait jamais connu le feu ennemi et ne quittait son luxueux bureau que pour vérifier la bonne tenue vestimentaire de ses troupes. Lui-même toujours tiré à quatre épingles, il exigeait des chaussures cirées, des tenues impeccables et, d'une manière générale, le plus strict respect du règlement. Les moins teigneux l'appelaient « l'Intendante »... Si les troufions méprisaient ce gratte-papier guindé et obséquieux, les instructeurs se félicitaient qu'il leur laisse les mains libres pour former l'élite militaire voulue par Churchill depuis 1940.

Derrière le double-mètre longiligne de Robson se cachait son aide de camp, Hillwood, spécialiste mondial de la flagornerie et expert international en veulerie huileuse. Aussi petit que son maître était grand, aussi rondouillard que l'autre était sec, le lieutenant Hillwood devait son poste à d'obscures connexions familiales. D'après la rumeur, une histoire de neveu par alliance d'un ministre quelconque. La persistance du népotisme malgré la guerre agaçait Starlin autant qu'elle le rassurait. En des temps incertains, cela constituait au moins une forme de stabilité.

Trois soldats de base, air idiot et vue basse, escortaient le triste duo.

Légèrement à l'écart se tenait le seul homme en civil de tout le périmètre. En dépit de ses courts cheveux grisonnants et de la sévérité de ses traits, Stefan ne lui donnait pas plus de trente ou trente-cinq ans. Le visage creusé de l'homme ne laissait rien transparaître de son état d'esprit. Pourtant, sa bouche semblait vouloir sourire à tout moment, et ses yeux sombres enfoncés dans des orbites profondes exprimaient une curiosité empreinte d'ironie. Plus grand que Stefan, l'inconnu portait avec une élégance remarquable un costume croisé gris foncé rayé de pourpre. Sa tenue soulignait des épaules larges et une taille fine. Seule ombre au tableau, il marchait à l'aide d'une canne en bambou noir avec un pommeau à tête de lévrier en métal chromé.

Remarquant le regard de Stefan, l'homme le fixa avant de le saluer d'un signe de tête accompagné d'un sourire en coin. Une réaction en apparence banale, teintée de savoir-vivre et de politesse dans laquelle le commando décela un message sans ambiguïté : « Je suis plus intelligent que vous tous réunis, et je lis en vous comme dans un livre ouvert. » Intrigant et inquiétant.

— J'espère que vous ne gaspillez pas notre temps, Starlin, lança Robson en empoignant les jumelles tendues par son gnome.

— J'en doute, mon général.

Deux autres paires de jumelles atterrirent dans les mains de l'inconnu, puis de Stefan. Tous portèrent leur attention sur le terrain aménagé en contrebas, dans le parc du château.

Le parcours d'évaluation des futurs commandos consistait en une série d'obstacles dont l'enchaînement promettait d'éprouver le plus résistant des organismes. Pour les véritables athlètes, le menu se voulait indigeste. Les soldats ordinaires, eux, calaient avant même le plat de résistance. Les réjouissances commençaient par un sprint sur quatre cents mètres, avec barda complet et fusil en main. Après cet échauffement, les hommes devaient gravir un mur haut de trois mètres cinquante, les obligeant à coopérer, suivi d'une longue étendue d'eau boueuse surmontée d'un treillage barbelé à ras du sol. Arrivaient ensuite un plan incliné fait de rondins de bois, puis une nouvelle course vers l'une des tours du château dont l'escalade sur une dizaine de mètres s'effectuait à l'aide d'une corde. De là partait une tyrolienne rejoignant un pas de tir dont les cibles se trouvaient à cinquante mètres de distance. L'épreuve s'achevait sur un dernier sprint jusqu'à la ligne d'arrivée. Le tout sous la menace de tirs à balles réelles effectués par des instructeurs situés sur des miradors aux quatre coins de la zone. Histoire d'accroître le stress, quelques grenades volaient aléatoirement de-ci de-là. À de nombreuses reprises, l'exercice s'était soldé par des accidents allant de la simple entorse à la mort, en passant par la perte d'un œil ou de multiples fractures. L'état-major, soutenu par les politiciens, les estimait acceptables dès lors qu'il permettait l'émergence d'une élite de combat.

Stefan Starlin connaissait par cœur ce terrain pour l'avoir arpenté de long en large, avec des résultats le classant dans le top trois des compétiteurs. Quinze mois plus tôt, il s'y entraînait pour intégrer une force d'intervention rapide et de soutien des poches de résistances sur le Continent, la Special Operation Executive. Sportif émérite, doté d'une musculature à part avec des bras solides comme des troncs d'arbre et des pectoraux saillants, Stefan avait intégré l'armée dès le début des années 1930. Si ses capacités au tir ne le distinguaient pas de la moyenne, ses aptitudes au combat rapproché et ses facultés d'adaptation lui avaient valu la reconnaissance de sa hiérarchie. Hélas pour son avancement, Stefan souffrait aussi d'un tempérament impétueux et collectionnait les rapports pour insubordination.

Combattant dans l'âme, homme d'honneur et tête de lard : trois qualités en totale adéquation avec le profil idéal des commandos voulus par Churchill.

Le général leva un bras. Stefan sentit la tension monter d'un cran. Après tout, il était la cause de tout ce ramdam et jouait en partie sa réputation sur les minutes à venir. Pourtant, son propre sort lui importait moins que celui du garçon qui focaliserait sur lui toute l'attention.

À l'issue de sa formation, Stefan avait été parachuté en Pologne, en compagnie du général Wladowski – qui l'avait recruté – et d'un opérateur radio qui n'avait malheureusement pas survécu à son atterrissage. Les deux rescapés avaient établi la liaison avec un groupe de résistants responsables de coups d'éclat contre la Wehrmacht. Sabotages, vols d'armes, éliminations : la section menait une guérilla acharnée et enchaînait les succès. Mais plus remarquable encore que leurs exploits, parmi eux se trouvait un adolescent au crâne rasé dont les capacités martiales exceptionnelles et les origines impensables pouvaient influer sur le cours de la guerre.

Seuls rescapés d'un piège tendu par une unité SS, Stefan et le garçon avaient réussi à rallier l'Angleterre. Là, Stefan relata son histoire[1] devant un comité du SOE qui, contrairement à ce que craignait le soldat, prit très au sérieux ses révélations quant à la nature d'Eytan. Pendant près de deux mois, Stefan et son protégé vécurent reclus sous haute protection. Un lien puissant s'établit entre eux durant cette période. Découlait-il des heures d'enseignement de la langue anglaise dispensées

---

1. Voir *Le Projet Morgenstern* dans *La Trilogie Bleiberg*.

par Stefan ? Du fait que le gamin devait sa vie à l'intervention in extremis de l'agent du SOE ? De la proximité due à leur réclusion ? Stefan n'aurait su le dire. Mais quelle qu'en soit la cause, le résultat apparaissait comme une évidence : chacun incarnait pour l'autre ce qui s'apparentait le plus à un frère.

La décision d'exposer l'existence et la vraie nature de l'adolescent avait donc été prise en commun.

Et voilà comment, en cette journée de fin d'été, tout un camp militaire était privatisé afin d'évaluer les capacités d'Eytan Morgenstern, sous le regard inquiet de son formateur et ami.

Suivant le signal de départ du général, les cinq participants à l'épreuve sortirent en file indienne d'un sous-bois voisin. Stefan constata avec soulagement qu'Eytan ne détonnait pas des autres soldats. La plupart possédaient un gabarit solide et, même si le môme avait beaucoup grandi ces dernières semaines, approchant du mètre quatre-vingt-dix, il se fondait dans la masse. Tout juste se distinguait-il par son crâne totalement glabre, sourcils inclus.

Dûment équipés, les concurrents s'alignèrent sur la ligne de départ.

Un sergent se plaça à leur niveau, dégaina son pistolet puis tira en l'air. À côté de Stefan, un officier déclencha son chronomètre.

La course commença.

Le cœur de Stefan s'emballa dans sa poitrine.

Les quatre cents premiers mètres s'effectuèrent en peloton groupé, personne ne parvenant à se détacher. Arrivés au pied du mur, deux duos se formèrent, le premier soldat proposant une courte échelle au second qui, une fois au sommet, assistait le premier dans son ascension. Seul devant le mur, l'adolescent observa un instant la manœuvre, puis rebroussa chemin avant d'accélérer vers l'obstacle. Il se propulsa en l'air, prit appui sur l'un de ses pieds, donna une nouvelle impulsion et agrippa in extremis le sommet qu'il gravit sans peine à la force des bras, sous les regards médusés de ses compagnons.

Indifférent aux coups de feu qui claquaient un peu partout, il sauta de l'autre côté et continua sa course tandis que les autres se démenaient pour rattraper un retard devenu instantanément considérable. Parvenu à l'eau boueuse, il plongea sous les barbelés et rampa dans la gadoue, tête dans la flotte et en apnée. Il parvint à la fin de l'épreuve au moment où le premier poursuivant l'entamait à peine.

Sans montrer le moindre signe de fatigue ou d'essoufflement, il s'affranchit du pan de rondins inclinés en un tournemain et avec un équilibre impeccable, puis sprinta en direction de la tour. Trempé jusqu'aux os, il entreprit l'escalade au pas de charge et parvint à la tyrolienne à temps pour apercevoir les autres s'extirper de la mare.

— Starlin, il ne connaît pas le parcours, et n'a jamais subi d'entraînement de cet ordre ?

— Non, mon général. Il a simplement reconnu le tracé il y a une heure.

— Et vous avez débusqué ce garçon par hasard au beau milieu de la résistance polonaise ?

— Oui, mon général.

— Stupéfiant ! s'exclama le gradé. Et tellement pittoresque.

La moitié anglaise de Stefan Starlin supportait difficilement le côté ampoulé des aristocrates. Mais pour sa moitié polonaise, les commentaires guindés de ce chef de guerre d'opérette plus préoccupé par le lissage de sa moustache que par ses obligations militaires frisaient l'insoutenable. Après quelques bières derrière la cravate, Stefan écraserait très volontiers son poing sur la gueule de ce snobinard arrogant. Mais s'il commençait, il lui faudrait frapper les trois quarts de l'état-major. Les soupirs ostentatoires de l'homme au costume gris rayé attestaient d'un agacement partagé.

À plusieurs encablures de là, Eytan s'était allongé devant le pas de tir. Jambes écartées et œil collé au viseur de son arme, il aligna trois coups dans le mille. Deux grenades sautèrent à une dizaine de mètres de lui sans le faire ciller.

Il acheva sa course au petit trot et franchit la ligne d'arrivée en marchant, signalant la fin de l'exercice. Le soldat en deuxième position n'avait même pas encore achevé d'escalader la tour...

Sur la terrasse, les observateurs abandonnèrent leurs jumelles.

Pour un peu, on se croirait au derby d'Epsom, s'amusa Stefan en son for intérieur.

Il ne put s'empêcher de sourire lorsque l'aide de camp tendit, incrédule, son chronomètre à Robson, lequel demeura stupéfié par le temps indiqué. Le général se reprit et exigea que le temps final du vainqueur soit consigné. Il se tourna ensuite vers l'homme au costume. Silencieux et impassible, il cligna simplement des yeux.

— Messieurs, mettez notre nouveau *recordman* aux arrêts, ordonna Robson.

— Comment ça ? Vous êtes malade ? lança Stefan.

— Arrêtez également le soldat Starlin pour insubordination et outrage à un supérieur.

— Pardon ? Mais c'est n'importe quoi !

Un des soldats saisit Stefan par l'épaule.

— Bas les pattes, connard !

Un puissant crochet au menton allongea l'homme pour de bon. Fou de rage, Stefan s'apprêtait à avoiner les deux compagnons de son imprudente victime. Mais ceux-ci avaient reculé hors de portée, et pointaient déjà le canon de leur fusil dans sa direction.

L'adrénaline retomba. Robson et Hillwood s'étaient eux aussi éloignés. Le général posait sur Stefan un regard dédaigneux. Son aide de camp, lui, paraissait terrifié. Quant au civil, il observait la scène sans avoir bougé d'un iota, les deux mains appuyées sur le pommeau de sa canne. Toujours aussi impénétrable, il se délectait ostensiblement du spectacle.

— Starlin, baissez les bras, ou je jure devant Dieu de donner l'ordre de vous abattre sur-le-champ ! gronda le général.

Stefan baissa la garde. Aussitôt, un des soldats le menotta mains dans le dos. Mais le rugueux Anglo-Polonais se souciait peu de ce qui allait lui arriver. Toute son attention se concentrait sur Eytan, qui subissait le même sort quelques dizaines de mètres en contrebas.

*
* *

La porte en bois de la cellule s'ouvrit dans le craquement sinistre des gonds rouillés.

Assis sur le sol depuis une dizaine de minutes seulement, Eytan ne daigna pas tourner la tête. Il ne quittait pas des yeux l'ombre des barreaux projetée par le soleil à travers la lucarne située trois mètres au-dessus.

Ni le claquement sourd au sol ni le « bonjour » enjoué du visiteur ne le détournèrent de sa contemplation. Une nouvelle ombre, produite cette fois par la lumière artificielle dans le couloir de la prison, occulta la précédente. Eytan daigna alors tourner la tête vers l'homme à l'élégance discrète qui se tenait dans l'embrasure de la porte, les deux mains en appui sur le pommeau de sa canne.

— Sincères félicitations pour votre prestation, déclara l'homme.

Regard neutre pour seule réponse.

— Vous venez d'établir un record susceptible de tenir un long moment.

Vague et las hochement de tête. Sous-entendu : allez savoir…

— Je doute même qu'il soit battu un jour.

Toujours muet, Eytan mima lentement des applaudissements. L'homme qui se tenait à contre-jour et dont Eytan ne pouvait pas distinguer les traits ne s'en offusqua pas, continuant de plus belle son monologue.

— Devant un tel écart avec vos concurrents, j'ai jugé inopportun d'aller jusqu'à l'épreuve du ring de boxe. Autant éviter de graves lésions à des hommes dont nous avons besoin sur les théâtres d'opération.

Cette fois, Eytan pencha la tête vers son épaule en signe d'acquiescement.

— Étonnante, cette volonté de vous raser le crâne et les sourcils.

Silence impassible.

— Je vois. Monsieur joue les mutiques, ironisa l'inconnu, sans rien perdre de son flegme.

— Je ne parle pas pour ne rien dire.

— Ciel, il est doué de la parole ! Bien, nous allons donc pouvoir avancer.

Moue dubitative.

— Vous attendiez sans doute la visite d'un militaire ?

— Non.

— Qu'attendiez-vous donc ?

— Personne, donc vous.

Eytan perçu un raidissement, vite dissipé.

— Suis-je quelqu'un ? Ne suis-je effectivement personne ? Qui sommes-nous, que voulons-nous... Questions d'une infinie complexité dont je laisse la réponse à de plus philosophes que moi.

— Je sais exactement ce que vous voulez, qui ou quoi que vous soyez.

— Tiens donc ? En plus d'avoir des dons physiques exceptionnels, seriez-vous susceptible de lire dans les pensées ?

— Il y a deux façons d'anticiper les mouvements d'un adversaire. Soit l'expérience acquise vous informe de ses intentions, soit vous projetez sur lui ce dont vous seriez vous-même capable.

— Dans le cas présent, je présume que l'expérience acquise tient la corde ?

— Tout juste.

— Sage réflexion, à un détail près : je ne suis pas forcément votre adversaire.

— Me garder en cage contre ma volonté n'est pas le meilleur moyen de vous attirer ma sympathie...

— Je n'ai que faire de votre sympathie, jeune homme. Compte tenu de votre histoire, je vous imaginais, plus que tout autre, conscient que, dans un monde à feu et à sang, les émotions importent moins qu'un pragmatisme froid.

— Ah, parce que vous croyez mon histoire ? Ceux qui m'ont interrogé jusqu'ici ne m'ont pas donné l'impression d'en avaler un traître mot, sans quoi on ne m'aurait pas fait passer ce test ridicule.

— À leur décharge, elle est plutôt difficile à avaler.

— Posséderiez-vous un esprit plus ouvert que le leur ?

— Sans le moindre doute, faute de quoi, je n'occuperais pas ma position. Cela dit, je possède sur eux un avantage de taille. Je sais qu'un jeune scientifique allemand nommé Viktor Bleiberg a proposé ses services à Himmler pour créer l'Aryen éternel, véritable machine de combat censée permettre aux nazis d'asseoir définitivement leur domination sur le monde. Je sais également qu'un centre d'expérimentation a été mis à sa disposition dans le camp d'internement du Stutthof. Je sais que de nombreux enfants juifs y ont été enfermés pour subir des tests fondés sur des modifications de l'ADN d'après des travaux de Marie Curie. Je sais, enfin, que tous les sujets ont succombé aux effets des radiations et des multiples injections qu'ils ont subis. Tous, sauf un. Le patient 302, dont la véritable identité nous était jusqu'alors inconnue, mais l'inscription sur votre bras atteste qu'il se trouve devant moi. J'ai également lu des rapports sur les activités d'un groupe de résistants polonais dont les nombreuses actions ont beaucoup irrité nos amis d'outre-Rhin. Un groupe que nous avions décidé de soutenir grâce à l'envoi d'agents britanniques et qui a connu une fin tragique à la suite de l'intervention du colonel Dietz, maître chasseur dépêché par Heydrich lui-même. Trois de mes agents sont morts pour me faire parvenir ces rapports. J'ose espérer que leur sacrifice n'aura pas été vain.

— Et qu'est-ce qui pourrait faire qu'il n'ait pas été vain ?

— À quoi aspirez-vous, Eytan ? Si le choix vous était donné, à quelle activité souhaiteriez-vous vous consacrer ?

Eytan fixa longuement le visage impassible de son interlocuteur puis, comme si la réalité des lieux ne l'intéressait plus, son attention se détourna vers la lucarne.

— Je trouverais un moyen de me rendre à Berlin, et je massacrerais tout ce qui ressemble de près ou de loin à un dirigeant nazi. Je m'emploierais à leur faire comprendre qu'à jouer avec le feu, on périt par lui.

— Et si les moyens vous étaient donnés d'accomplir votre croisade, ne craindriez-vous pas de retomber entre leurs mains ?

— Je préférerais mille fois mourir plutôt que de me laisser prendre.

— J'aimerais revenir sur un point. Vous disiez connaître mes intentions. Je suis curieux d'entendre votre théorie à ce propos.

— Vous souhaitez m'étudier pour reproduire les résultats obtenus par Bleiberg et créer votre propre armée d'humains améliorés. Mais j'aime autant vous prévenir tout de suite, le premier imprudent en blouse blanche que vous m'enverrez connaîtra une mort pénible.

— Sentirais-je poindre comme une aversion envers le corps médical ?

— Légère, ironisa Eytan en rapprochant son pouce et son index.

— Difficile de vous blâmer. Voyez-vous, sans vous dévoiler ma profession, je puis vous dire qu'elle consiste en grande partie à analyser et comprendre les individus. De mon discernement dépend le recrutement de nos espions, des membres de nos unités spéciales et bien d'autres choses encore qui vous dépassent. Je cherche des clefs, des ouvertures, des axes de motivation ou des moyens de pression. À ce titre, la puissance des traumatismes m'a toujours passionné. Leur faculté à annihiler les capacités de réflexion de ceux qui en souffrent me fascine.

— Un psychiatre se tue aussi bien qu'un médecin, s'il vous venait à l'idée de m'en présenter un.

— Vos réponses suffisent à m'éclairer, je ne vois aucun besoin de recourir à l'expertise d'un praticien.

— Et quelles sont vos conclusions ?

— Permettez-moi de les garder pour moi. Je ne voudrais pas dévoiler mon jeu avant que la mise ne soit à la hauteur.

— Tout ceci est un jeu à vos yeux ?

— La vie est un jeu, mon ami. Un jeu cruel et absurde, je vous l'accorde, mais rien de plus qu'un jeu.

Sur cette dernière provocation, l'inconnu s'approcha brusquement et s'accroupit devant Eytan qui discerna enfin son visage. Des joues creusées, un teint pâle, de petits yeux scrutateurs qui naviguaient dans ceux du garçon, oscillant de droite à gauche comme s'ils pénétraient son âme. Cet homme aurait dû être laid, inquiétant. Mais en dépit de son air possédé, il dégageait une forme de beauté fascinante, quelque chose de rassurant. Et surtout, il y avait ces mots murmurés, articulés lentement pour leur conférer toute l'intensité de leur signification.

— La haine brûle dans vos yeux, Eytan, elle vous dévore, et pour l'assouvir, vous prendriez les risques les plus inconsidérés. La supériorité que vous ont accordée les expériences de Bleiberg vous permettrait peut-être d'éliminer quelques sous-fifres, mais vous seriez abattu avant même d'avoir approché le plus insignifiant dignitaire. Je ne suis pas dupe, vous avez retenu les chevaux lors de la course. En l'état, vous n'êtes qu'un ersatz de Jesse Owens, un sportif tout juste bon à humilier ses semblables dans un stade, un monstre de foire en colère contre le monde entier. Vous vous permettez de m'insulter en insinuant que je ne suis personne ? Sachez qu'à mes yeux, vous êtes encore moins que ça. Vous n'êtes qu'un rat de laboratoire qui cherche désespérément à s'évader du labyrinthe dans lequel on l'a enfermé.

Sur l'instant, Eytan songea à enrouler ses mains autour du cou de l'impudent et à serrer jusqu'à ce que mort s'ensuive. À lui faire expier ses paroles et lui faire goûter à la vulnérabilité et à la souffrance insondable d'être détruit, annihilé, nié en tant qu'humain.

Mais les mots résonnaient au plus profond de son âme et heurtaient ses angoisses les plus terribles. En une tirade, l'inconnu avait non seulement exposé la vérité d'Eytan, mais il avait, de surcroît, démontré sa perspicacité. Il cherchait surtout à le provoquer et guettait désormais sa réaction, un sourire gourmand sur les lèvres. Un combat sans coups, d'un genre inconnu du garçon, venait de se dérouler. Et Eytan avait perdu. Alors, comme tout vaincu, il rendit les armes et baissa la tête.

— Qui êtes-vous ? Que voulez-vous ? Comment va Starlin ?

— Je m'appelle Edwyn, et je travaille pour un service de renseignement qui n'existe pas. Vous n'avez pas besoin d'en savoir plus pour l'instant. Quant à Stefan Starlin, je l'ai fait enfermer dans une cellule voisine. Il va bien, ne vous inquiétez pas pour lui. Et ce que je veux est d'une simplicité absolue. Je souhaite votre collaboration, pleine, entière et inconditionnelle. Pour commencer, des médecins de mon service vont procéder à un examen médical exhaustif. J'ai besoin de savoir précisément à qui j'ai à faire et, dans votre cas, cette étape est indispensable pour s'épargner des mauvaises surprises à des moments inopportuns.

Eytan s'apprêta à parler, mais Edwyn ne lui en laissa pas le temps.

— Épargnez-moi vos protestations, j'ai un moyen de pression suffisant en la personne de Starlin pour vous motiver. Je veillerai à ce que le général Robson vous fiche la paix et à ce que vous bénéficiiez de conditions de vie confortables. En revanche, ne tentez rien d'idiot d'ici à mon retour.

— À supposer que j'accepte, quelle est la finalité de tout ça ?

— Il se pourrait bien, notez l'emploi du conditionnel car je vais devoir jouer serré, que je sois votre meilleure chance de trouver une place en ce bas monde. Et pas n'importe quelle place. Celle dont vous rêvez. Pour l'instant, cher ami, je suis ce qui s'apparente le plus à un gentil dans votre entourage.

— Je ne crois plus aux gentils depuis longtemps déjà.

104

— À la bonne heure, se félicita Edwyn. Avec notre désir mutuel d'éliminer du nazi, cela nous fait un deuxième point en commun.

Eytan laissa filtrer un rire qui gagna en intensité.

— Qu'y a-t-il de si drôle ?

— Moyen de pression et motivation, répondit Eytan en reprenant les mots de son mystérieux visiteur.

Ce dernier claudiqua jusqu'à la porte, et, sans se retourner, lança par-dessus son épaule :

— Votre véritable entraînement a commencé...

Chapitre 9

Seattle, de nos jours.

Allongé sur le dos, Damian ronflait comme un bienheureux. Pas un ronflement gras, mais une douce musique, témoin d'un sommeil paisible, celui-là même qui fuyait désespérément Andy. Il avait beau se tourner et se retourner dans le grand lit, se concentrer sur sa respiration ou celle de son compagnon, rien n'y faisait. De guerre lasse, il préféra contempler l'amour de sa vie. La beauté de ce garçon ne cessait d'émouvoir Andy depuis leur première rencontre, bien des années plus tôt, lors d'une soirée chez des amis communs. L'aspirant policier s'était abîmé dans les yeux verts du jeune comptable au visage doux mais empreint de virilité. Des lèvres charnues, un petit nez busqué, un sourire éclatant encadré de délicates fossettes et une chevelure noire épaisse n'étaient pas les moindres atouts de cet apollon. Car il possédait également un corps de rêve avec de larges épaules, un torse puissant en V sur une taille fine, des cuisses non moins puissantes mais surtout, entre les deux, une paire de fesses rondes et fermes à damner un saint.

À l'attirance physique réciproque s'ajoutèrent une complicité intellectuelle et une appétence culturelle commune. Il n'en fallut pas plus à Cupidon pour vider son carquois et, trois mois après leur rencontre, les deux tourtereaux s'installaient ensemble dans un petit appartement cosy du centre-ville. Et même si les tracas du quotidien s'immisçaient parfois dans leur idylle, celle-ci perdurait et semblait ne jamais vouloir s'éteindre.

Andy éprouva la tentation d'effleurer les pectoraux de son homme pour un réveil en douceur suivi d'étreintes passionnées. Après tout, faire l'amour s'avérait le meilleur des relaxants et un merveilleux somnifère. Mais cette nuit, seul Morphée profiterait de la chaleur de Damian, véritable bouillotte humaine. Andy chassa le désir qui le tenaillait, saisit son téléphone portable dont l'écran affichait deux heures trente, puis se leva pour rejoindre le salon, non sans avoir refermé la porte avec une délicatesse amoureuse.

Un passage par la cuisine pour se préparer une tisane, puis il s'installa dans le canapé, équipé des documents sur l'affaire Cynthia Hamon. Un bref instant, Andy sourit à l'idée qu'une femme le tenait éveillé, avant d'être rattrapé par un sentiment conjoint de tristesse et de malaise. Entre la mise en scène lugubre d'un cadavre en sale état, les similitudes avec les exploits d'un tueur en série de sinistre mémoire et l'intervention inattendue du FBI armé de révélations fracassantes, il n'y avait finalement pas matière à sourire. Pire encore, après la visite des fédéraux, le service médico-légal, diligenté toutes affaires cessantes, s'était fendu de constatations guère réjouissantes. Cynthia était morte dans le hangar où les policiers l'avaient découverte, pendant que son ou ses agresseurs lui brûlaient les jambes. Andy ne s'était pas attardé sur les détails physiologiques, mais il semblait qu'une partie des brûlures ait été infligée post-mortem. Des traces d'acétylène auraient été relevées sur le corps, ce qui laissait envisager le recours à un chalumeau. Quant au décès, il aurait été causé par un accident cardio-vasculaire provoqué par une douleur intolérable infligée trop longtemps. Dernière constatation : de fines entailles autour de ses poignets et de ses chevilles attestaient de l'usage de liens en Nylon. Enfin, le corps ne portait aucune trace susceptible d'identifier le ou les criminels, et n'avait subi aucuns sévices sexuels, hormis le dépôt de cailloux après la mort.

D'abord livrées par téléphone, les informations feraient l'objet d'un rapport écrit et circonstancié. Autre information capitale recueillie auprès de son mari : Cynthia avait bien travaillé pour la fameuse ONG fictive, Worldwide Rescue Solidarity.

Déjà peu accommodant depuis la découverte du crime, Satch s'était encore rembruni à l'annonce des différentes nouvelles. Conformément aux consignes des agents Rosicki et Stamos, il les avait informés des découvertes des légistes. Pendant la conversation, Andy, saisi par une soudaine intuition, avait demandé à son collègue de s'enquérir d'un point capital à ses yeux : comment les autres victimes étaient-elles mortes ? La réponse était tombée, implacable. Tout collait, depuis le mode opératoire d'un tueur en série jusqu'à l'absence totale d'indice sur le cadavre, hormis un détail. Au cœur d'une longue liste d'abominations, entre autres la mort par strangulation et des coups de couteau dans le dos, il apparaissait clairement qu'aucune victime n'avait été entravée par du Nylon. L'agent Rosicki dut effectuer une recherche pour vérifier ce fait ; aucune n'avait été ni ligotée ni menottée d'une quelconque manière, quand bien même certaines avaient fini emballées dans des sacs plastiques.

Le cas Cynthia Hamon cochait donc toutes les cases, mais possédait une spécificité sur laquelle Andy et Satch s'accordèrent sans difficulté. On l'avait attachée, torturée, et la mort avait frappé par surprise. Pas selon la volonté du ou des tueurs. Pour les deux policiers, cela ne pouvait signifier qu'une chose : on n'avait pas simplement voulu éliminer Cynthia, on avait souhaité la faire parler avant. Mais de quoi ? La question qui restait en suspens tournait en boucle dans l'esprit d'Andy depuis que Satch et lui avaient décidé de regagner leurs pénates afin d'y trouver un repos mérité et nécessaire au vu de la masse de travail qui les attendait. Satch avait décidé de lancer des investigations tous azimuts : examen des comptes bancaires, enquête poussée auprès de ses collègues, perquisition du domicile, fouille complète de son passé. L'intégralité de la vie de Cynthia Hamon serait passée au peigne fin jusqu'à ce que la vérité soit dévoilée. Surmotivé par l'arrivée du FBI, et, Andy en mettrait sa main à couper, par son tête-à-tête avec le veuf, Satch avait fait de l'enquête une affaire personnelle. Nul doute qu'à cette heure avancée de la nuit, il ressassait lui aussi les tenants et aboutissants d'un mystère dont l'épaisseur ne cessait de croître. Tant pis pour le repos mérité…

Lové dans son canapé, le nez dans les copies des pièces du dossier, Andy sursauta. Son téléphone vibrait à tout rompre et se déplaçait tout seul sur la table basse en verre. Il se précipita sur l'appareil avant que le bruit réveille Damian, puis décrocha tout en gagnant la cuisine afin de s'éloigner de la chambre à coucher.

— Je te réveille ?

La voix de Satch ne trahissait aucune somnolence et sa question semblait plus dictée par les règles de la politesse que par une réelle gêne à l'idée d'interrompre un quelconque sommeil.

— D'après toi ?

— Ouais, question con. Bon ben ça tombe bien, saute dans tes fringues, je te récupère en bas de chez toi dans cinq minutes.

— Hein ? Mais pour…

— Il y a eu un cambriolage chez les Hamon.

Et de raccrocher sans la moindre explication supplémentaire.

Andy resta interdit une poignée de secondes puis se précipita dans la chambre pour y attraper ses vêtements. Malgré ses efforts pour être silencieux, Damian se réveilla et ouvrit des yeux embrumés et incrédules.

— Tu me quittes au beau milieu de la nuit ? plaisanta-t-il.

— Tu n'étais qu'un coup d'un soir, beau brun, murmura Andy en s'asseyant sur le bord du lit.

— C'est le boulot ?

— J'en ai peur. Je t'envoie un SMS dès que je peux. Rendors-toi vite.

— Compte sur moi. Fais attention à toi.

Andy s'allongea pour déposer un rapide baiser sur les lèvres de son amoureux.

— Toujours.

Il se redressa, enfila ses vêtements, une paire de baskets puis quitta l'appartement avec, chevillé au cœur, un très, très, mauvais pressentiment.

*
* *

La voiture roulait depuis dix minutes en direction du nord de la ville. Toujours balayées par de violentes rafales de vent, les rues désertées subissaient les assauts d'une averse brutale qui transformait la chaussée en un miroir déformant dans lequel l'éclairage urbain se reflétait en halos irréels.

Dans l'habitacle, la voix chaude et rocailleuse de Louis Armstrong s'élevait des haut-parleurs. Satch ne passait le grand Satchmo qu'en cas de mécontentement extrême ou de stress intense. Andy s'interrogea sur le choix de *What a Wonderful World* : ironie, désabusement ou impérieuse nécessité de croire, encore, en un monde meilleur ?

— Et on ne lui a rien volé ? demanda Andy, en plein brouillard.

— D'après lui, que dalle. La maison a été retournée de fond en comble, mais il a l'air de penser qu'il ne manque rien.

— Je suis un peu paumé, mais en tout cas j'ai la certitude que quelqu'un cherche quelque chose, et à tout prix.

— Complètement d'accord avec toi. C'est bien pour ça que je colle le mari sous protection. D'ici à ce qu'on s'en prenne à lui, y a pas des kilomètres.

— Tu penses qu'il cache quelque chose ?

— Ah non, pas une seconde. Ou alors s'il possède des informations, leur importance lui échappe totalement. Ce que j'ai vu hier, c'est un pauvre type qui s'est ramassé le ciel droit sur la tronche. Et crois-moi, j'ai rencontré assez de vicelards, pourris et autres pervers pour faire confiance à mon instinct. Si, dans ce couple, quelqu'un cachait quoi que ce soit, ce n'était certainement pas lui...

— ... mais elle. Et il était où lui, hier soir ?

— Chez sa mère. Il y avait sa sœur, son beau-frère et ses beaux-parents en prime.

— Comment tu sais tout ça, toi ?

— Je sors de chez lui. Il a signalé l'effraction à minuit, j'étais sur place une demi-heure plus tard. J'ai tout noté, tout vérifié, y compris auprès des voisins qui disent avoir entendu du bruit dans la maison aux alentours de 23 heures.

— Putain, je le crois pas...

— Gueule pas. Je ne dormais pas, je pensais que toi tu pionçais, on ne va pas en faire tout un plat.

— Admettons. Mais je n'apprécie pas que tu me mettes sur la touche.

— C'est vraiment pas mon intention, je t'assure. J'y suis allé sans toi parce que cet homme m'associe à la justice, petit con. Un jour tu endosseras ce rôle, mais pour le moment, c'est à moi qu'il incombe. Le même jour, le mec a perdu sa femme et sa baraque a été cambriolée. Ça ébranlerait les plus costauds, alors j'ai fait ce que j'avais à faire. Je ne t'ai pas mis sur la touche, j'ai juste accompli mon putain de devoir envers quelqu'un que j'ai promis de servir et protéger. Je ne te traite pas comme un bleu, Andy, alors arrête de flipper. Tu es mon équipier et notre rôle à chacun est d'agir intelligemment, dans le meilleur intérêt de notre mission et de notre partenaire. Andy, je ne suis pas ton père, et la seule chose que tu as à me démontrer c'est que tu es un bon flic, ce que je crois profondément. Accepte l'idée que j'ai pas loin de quarante ans de métier et que j'en sais plus que toi. Soit tu me fais confiance et tu apprends, soit tu laisses tes traumas d'adolescence t'inhiber. Je t'ai sorti de ton insomnie parce que je tiens peut-être une piste sérieuse. Enfin... ce n'est même pas une piste à proprement parler, mais disons qu'on a peut-être un os à ronger.

Simple, lapidaire. Voilà comment tournait le monde avec la génération des Satch et autres Tanner. Sans considération de préférence sexuelle ou de machisme quelconque, Andy s'était toujours dit qu'un mec, c'était ça. Pas de rancœur muette, des mots posés sur les maux. Pas d'enrobage, la vérité crue.

Tout ce qu'Andy aurait voulu trouver chez un père trop lâche pour être franc, trop étroit d'esprit pour se montrer tolérant. Si encore il avait viré Andy de la maison après avoir découvert son homosexualité. Mais à cette extrémité, il avait préféré le dénigrement insidieux, la sape progressive de la confiance en soi dont tout adolescent a besoin pour se construire en tant qu'individu.

Satch avait vu juste. Derrière la façade inébranlable du jeune flic volontariste se terrait un môme en plein doute, terrifié à l'idée d'être rejeté ou mis à l'écart. Andy aurait crevé pour entendre de tels mots dans la bouche de son père.

— Dis-m'en plus sur cet os.

L'enquêteur prenait le relais sur l'homme. Satch était passé à autre chose, alors Andy se devait de faire de même. Il réglerait plus tard ses comptes avec lui-même.

— J'ai un peu sondé le mari sur le passé de Cynthia et sur des petits détails qui lui semblaient sans importance mais qui pourraient se montrer cruciaux pour nous.

— Et là, un lapin est sorti du chapeau ?

— Ouais, m'sieur ! Cynthia louait un box à une société spécialisée.

— Grand ?

— Pas énorme, quatre mètres carrés.

— Depuis longtemps ?

— C'est là que ça devient marrant. Elle le louait depuis son retour de mission auprès de nos amis imaginaires de Worldwide Rescue Solidarity.

— Intrigant, en effet. Elle avait des trucs à cacher ou quoi ? Est-ce que son mari sait ce qu'il contient ?

— Il l'ignore et ne s'est jamais posé la question.

— Ça te paraît crédible ?

— Tu vas trouver ça étrange, mais oui. Sa femme est infirmière, elle a des horaires à la con quand elle bosse à l'hosto, et elle se barre des mois entiers pour des missions humanitaires dont son conjoint ne sait pratiquement rien. Pour la plupart des gens, ça paraît impensable, mais pour beaucoup d'autres, c'est un fonctionnement qui repose sur la confiance et l'indépendance. En tout cas, moi je fonctionnais comme ça avec mon ex-femme. Bon, tu me diras qu'elle s'est barrée avec un autre mec après se l'être tapé dans mon dos pendant des mois, mais tout de même !

— Je n'oserais pas.

— Et tu ferais bien, sourit Satch, l'index levé.

Pour la première fois depuis son arrivée dans la voiture, Andy s'autorisa à rire.

— Donc c'est là que nous nous rendons ? Au box ?

— Ouais ! J'ai contacté nos amis du FBI, qui apparemment ne dorment pas non plus, pour leur faire part de ma découverte et ils m'ont dégoté un mandat en deux temps trois mouvements. Dernier détail, le gardien de nuit est prévenu de notre arrivée et nous attend.

Les deux inspecteurs empruntèrent une route sinueuse coincée entre une usine d'engins de chantier, dont une bonne centaine de modèles différents, de la tractopelle à la grue en kit, patientait sagement sur un gigantesque parking grillagé, et une centrale de traitement des eaux. Une odeur ignoble envahit la voiture. Andy opta pour du poisson avarié tandis que Satch, entre deux jurons colorés, décelait des notes d'œuf pourri. Ils effectuèrent les derniers mètres en apnée, le cœur au bord des lèvres.

L'immense entrepôt de la société qui proposait les espaces de stockage se dévoila enfin. Il se trouvait en bordure d'une zone industrielle tentaculaire située au nord de la ville et surplombait une autoroute sur laquelle de rares camions circulaient en cette heure tardive. Le bâtiment s'élevait sur trois étages et étendait ses murs crème à perte de vue. Une rangée de hauts lampadaires espacés d'une dizaine de mètres dispensait un éclairage blafard sur un parking presque désert, mis à part deux camionnettes frappées du logotype de l'entreprise et d'une berline noire garée devant le bureau d'accueil.

Satch immobilisa la voiture devant un boîtier équipé d'un clavier et d'un interphone situé peu avant le haut portail automatisé qui barrait l'accès.

Il pressa le bouton d'appel qui émit de longs grésillements.

— Ouais ?

La sécheresse de l'accueil ne pouvait mieux traduire le caractère indésirable de tout visiteur.

— Lieutenants Hastings et Irvine. Je vous ai appelé pour une...

Un « bip » retentit, suivi par le crissement du portail sur son rail métallique.

— ... perquisition...

Cette fois, Andy rit de bon cœur devant l'air ahuri de son collègue.

— J'adore les gardiens de nuit, soupira ce dernier en engageant la voiture en direction de l'accueil.

Andy descendit en premier. Il réajusta son blouson de cuir en attendant que Satch achève de se contorsionner pour sortir du véhicule. Une fois dehors, il lança un coup d'œil méprisant à l'Audi.

— Belle bagnole, admit-il. Si c'est celle de notre loufiat, j'espère qu'il va se montrer aimable sinon je le balance au fisc.

Andy sourit. Il poussa la porte vitrée du bureau puis invita Satch à entrer d'un geste ample, à la limite de la révérence. Le vétéran s'exécuta, plaque de police en main. Andy dégaina la sienne et lui emboîta le pas.

Ils pénétrèrent dans une vaste salle vouée tout entière au dieu stockage. Sur le mur de droite, de multiples présentoirs proposaient tous les modèles de cadenas possibles et imaginables. À clef, à code, grands, petits, il y en avait pour tous les goûts. À gauche de la pièce, des piles de cartons pliés et de rouleaux de scotch. Là encore, le choix s'avérait pléthorique. Au fond de la pièce, à la propreté irréprochable, un homme était assis derrière un long comptoir rouge sur lequel trônait un écran d'ordinateur dont il ne décolla pas les yeux à l'arrivée des lieutenants.

Andy, sans doute influencé par les a priori de Satch, s'était imaginé un petit être adipeux, sans âge, mal rasé et portant, pourquoi pas, un tee-shirt taché sur un ventre proéminent. Mais le type, qui se décida enfin à s'intéresser à eux, ne ressemblait en rien à la caricature. Âgé d'une trentaine d'années, il portait un épais sweat bleu marine duquel émergeait un col roulé blanc en lycra, comme ceux utilisés par les sportifs les jours de grand froid. Et du sportif, il possédait les attributs, avec ses larges épaules, son visage glabre acéré et ses avant-bras à la musculature sèche et saillante. Pour le reste, avec de magnifiques yeux marron clair et des cheveux châtains mi-longs, il appartenait plutôt à la catégorie des beaux mecs. Même si ses pupilles paraissaient un peu trop dilatées au goût d'Andy...

— Messieurs, que puis-je pour vous ? demanda-t-il avec un dynamisme un peu surjoué et en reniflant fort.

— C'est vous que j'ai eu au téléphone ? répondit Satch sèchement.

L'homme parut hésiter, mais se ressaisit vite.

— Non, ce doit être mon collègue, il vient de partir.

— Et il ne vous a pas laissé de consignes ?

— Non, désolé.

— Nous venons perquisitionner un box loué au nom de Cynthia Hamon.

Le mandat obtenu par le FBI atterrit sur le comptoir.

— Pas de problèmes, sourit le jeune homme. Si vous voulez bien me suivre.

Il se dirigea vers une porte située derrière lui.

Satch et Andy se regardèrent, dubitatifs.

— Vous ne vérifiez pas le numéro de son box ? s'étonna Andy.

— Si ! Excusez-moi, je n'ai pas... l'habitude d'avoir affaire à la police.

Il rebroussa chemin puis pianota sur un clavier tout en fixant son écran.

Pendant ce temps, Satch se tourna vers Andy et articula les mots « Fisc et Stup ».

— C'est bon, j'ai.

— Eh bien, en avant alors, soupira Satch. Et prenez une cisaille, nous n'avons ni le code ni la clef de son cadenas.

— Ça marche.

L'homme regarda partout autour de lui à la recherche de l'outil qu'il trouva finalement juste à côté de son fauteuil. Il se tourna ensuite vers la porte, l'ouvrit puis proposa aux policiers de passer devant.

Ils s'exécutèrent, Andy en tête. Il se trouvait dans un couloir sans fin, éclairé par la lumière aveuglante d'une interminable rangée de néons au plafond. De chaque côté, des portes à perte de vue. Dans son dos, un bruit sourd attira son attention. Il n'eut pas le temps de pivoter. La lourde carcasse de Satch s'effondra sur lui, le poussant à la renverse. Dans sa chute, Andy aperçut le gardien de nuit qui tenait la cisaille comme une batte de baseball. Écrasé par son partenaire inerte, Andy tenta d'extirper son arme de son holster de poitrine, mais n'y parvint pas. Le gardien s'approcha, un masque de rage abominable sur le visage. Il leva la cisaille pour frapper Andy. Dans un réflexe, ce dernier cacha sa tête derrière ses avant-bras, préférant une quelconque blessure à la mort.

Mais le coup redouté ne vint pas.

Un bruit s'éleva, bref, sec, comme une branche brisée nette.

Le gardien tomba à genoux, les yeux vides de tout éclat.

Andy se dégagea de Satch et parvint à saisir la crosse de son pistolet, mais avant d'avoir pu le dégainer, une chaussure s'abattit sur son torse qui lui parut se fissurer. Il se retrouva cloué au sol par une pression considérable. Une montagne humaine apparut alors dans son champ de vision et murmura, sur un ton d'une légèreté saugrenue en cet instant :

— P'tit gars, à ta place, je m'abstiendrais...

*
* *

Le corps d'Andy n'était plus que douleur. Un incendie ravageait ses poumons privés d'oxygène, des poignards mordaient ses lombaires, et Satch, qui pesait un quintal, lui avait écrasé l'épaule gauche dans sa chute. Le mammouth qui lui comprimait le sternum ne semblait pas décidé à relâcher la pression. Pourtant, dans cette situation aussi stressante qu'inconfortable, l'image de Damian assoupi s'imposa à Andy, avec une question obsédante : l'étreindrait-il à nouveau ? S'il souhaitait s'en donner ne serait-ce que l'opportunité, la seule solution était d'obéir aveuglément à l'inconnu qui le maintenait à terre.

Le policier écarta les bras en signe de soumission puis se détendit totalement. La pression se fit moins forte avant de disparaître tout à fait.

— Voilà, p'tit gars, respire, tout va très bien se passer.

L'homme s'exprimait à voix basse avec un calme désarmant, comme si la tension de la scène ne

120

signifiait rien pour lui. Il s'accroupit et entama un examen minutieux de Satch, toujours inconscient. Il lui palpa la nuque, puis la base du crâne avant de prendre son pouls. Il lui ouvrit les paupières et rendit enfin son verdict.

— Une bonne commotion. Ton copain en sera quitte pour un gros mal de crâne et un arrêt de travail. L'un dans l'autre, il s'en sort bien.

Depuis le sol, la carrure de l'inconnu paraissait inhumaine, occupant la quasi-totalité du champ de vision d'Andy à qui il semblait ne prêter aucune attention. La tentation de profiter de cette indifférence pour dégainer gagna le jeune lieutenant. Il envisagea les gestes afin d'opérer le plus vite possible. Rotation du torse, plongée de la main droite vers l'aisselle gauche, doigts fermes sur la crosse, recul du bras et pivot du bassin pour viser la menace. Simple, en théorie.

— Ne cherche pas, tu n'auras pas le temps, prévint l'homme en se relevant.

— De... quoi... ?

— Ne joue pas au con. Tu te demandes si tu peux sortir ton flingue pour m'arraisonner. La réponse est non, tu seras mort avant même d'attraper la crosse. Mais il était naturel d'y penser. Allez, debout.

Une main, ou plutôt un battoir, s'offrit à Andy qui hésita un instant puis la saisit, faute d'option. Il subit alors une traction phénoménale qui manqua lui arracher le bras et le releva en un rien de temps. Secoué autant par l'enchaînement improbable d'événements que par le changement brutal de position, Andy chercha son équilibre.

— Ça va, toi ?

— Un peu groggy, mais oui, je crois...

Andy se tut. Le sentiment de se retrouver face à une montagne humaine se confirmait. L'homme était impressionnant. Une fois debout, Andy lui arrivait à peine à l'épaule. Il mesurait dans les deux mètres et présentait un gabarit à mi-chemin entre le décathlonien et le catcheur : musclé tout en restant longiligne, puissant tout en respirant la sveltesse. Il portait un jean kaki aux motifs camouflage, une veste assortie sur un tee-shirt gris foncé et une casquette, kaki elle aussi. Quant aux chaussures avec lesquelles il s'était amusé à piétiner le policier, c'étaient des rangers clairs à semelles épaisses.

Comme si ce type n'était déjà pas assez grand ! se dit Andy, cherchant une pensée plus légère pour échapper à ce cauchemar. Pensée vite balayée quand le mastodonte asséna un coup de pied au corps inerte du gardien de nuit, vautré dans une position improbable.

— Désolé d'être intervenu un peu tard, mais je ne m'attendais pas à ce que ce connard vous tombe dessus aussi vite. En tout cas, il n'est pas près de tomber sur qui que ce soit d'autre.

— Il est mort ?

— Ah ouais, autant qu'on peut l'être, sourit le géant en regardant Andy droit dans les yeux.

— Vous… l'avez tué ?

— Effectivement, mais tu admettras que ce n'est pas moi qui ai commencé.

Sourire carnassier. Clin d'œil amusé. Ses iris d'un bleu intense dégageaient une détermination implacable, amplifiée par une absence de sourcils dérangeante.

— Toi et ton pote, vous êtes flics, n'est-ce pas ?

— Oui. Lieutenants du département de la police de Seattle. Et vous, vous êtes qui ?

Sous le choc, Andy s'écoutait parler et, sans savoir pourquoi, se sentait stupide. Ou désarmé. Bref, vulnérable. Et cela transpirait de chacun de ses mots.

— Pour l'instant, je suis un mec qui essaye de comprendre ce qu'il se passe et qui n'a que très peu de temps pour le faire. Je t'expliquerai la situation tout à l'heure. File-moi ton flingue.

— Pardon ?

— Ton... flingue...

Le géant articula comme s'il parlait à un débile profond. Voilà, c'était l'exact ressenti d'Andy : il était débile. Et encore, il se retenait de hurler à cet inconnu qu'il était en état d'arrestation pour meurtre.

— Je ne peux pas faire ça !

Comme si j'avais le choix, pensa-t-il.

— D'après ce que j'ai observé, il y a trois autres péquenots dans cet entrepôt, qui sont arrivés avec notre macchabée ici présent, par conséquent je doute qu'ils soient très chaleureux. Comme je ne vois pas ce que tu peux y faire et qu'ils seront partis avant que tu appelles des renforts, je vais aller m'occuper d'eux. Et si c'est ce qui t'inquiète, je n'utiliserai pas ton arme, j'ai simplement besoin de leur laisser penser que je l'utiliserai. Maintenant, si ça te pose un trop gros problème de me la donner, je peux aussi venir la prendre moi-même, mais tu risques de n'apprécier que modérément.

Une mise au point express s'imposait. Satch comatait, salement séché par un gardien de nuit qui visiblement n'en était pas un et qui gisait, la nuque brisée comme du petit bois, à côté du policier. Un colosse surgit de nulle part venait de sauver la vie d'Andy et, alors qu'il aurait pu l'achever sans même un effort, se montrait plutôt amical, limite goguenard. Et d'un calme perturbant au milieu de la pire situation de crise qu'avait jamais traversée Andy. Après tout, s'il voulait se confronter à trois malfrats supplémentaires, le jeune lieutenant ne voyait aucune raison de s'y opposer. Disons plutôt aucun moyen.

— Tenez, abdiqua-t-il en lui offrant son arme.

— Parfait. Veille sur ton pote, je fais au plus vite.

L'homme saisit le pistolet tendu. Il paraissait minuscule, perdu dans sa gigantesque main. Il l'examina sous toutes les coutures puis en vérifia le chargeur avant de le remettre en place.

— Glock 17. Pas évident à maîtriser de prime abord, mais ça fera l'affaire. J'y vais. Surtout ne prends aucune initiative stupide.

Andy le regarda s'éloigner dans le couloir, sans être certain d'avoir compris ce qui venait de se produire. Tandis qu'une boule d'angoisse croissait dans son abdomen, il s'accroupit auprès de Satch, toujours inconscient. Ne pouvant aider son partenaire et incapable de rester à rien faire, il décida de fouiller le cadavre de leur agresseur. Il entreprit de lui faire les poches, en espérant que cette décision n'entrait pas dans ce que le colosse considérait comme une « initiative stupide ».

Chapitre 10

Eytan s'engagea au pas de course dans le long couloir qui s'étendait devant lui. La simplicité de la configuration des lieux ne jouait pas à son avantage, mais elle lui permettait au moins de ne pas se perdre. Le rationalisme économique avait poussé l'architecte à reproduire le même schéma sur les trois étages du bâtiment. Ainsi chaque niveau s'articulait-il autour d'une travée centrale, juste assez large pour permettre à deux hommes de marcher côte à côte, avec des centaines de box de part et d'autre. Tous les vingt mètres environ, un embranchement menait à deux couloirs parallèles au premier, avec, une nouvelle fois, des box de chaque côté. À chaque porte pendaient des cadenas de couleurs et modèles différents.

Eytan avait souvent eu recours à ce type de lieu pour entreposer du matériel de filature, d'écoute, parfois même des armes en pièces détachées, un peu partout à travers le monde. Après tout, le personnel ne posait pas de question et on y accédait à toute heure grâce à un code privé sans avoir de comptes à rendre à personne. Quant aux multiples caméras de surveillance disséminées dans les allées et aux entrées latérales, elles filmaient, mais n'enregistraient quasiment jamais. Il lui faudrait tout de même le vérifier avant de partir et détruire les disques durs, le cas échéant.

Dans l'immédiat, il lui fallait agir avant de comprendre, ce qu'il détestait par-dessus tout. Déjà passablement contrarié par sa rencontre avec Cypher, il se reprochait une intervention rendue tardive, justement par sa méconnaissance de la situation. Qui était qui, qui voulait quoi, pourquoi et comment, il n'en avait pas la moindre idée. En adversaire farouche du principe qui édictait de tuer tout le monde en espérant que Dieu reconnaîtrait les siens, il avait opté pour une stratégie prudente, jusqu'à l'arrivée des deux lieutenants, identifiables à des kilomètres. Au moins, lors de la filature qui l'avait amené ici, avait-il acquis la certitude que le quatuor qui avait pris possession des lieux n'était pas armé. Hélas, cela ne garantissait pas une neutralisation aisée.

Eytan arriva au milieu de l'entrepôt, face à un vaste monte-charge et à un escalier. Les échos étouffés et incompréhensibles d'une conversation lui parvinrent d'en haut. Il entama la montée des marches sur le côté extérieur pour limiter les grincements et autres bruits susceptibles de signaler sa présence. Lorsqu'il arriva sur le palier du premier niveau, les sons lui parvinrent avec plus de netteté. Il identifia trois voix différentes lancées dans ce qui ressemblait à une engueulade magistrale. Un contexte idéal pour garantir une approche discrète. Eytan pressa le pas et gagna le deuxième étage sans que les injures se calment.

Il s'immobilisa le temps de localiser la provenance exacte des cris, soit sur sa gauche, puis se plaqua contre la paroi et pencha la tête en direction du couloir.

Une dizaine de box plus loin, un homme hurlait des insanités devant une porte ouverte. À l'instar du faux gardien de nuit posté à l'accueil pour donner le change et l'alerte au cas où des intrus se présenteraient, le type portait un haut de survêtement gris à capuche, un pantalon corsaire crème coupé à mi-mollets et une paire de baskets montantes noires. Un look a priori inoffensif qui tranchait avec une gueule cassée, mâchoire volontaire mais de guingois, un nez épaté typique de fractures répétées, des sourcils barrés par plusieurs cicatrices et un front simiesque digne des plus beaux spécimens néandertaliens. S'il ne respirait pas l'intelligence, l'homme compensait par un physique tonique des épaules jusqu'aux chevilles. Avec un peu de temps devant lui et rien d'autre à faire, Eytan aurait presque pu compter les ligaments. Un mètre quatre-vingt-cinq de muscles et de nerfs surmonté d'une tronche d'avis de recherche. En tout cas, une chose était claire aux yeux de l'ex-*kidon* : le gars pratiquait la boxe, et pas depuis hier. Menace à prendre au sérieux et à éliminer d'urgence car de tels monstres savaient encaisser, et riposter.

Les deux autres voix venaient du container et débitaient juron sur juron. Des dizaines de feuilles volantes jonchaient le sol sur lequel gisaient également d'épais albums photos.

— Putain, j'ai ! hurla un des types qu'Eytan ne pouvait pas voir.

— Sans dec' ? Sûr ? demanda l'homme dans le couloir.

— Ouais, c'est bon, on peut décrocher.

Tout à leur joie, les deux individus encore invisibles rejoignirent leur acolyte.

Le premier type à sortir mesurait sensiblement la même taille que le boxeur, et ne lui enviait rien ni au niveau du gabarit ni au niveau vestimentaire. Il était simplement un peu moins laid, et nettement moins défiguré. Le second se présenta, triomphant, un album à la main comme s'il brandissait une coupe. Si les deux premières cibles portaient clairement leur statut d'hommes de main sur le visage, le troisième assurait sans conteste le rôle de cerveau de la bande. La quarantaine, alors que les autres ne dépassaient pas la trentaine, il portait un jean délavé surmonté d'un pull ample à col en V et une paire de chaussures montantes de type Timberland immaculée. Des trois apôtres de la discrétion et de la finesse, il était le seul dont les traits n'exprimaient pas une bestialité pure. Eytan ne le distinguait que de profil, mais entre ses cheveux gris coupés en brosse, son nez retroussé et un œil qui semblait vif, il respirait une intelligence absente chez ses camarades.

En tout cas, la découverte de l'album photo semblait les mettre en joie.

Eytan pensa un instant profiter de la diversion offerte par leur liesse, mais il s'abstint, préférant pousser le plus possible son observation. Quelque chose le dérangeait. Des détails imperceptibles pour n'importe qui, mais qui prenaient un sens très précis pour Eytan. Le boxeur transpirait abondamment au point que son front ruisselait, alors que la température était fraîche. Les mains de la deuxième brute tremblaient par moments, comme stimulées par des décharges électriques. Quant au dernier homme, les cernes sous ses yeux trahissaient un manque de sommeil évident, sans parler de ses joues creusées à la peau très légèrement distendue, stigmates d'une perte de poids brutale.

Celui en qui Eytan voyait le chef tendit sa trouvaille au boxeur, puis plongea une main derrière la porte ouverte. Il en tira un bidon d'essence dont il dévissa le bouchon avant d'asperger généreusement l'intérieur du box. Un rapide coup d'œil au plafond lui confirma la présence de nombreux sprinklers. Soit ces types étaient idiots, soit ils avaient fermé la valve manuelle qui les alimentait.

Rentrer frontalement, se débarrasser du gardien de nuit – dont Eytan pariait que le corps gisait dans ledit box –, fouiller sans méthode aucune, puis mettre le feu à l'ensemble de l'entrepôt : une stratégie que l'ex-agent du MI6 et du Mossad aurait pu adopter en d'autres circonstances, mais qui ne l'arrangeait pas à ce moment précis. Dans ces conditions, les faire prisonniers s'annonçait périlleux, sans compter qu'il fallait sortir les flics de ce guêpier.

À moins d'agir tout de suite.

Il quitta donc l'angle du mur qui lui servait de point d'observation, avança dans le couloir, pistolet pointé vers le sol, puis vers ses cibles, toujours affairées à la préparation d'un incendie qui s'annonçait grandiose.

— Messieurs, lança-t-il à environ cinq mètres des hommes, on lâche le bidon, on met gentiment les mains en l'air, et on regarde ses pieds.

Ils se tournèrent simultanément vers lui, sans respecter la moindre de ses consignes. L'homme aux cheveux gris continua de verser de l'essence tout en fixant Eytan, le boxeur le regarda comme s'il n'avait pas compris un traître mot, et le dernier dansa d'un pied sur l'autre, un sourire mauvais aux lèvres.

— T'es qui, toi ? Un keuf ? demanda-t-il sans cesser de se balancer.

— Si on m'avait donné un bifton à chaque fois qu'on m'a posé la question… Lâche ton bidon ou je descends tes guignols. Je ne me répéterai pas.

Eytan mit dans sa voix tout le poids de son autorité. Il surpassait ces types en taille, en muscle, en expérience du combat, et il était armé. Des conditions plus que suffisantes pour obtenir un minimum d'obéissance. Mais ils s'en moquaient royalement. À croire qu'ils avaient compris qu'il ne voulait pas utiliser son arme pour ne pas mettre le jeune flic dans l'embarras, et qu'il souhaitait surtout faire au moins de l'un d'eux un prisonnier.

— Je ne lâcherai pas ce bidon, et tu peux aller te faire mettre, lança le chef.

— Ouais, te faire mettre, répéta le boxeur avec un rire niais.

— Les enfants, ça va très mal se terminer, prévint Eytan, pas si surpris par la tournure des événements.

S'il n'avait pas eu besoin du policier, il aurait descendu ces abrutis sur place. Trois balles, trois jolis trous dans le front et on en parlait plus. Mais il avait besoin du policier, et avec une enquête sur le dos parce que son arme avait servi à tuer trois malfrats, celui-ci ne lui serait d'aucune utilité.

— Évidemment que ça va mal se terminer, constata le chef en glissant une main dans la poche arrière de son jean.

Il en retira un briquet, puis lâcha ses chiens.

— Tuez-moi ce con.

Le boxeur et son compère foncèrent sur Eytan au plus parfait mépris du pistolet pointé vers eux. À peine le temps de le ranger dans une poche de sa veste et le combat s'engagea.

L'étroitesse du couloir s'avéra d'emblée très utile. Elle permettait à deux hommes de marcher face à face mais empêchait l'affrontement à deux contre un, éliminant de facto l'avantage numérique.

Eytan avait compté sur un effet de goulot pour s'occuper simultanément du duo d'assaillants, mais ils s'adaptèrent en un clin d'œil. Le boxeur stoppa sa course et demeura en retrait tandis que l'autre se lançait dans une série de coups de pied et de poings. Il les distribuait à une vitesse fulgurante et avec une science consommée. Les attaques étaient franches, directes, sans fioriture. Les parades s'enchaînaient, les impacts gagnaient en puissance et aucune opportunité ne s'ouvrait à Eytan, qui n'eut pas d'autre choix que de reculer.

La tactique lui parut claire : le forcer au repli vers la cage d'escalier et le monte-charge afin de disposer de plus d'espace pour le prendre en tenaille. Et si le boxeur combattait avec l'âpreté de son complice, la position d'Eytan deviendrait intenable.

Les assauts ne cessaient pas, toujours plus rapides, toujours plus violents. Contraint à tenir sa position, le géant se focalisait tout entier sur son adversaire d'une vivacité phénoménale. Ce dernier ne montrait aucun signe de fatigue, aucune marque d'essoufflement tandis qu'Eytan commençait à manquer d'air.

C'est alors qu'une épaisse fumée noire dans le dos de son ennemi attira son attention. Quelques dixièmes de seconde de distraction payés cash.

Le premier coup de pied frôla le visage d'Eytan qui ne put esquiver le second, porté au sternum. Peu douloureux, le choc parvint à lui couper le souffle et le laissa sans garde juste assez longtemps pour permettre à un uppercut de l'atteindre au menton. Sonné, il bascula sur sa droite, heurta une porte avec l'épaule et reçut aussitôt deux directs à la pommette gauche. Un troisième arriva, qu'il bloqua de la tranche de la main in extremis. Il referma ses doigts sur le poing et serra de toutes ses forces. Le craquement des cartilages résonna dans le couloir sans arracher le moindre cri au blessé. Déterminé à en finir au plus vite, Eytan accentua encore sa prise puis infligea à sa victime une brutale torsion suivie d'une brusque pression vers le bas. Il acheva le mouvement en abattant sa main libre sur l'avant-bras, fracturant simultanément l'humérus et le radius. La peau se tendit, soulevée par l'arête des os inclinés à quarante-cinq degrés. Tombé à genoux, l'homme n'exprimait toujours aucune douleur, grimaçant à peine là où d'autres avant lui s'étaient adonnés à de stridentes vocalises.

Fort d'un avantage décisif, Eytan fit un rapide examen de la situation. À droite, des flammes jaillissaient du box d'où s'échappait une fumée de plus en plus dense. Les sprinklers au plafond restaient désespérément inactifs. Plus aucune trace du boxeur et de son maître.

Il n'y avait qu'une seule façon pour eux d'échapper à la fournaise qu'allait rapidement devenir l'entrepôt : courir jusqu'au prochain embranchement, bifurquer dans l'un des couloirs latéraux, et rebrousser chemin jusqu'à retrouver la cage d'escalier.

Eytan tourna la tête juste à temps pour voir arriver le crochet que le boxeur lui décochait. Quelques pas derrière, le chef de meute s'élançait déjà dans l'escalier, le précieux album photo sous le bras.

Entre l'incendie qui croissait, un type au bras cassé, un boxeur en pleine possession de ses moyens, et un dernier fou furieux prêt à s'enfuir et à tomber sur un policier évanoui et un autre désarmé, l'équation devenait trop complexe. Une réduction drastique des paramètres s'imposait.

D'un mouvement rotatif du bassin, Eytan évita le crochet. Dans la continuité de son mouvement, il attira à lui son prisonnier, puis le frappa au visage d'un coup de semelle, comme s'il voulait défoncer une porte. La puissance fut telle que la nuque du malheureux céda. Son nez explosa dans une gerbe de sang tandis que son crâne basculait en arrière. Une cervicale traversa sa gorge, provoquant de nouvelles projections d'hémoglobine. Partiellement décapité, il s'écroula pour de bon. Sans lui prêter plus d'attention, Eytan relâcha sa prise et lança sa main désormais libre vers le cou du boxeur qui, trop proche et déséquilibré par le crochet manqué, ne put s'échapper. Le géant le repoussa alors pour profiter de sa plus grande allonge. Maintenu à bout de bras, incapable de toucher sa cible au corps ou au visage, le boxeur agrippa l'avant-bras d'Eytan. Il griffait, frappait, sans parvenir à se libérer de l'étau qui, inexorablement, se resserrait. À force de se débattre, il en oublia de se protéger. Une avalanche de directs déferla sur lui, à la manière d'un piston. Une puissante poussée s'ajouta au traitement déjà sévère qu'il subissait. En dépit d'une résistance désespérée, il glissa et percuta de plein fouet le mur qui jouxtait l'escalier.

Les muscles d'Eytan étaient en fusion. Il encastra son assaillant dans le mur et l'exécuta d'un coup de la paume décoché du bas vers le menton. Le choc détruisit tout ce qui pouvait l'être. L'homme bascula vers l'avant, aussi inerte qu'un arbre scié à sa base. Avant même qu'il ne s'écrase au sol, le géant dévalait déjà les marches à la poursuite du dernier survivant.

*
* *

Andy contemplait la maigre récolte issue des poches du faux gardien de nuit. Pas de papiers d'identité mais une télécommande de voiture, une liasse de billets de cent dollars, pour un total de deux mille, de la menue monnaie, un paquet de chewing-gums et deux mouchoirs en papier usagés. Il glissa le tout dans les poches de son blouson.

Bien que peu fructueuse, la fouille avait réveillé l'instinct de l'enquêteur et occulté un peu de la peur qui s'était emparée de lui. L'envie de fouiner dans la berline garée devant l'accueil l'obsédait désormais, mais la perspective d'abandonner Satch et d'enfreindre les consignes de leur mystérieux sauveur l'en dissuadait.

Il attendit donc tout en veillant sur son équipier, jeta des coups d'œil inquiets à sa montre, tendit l'oreille à la recherche du moindre indice de ce qui se déroulait dans les étages de l'entrepôt. Aucun son ne lui parvenait, mais l'odeur âcre qui lui titillait les narines depuis une minute ou deux, gagnait en intensité. Son regard oscilla entre Satch, le couloir, et sa montre. Le policier se fixa un ultimatum. Si rien ne se passait d'ici quatre-vingt-dix secondes, il traînerait son ami hors de l'immeuble et appellerait les renforts.

Le compte à rebours touchait à sa fin quand une silhouette débit de l'escalier. Andy s'attendait à voir surgir le grand baraqué mais en lieu et place, un homme plus petit et nettement moins costaud apparut. Il sprintait dans sa direction, un objet indéterminé en main, collé contre lui. L'individu ressemblait, sans l'équipement et la carrure, à un *running back* prêt à transpercer la défense sur un terrain de football. S'il marqua un temps d'arrêt en avisant Andy, il se ressaisit immédiatement et se lança dans une charge sauvage.

Andy paniqua. Il hésita à se saisir de la cisaille mais choisit de récupérer le pistolet de Satch dont l'existence venait de se rappeler à lui. Les doigts tremblants, il sortit l'arme du holster sans perdre de vue le forcené qui se rapprochait à grands pas. Les yeux injectés de sang, la bouche déformée par un rictus inhumain, il ne lui manquait plus que de la bave aux lèvres et des naseaux fumants pour ressembler à un taureau.

Au comble de la tension, Andy accéléra son geste. Son cœur s'emballait un peu plus à chaque seconde et quand il voulut mettre en joue l'assaillant, le Glock s'échappa de ses mains.

Andy se jeta au sol pour le ramasser mais, devant l'impact imminent, il mit son épaule droite en avant pour le contrer. L'homme le percuta avec tant de vitesse et de force qu'il le renversa.

Moins que de la peur ou de la douleur, Andy ressentit la blessure profonde infligée à son amour-propre. Depuis son arrivée, on avait assommé son partenaire, essayé de le tuer, et maintenant on lui rentrait dedans comme s'il n'existait pas. Dans un sursaut d'orgueil inconscient accompagné d'une poussée d'adrénaline, il enroula ses bras autour de la cheville du coureur et tira de toutes ses forces.

Il ne parvint pas à le faire tomber, mais coupa son élan. Andy s'accrocha à cette jambe comme à sa propre vie. Il ferma les yeux, contracta ses paupières et chaque muscle de son corps, et la retint, sans vraiment savoir ce qu'il espérait.

Il résista ainsi aux ruades de sa proie qui s'arrêtèrent aussi soudainement qu'elles avaient commencé. Un son écœurant s'éleva, suivi du bruit sourd d'un poids mort qui s'affale.

— Tu peux le lâcher et te relever, le temps presse.

Andy rouvrit les yeux pour se confronter à un étrange sentiment de déjà-vu. Le colosse se tenait à nouveau au-dessus de lui, une main tendue. Cette fois, pas de sourire carnassier, mais une mine fatiguée avec un impressionnant cocard sur une pommette et un hématome violacé au menton. Plus impressionnant encore, des taches de sang maculaient son tee-shirt, trop grandes pour provenir de ses blessures. Le policier se releva sans aide et prit un peu plus conscience de son environnement, juste assez pour envier le coma protecteur dans lequel se trouvait Satch. À côté du corps du faux gardien de nuit gisait maintenant l'homme qui l'avait chargé, la cisaille enfoncée tout entière entre les omoplates. Seules dépassaient les poignées au milieu d'une plaie sanguinolente. L'odeur âcre s'amplifiait et emplissait l'air en même temps qu'une fumée qui noircissait à vue d'œil. Des crépitements de flammes se faisaient entendre et la température du couloir augmentait à chaque seconde.

— On dirait une scène de guerre, murmura le policier, plus sonné qu'il ne l'avait pensé.

Le géant ne pipa mot et se contenta de lui asséner une bourrade dans le dos pour lui indiquer la sortie. Il s'accroupit ensuite, coinça un album photo sous sa veste et s'empara de Satch qu'il souleva de terre avant de l'installer sur ses épaules.

Ils quittèrent le couloir, traversèrent l'accueil puis débouchèrent sur le parking. Le géant déposa Satch en douceur sur le coffre de la berline pendant qu'Andy observait, hypnotisé, les flammes cyclopéennes qui s'échappaient par le toit du bâtiment.

Comme si une brutalité aveugle n'avait pas suffisamment dominé les dix dernières minutes, un nouveau bruit résonna derrière lui. Anesthésié, il se retourna et vit le géant qui martelait la vitre de la portière côté conducteur à grands coups de coude.

— J'ai la télécommande, s'entendit-il dire en la sortant et en pressant le bouton.

— Merci, répondit le géant en se précipitant à l'intérieur pour une fouille express.

— De rien, répliqua Andy, dont les jambes ne demandaient qu'à l'abandonner.

— File chercher votre bagnole, il faut qu'on se tire avant que ça grouille de monde dans le quartier, lui ordonna le colosse.

Incapable de réfléchir, au bord de l'évanouissement, le lieutenant fouilla les poches de l'imper de Satch, prit les clefs et, un clin d'œil plus tard, se retrouva au volant.

Le géant arriva dans la foulée avec Satch sur le dos. Il l'installa sur la banquette arrière, chassa Andy du poste de conduite pour y prendre sa place et démarrer en trombe.

Pendant que la voiture roulait sur une rue encore déserte de la zone industrielle, Andy se perdit dans la lumière des lampadaires. Les formes du monde se brouillèrent, le temps s'évapora.

Et pendant qu'il sombrait dans une inconscience bienvenue, il entendit au loin, très loin, une voix qui appelait « p'tit gars ? p'tit gars ? ».

Il se savait concerné, mais choisit de l'ignorer, trop heureux de s'évader, ne serait-ce qu'une seconde, de la folie ambiante.

Chapitre 11

Depuis près d'un quart d'heure, Edwyn patientait face à l'homme absorbé par la lecture d'un volumineux dossier. Les pages s'enchaînaient, la lecture ponctuée de grognements évocateurs. À mesure que les incroyables informations contenues dans le document parvenaient à la conscience de leur destinataire, ce dernier se renfrognait à vue d'œil. À chacune de leur rencontre, ses épaules larges s'affaissaient un peu plus. Sa gorge flasque pendouillait sous son menton sévère, renforçant l'impression que rien ne reliait sa grosse tête à son torse. Sa lèvre inférieure plus charnue que la supérieure parachevait ses allures de bouledogue prêt à vous sauter à la carotide en toutes circonstances. Ni le nœud papillon en soie noir piqué de cercles blancs, ni la pochette claire à sa veste, ni la chaîne de sa montre à gousset pendant le long de son veston n'y changeaient quoi que ce soit. Derrière une façade d'élégance toute britannique et en dépit de son âge avancé, Winston Churchill restait l'impétueux soldat avide d'exploits guerriers qu'il avait été dans sa prime jeunesse.

Les dossiers que lui remettait Edwyn attisaient bien souvent ce feu toujours vivace.

D'ailleurs, celui-ci s'amusait intérieurement de la situation. Après tout, combien d'hommes pouvaient se vanter de recevoir un salaire confortable pour un travail dont la principale mission était de contrarier leur patron ? Et mieux encore : à la demande expresse de celui-ci ! Le métier d'espion exhalait de délicieuses fragrances d'interdit, de transgression et de toute-puissance.

Plusieurs fois, le nom d'Edwyn avait été évoqué pour prendre la direction du MI6 à la place de Stewart Menzies, dont beaucoup s'accordaient à penser qu'il n'était ni très malin ni très compétent. Edwyn lui-même se ralliait à cette lecture du personnage. Mais l'ambition de succéder à cet insignifiant individu ne le titillait guère. De plus, ce dernier bénéficiait des succès de Bletchey Park, l'ultrasecret centre de décryptage des messages allemands. Grâce au déchiffrage par Alan Turing et son équipe d'Enigma, la machine à encoder et décoder les informations d'une extrême complexité, Menzies était intouchable.

Quoi qu'il en soit, Edwyn McIntyre préférait mille fois son poste à celui de directeur, quand bien même aucun livre d'Histoire ne mentionnerait son rôle primordial une fois le conflit planétaire achevé et la victoire acquise. La gloire et les honneurs ne faisaient pas le poids face à l'excitation procurée par l'immersion au cœur des projets les plus fous, fussent-ils ceux des nazis ou des alliés.

Du haut de ses trente-cinq ans, et sans avoir suivi d'études scientifiques, cet autodidacte boulimique de travail à la curiosité insatiable se passionnait pour la biologie et la chimie, particulièrement dans leurs applications militaires. Sans une vilaine blessure contractée à l'entraînement – une balle tirée par accident lui avait fracassé le genou droit –, Edwyn aurait poursuivi une brillante carrière dans la Royal Air Force. Depuis son retrait forcé du service actif, il trouvait dans les tortueux arcanes du renseignement le moyen de participer à l'effort de guerre et de soutenir les soldats engagés en première ligne.

Avec la dextérité d'un chef de fanfare de Buckingham Palace, Edwyn fit virevolter entre ses doigts la canne en bambou noir qui l'assistait dans ses déplacements et dont il maniait l'épée dissimulée en son cœur, libérée par une série de pressions connues de lui seul, avec une égale aisance. Un dispositif qu'aucun militaire ou policier n'avait su détecter jusqu'ici. L'idée lui traversa l'esprit qu'il pouvait expédier le Premier Ministre *ad patres* avec une facilité à faire pâlir d'envie n'importe quel agent de l'Abwehr[1] !

Edwyn chassa cette hypothèse saugrenue en s'offrant un face-à-face shakespearien avec la tête de lévrier en métal chromé qui ornait son arme.

Tuer le vieux Lion, ou ne pas tuer le vieux Lion, telle est la question, s'amusa-t-il.

Son hôte acheva sa lecture. Le dossier atterrit sur le bureau, entre un téléphone noir et un cabinet à cigares en acajou. Winston Churchill en ouvrit le couvercle et sortit un impressionnant barreau de chaise qu'il proposa à Edwyn.

Il déclina l'offre.

— Naturellement, vos informations sont vérifiées et irréfutables ?

---

1. Services de renseignement allemand.

Une fois le cigare décapité, Churchill craqua une longue allumette.

— Je ne gaspillerais pas votre temps si ce n'était pas le cas, monsieur le Premier Ministre.

— Un jour, McIntyre, j'apprécierais que vous m'apportiez une bonne nouvelle.

— Celle-ci n'est peut-être pas si mauvaise, monsieur le Premier Ministre.

— Pour l'amour du ciel, Edwyn, cessez de me donner du « Premier Ministre » à chaque phrase. Croyez que je suis bien assez conscient de ma position pour ne pas avoir besoin qu'on me la rappelle si souvent. Pas lors de nos entretiens, en tout cas.

— Il ne s'agit que d'une marque de respect, monsieur le... Hum, message reçu.

Edwyn esquissa un sourire contrit tout en lissant son pantalon de flanelle grise.

— À la bonne heure. Alors, dites-moi ce que vous pensez de... ça.

— Avant de livrer mes conclusions, il me paraît nécessaire de resituer le contexte.

— Je sens venir le pire.

— Peut-être. Ou le meilleur, qui sait.

— Je vous écoute, mais soyez concis, je suis attendu par le cabinet de guerre.

— Je serai bref. En 1939, la Wehrmacht lance une série d'attaques, d'abord sur la Pologne, puis sur la France. Avancées fulgurantes, assauts incessants, les troupes alliées sont plus faibles en équipement et en nombre, mais pas seulement. Pour rendre possible sa guerre éclair, Hitler s'appuie sur l'usage massif d'une pilule miracle susceptible de renforcer les capacités physiques des soldats. Nos rapports attestent de marches de plus de soixante kilomètres, suivies de combats acharnés, qui n'ont engendré aucune baisse de rendement. Au contraire, les Allemands apparaissent plus affûtés et féroces que jamais, et surclassent nos combattants dans tous les domaines. Le monde vient de découvrir les applications militaires de la Pervitine.

— Je sais tout cela, Edwyn. Nos scientifiques ont jugé cette drogue trop dangereuse et nous nous sommes rabattus sur un recours parcimonieux à la Benzédrine pour diminuer les besoins en repos de nos soldats, et tout particulièrement de nos pilotes de chasse soumis à des rotations infernales pour contrer les offensives de la Luftwaffe. Vous savez que je me suis rangé de mauvaise grâce à cette solution.

— Les exigences de la guerre nous y obligent tous… La Benzédrine n'est pas exempte de risques, mais reste un moindre mal comparé aux méfaits de la Pervitine en cas d'usage répété. Les effets secondaires sont redoutables : dépendance, augmentation incontrôlable de l'agressivité, hallucinations et même dépression… la liste est longue. Et nous ne connaissons pas encore les effets à long terme sur l'organisme. L'obsession d'Hitler et de ses sbires pour le surhomme leur a conféré un avantage au début du conflit, mais elle mènera inexorablement leur armée à sa perte. D'où leurs multiples tentatives pour trouver une alternative, dont celle décrite dans ce dossier.

Churchill écoutait Edwyn sans perdre un mot de son discours. Au cœur de ses petits yeux bleus dansaient les flammes d'une colère contenue à grand prix. Il tira à nouveau sur son cigare et laissa sa rage s'exprimer. D'un geste brusque, il se leva de son fauteuil puis asséna un coup de poing furieux sur son bureau.

— Ne pouvaient-ils pas se contenter des drogues ? tempêta-t-il. N'avons-nous pas suffisamment à faire avec leurs blindés, leurs avions et leurs satanés sous-marins pour, en plus, devoir affronter une brigade de surhommes génétiquement modifiés ? Nous arrivons à un tournant de ce conflit, Edwyn, je ne feindrai pas de croire que vous l'ignorez.

— Si vous faites référence à la puissance de l'atome, j'ai eu vent du Projet Manhattan.

Le cigare toujours coincé entre les doigts, l'imposant Churchill massa son large front.

— Que Dieu nous vienne en aide, Edwyn. Pour mettre fin à cette folie, nous nous prenons pour lui en manipulant des forces qui nous dépassent.

— Les Américains vont produire la bombe atomique, avant les nazis si la chance nous sourit. La guerre s'achèvera à ce prix, j'en suis convaincu. Mais cela, monsieur le Premier Ministre, c'est pour demain ou après-demain. Autant dire une éternité. La modification génétique d'un être humain pour améliorer ses performances de façon permanente est, elle, déjà une réalité.

Le pragmatisme froid du constat affecta un peu plus Churchill qui passa de la colère à l'abattement. Si le monde l'ignorait – mieux valait qu'il en soit ainsi tant cela entamerait le moral des populations –, Edwyn, lui, connaissait la propension du chef allié à l'émotivité, voire à la dépression. Plutôt que de la laisser s'installer, il préféra la tuer dans l'œuf.

— D'après mes informations, le scientifique qui a développé le processus de mutation génétique est mort lors de l'évasion du seul cobaye à avoir survécu à ses expériences. Ledit cobaye est désormais entre nos mains, et les premiers interrogatoires indiquent clairement une haine profonde de tout ce qui a, de près ou de loin, trait à l'Allemagne hitlérienne. J'ai pris la liberté de lui faire passer des tests en situation de combat. Ce jeune Polonais est bien plus qu'un soldat. C'est un guerrier. Tout bien considéré, monsieur le Premier Ministre, la situation aurait pu être désastreuse, mais elle nous est finalement très favorable.

— Vos conclusions ?

— Deux possibilités évidentes s'offrent à nous. L'élimination pour régler définitivement la question ou l'exploitation à des fins de reproduction pour renforcer notre armée.

— Je devine à votre ton l'existence d'une option supplémentaire.

— Je requiers l'autorisation de recruter ce garçon au sein d'une unité spéciale, de l'entraîner, et d'utiliser pleinement ses capacités à notre avantage.

— Vous vous rendez compte du jeu auquel vous jouez ?

— J'en suis pleinement conscient, monsieur le Premier Ministre.

— Je pourrais vous donner mon assentiment, à deux conditions non négociables. La première : j'exige que ce garçon soit traité avec humanité. Si son histoire est vraie...

— Elle l'est.

— ... il a déjà payé un tribut bien assez lourd.

— Comptez sur moi. Et la deuxième ?

— Son existence et sa réelle nature ne doivent être connues que de vous, moi, et des scientifiques qui l'ont examiné. En dehors de ce cercle, personne, vous m'entendez, absolument personne ne doit rien savoir. Et j'exige des rapports réguliers sur ce garçon.

— Ce sera fait.

— Encore une chose, Edwyn.

— Tout ce que vous voudrez.

— J'interdis formellement quelque expérimentation que ce soit visant à reproduire une telle aberration. Cette guerre nous conduit déjà à manipuler les forces primordiales de l'univers, je ne souhaite pas jouer avec la nature même de l'homme. Si mon ordre devait être enfreint, les conséquences en seraient désastreuses pour le monde, et radicales pour les contrevenants.

— Pardonnez-moi, mais si je me souviens bien, un certain ministre de l'Intérieur était favorable à l'isolement et la stérilisation des déficients mentaux afin de purifier la race anglaise ? Cela date des années 1910 si ma mémoire est bonne.

— Je constate une fois de plus l'étendue de votre culture, mon jeune ami.

— Comprendre les gens fait partie intégrante de mon travail, monsieur. Comment espérer les décoder si leurs mécanismes de pensée m'échappent ? Il me faut cerner leurs convictions comme leurs contradictions.

— Je ne manque ni des unes ni des autres.

— Pourquoi, alors, ne pas capitaliser sur ce jeune homme afin de mener les Anglais vers un stade plus avancé de l'évolution humaine ? Je n'exprime pas ici mon opinion. Je soulève une interrogation qui ne saurait être éludée au vu des circonstances.

— Je vais vous dire pourquoi, Edwyn. Il manque à votre évocation de ma position sur les handicapés mentaux un détail qui possède sa petite importance. Je m'inquiétais d'une augmentation de leur nombre et d'un possible affaiblissement de l'Angleterre. Or, la grandeur de notre nation a toujours présidé à mes prises de positions politiques, aussi controversées fussent-elles. Je n'ai jamais milité pour l'amélioration de notre race, mais pour sa préservation. Dans ce cas précis, nous irions trop loin. Beaucoup trop loin...

— Je perçois la nuance, admit Edwyn avec un sens aiguisé de la diplomatie.

Comme je perçois votre incapacité à assumer vos idées face à la postérité qui vous tend ses bras, pensa-t-il en masquant du mieux possible son dégoût pour les politiciens en général, et celui-là en particulier. Edwyn ne détestait pas l'homme, et lui savait gré d'avoir su se dresser face à Hitler tout en galvanisant l'Empire britannique par des discours inoubliables.

Mais sa conscience de sa propre légende, comme sa faculté à l'écrire lui-même, écœurait l'espion.

Ce dernier poursuivit.

— Le plus absolu pragmatisme dicterait de créer une armada de soldats améliorés. Mais d'après les spécialistes qui se sont penchés sur le sujet, le cerveau qui a travaillé sur ce projet possédait plusieurs années, voire plusieurs dizaines d'années, d'avance sur la science contemporaine. Nous ne disposons ni du temps ni des moyens pour tenter un tel pari. Ce cobaye peut devenir un atout maître si nous le jouons avec finesse.

— Et si ce gamin retombait entre les mains des nazis, qu'adviendrait-il ?

— Il mourra plutôt que de se laisser capturer.

— Vous en êtes sûr ?

— Certain.

Une ultime bouffée, de longues volutes de fumée, puis le cigare acheva sa course dans un cendrier de cristal. Churchill s'appuya sur son bureau, sans cesser de fixer Edwyn qui soutenait son regard. Le vieil homme contourna le meuble. À l'aide de sa canne, Edwyn se leva en grimaçant.

— Je vous donne mon feu vert.

Ils scellèrent l'accord d'une poignée de main fugace.

— C'est la bonne décision, monsieur le Premier Ministre. Vous ne le regretterez pas.

Churchill attrapa son manteau, qu'Edwyn l'aida à enfiler en parfait majordome, puis chaussa son haut-de-forme, véritable extension de son être.

Ils se séparèrent dans le couloir, sans plus échanger la moindre parole. Le Premier Ministre avait déjà la tête à son cabinet de guerre. Quant à Edwyn il reprenait la route vers le comté de Cambridge et le camp militaire secret de Milton Hall, pour mener à bien la plus excitante des missions qu'il ait jamais eu à accomplir.

Décidément, pensa-t-il en s'engouffrant dans sa voiture, en comparaison avec l'opportunité qui s'offrait à lui, le poste de directeur du MI6 ne présentait aucun intérêt.

Chapitre 12

Andy reprit connaissance en douceur, sans savoir s'il s'était évanoui une minute ou une heure. Il cligna des paupières à plusieurs reprises, autant pour affiner une vision encore floue que pour recouvrer la totalité de ses facultés intellectuelles. Au prix d'un réel effort de concentration, il reconstitua le film des dernières minutes qui avaient précédé son évanouissement. La course des événements lui paraissait à peu près claire, de l'agression de Satch jusqu'à la double intervention salutaire du grand type baraqué. Après, tout se brouillait et, s'il se souvenait avoir perdu connaissance dans la voiture de son équipier, il ne se rappelait pas y être monté. S'y était-il rendu par ses propres moyens, ou le géant l'y avait-il traîné ? Et qu'était-il advenu de Satch ?

Il tourna la tête à la recherche de réponses.

Andy se trouvait toujours dans la voiture, lancée à vive allure sur une autoroute qui aurait aussi bien pu se trouver à Seattle qu'à n'importe quel autre endroit du pays. La nuit était noire, Andy n'avait aucune idée de l'heure qu'il était. Le grand type, une casquette sur la tête, fixait la route, une main sur le volant, l'autre sur le levier de vitesse. Un coup d'œil à l'arrière confirma la présence de Satch, toujours inconscient, allongé en position latérale sur la banquette.

— Il va bien, dit le conducteur. Il ronfle même de temps en temps. Et toi ?

— J'ai l'impression d'être passé dans une lessiveuse, mais, comparé à Satch, je n'ai pas à me plaindre. Je ne parle même pas de vous et de vos blessures.

Le conducteur tourna le rétroviseur intérieur vers lui pour s'observer un court instant.

— Ce n'est rien.

— Le sang sur votre tee-shirt...

— ... n'est pas le mien.

— On roule depuis longtemps ?

— À peine cinq minutes, mais maintenant que tu es réveillé...

Sans finir sa phrase, il emprunta la première sortie, tourna à droite au premier embranchement, puis s'engagea vers un petit parking désert sur lequel il se gara.

— Sors, ordonna-t-il.

— Vous allez me descendre ?

La question avait jailli d'elle-même et, à s'entendre la prononcer, Andy se sentit aussi stupide que dans l'entrepôt. Si le titan avait voulu se débarrasser des policiers, la question serait réglée depuis longtemps. En fait, elle ne se serait carrément pas posée du tout.

Il reçut pour seule réponse un soupir las et un hochement de tête dans lequel le policier crut déceler une once de désespoir. Sans un mot, le géant réajusta la visière de sa casquette et sortit de la voiture. Dans la foulée, Andy l'imita.

Saisi par le froid et l'humidité, il remonta la fermeture Éclair de son blouson et plongea les mains dans ses poches.

— Je sais à quoi tu penses, dit l'inconnu en fouillant dans sa veste de treillis.

Il en sortit un cigare et une boîte d'allumettes, minuscule entre ses doigts. Il en craqua une et chauffa l'extrémité de son barreau de chaise.

— Ah bon ? Vous me rendriez service en me le disant, parce que je suis franchement paumé, moi.

— Tu te dis que je viens de buter froidement quatre hommes et que ton devoir est de m'arrêter, quand bien même j'ai sauvé la vie à deux officiers de police dans l'exercice de leur fonction. Mais voilà, tu te dis aussi que je dois savoir des choses que tu ignores et comme tu crèves d'envie de connaître le fin mot de l'histoire, tu pourrais avoir besoin de moi. Bon, après il y a aussi le facteur trouille qui complique l'équation parce que tu as compris que je pourrais t'emplafonner avant même que tu t'en rendes compte. Mais j'aurais déjà pu te tuer cent fois, et comme je ne l'ai pas fait, c'est que je suis peut-être de ton côté. Donc, pour faire simple, c'est le bordel dans ta tête, ce qui explique ta question idiote.

Le raisonnement était sensé, mais le géant ne venait pas seulement de décrire ce qu'Andy pensait : il venait de décrire ce qu'il aurait *dû* penser. Une sensation d'incompétence s'ajouta à celle d'être spectateur d'événements qui échappaient à son contrôle. Reprendre la main s'imposait, et vite.

— On va dire ça… Vous êtes qui, au juste ?

Une allumette craqua, une flamme monta, le cigare se consuma.

— Appelle-moi Eytan. Et toi ?

— Andy, mais… ce n'est pas le sens de ma question !

Reprendre la main... soupira intérieurement Andy.

— J'avais compris, sourit le soi-disant dénommé Eytan. Quant à t'expliquer qui je suis... Pas si simple. Disons que je suis un ancien commando et que j'ai opéré pour le compte de plusieurs agences gouvernementales.

— Façon technique de dire que vous êtes un tueur professionnel ?

Eytan tira une longue taffe.

— Sur un plan humain c'est un peu réducteur, mais professionnellement parlant, le terme est assez juste.

— Vous bossiez pour quels gouvernements ?

— Écoute, Andy, je comprends ta curiosité, vraiment, mais tout ce que tu as besoin de savoir c'est que si tu es mon allié, tu as une chance de vivre. Si tu es mon ennemi, tu as de grandes chances de mourir. Avec moi, les règles sont simples, claires et respectées. Pour l'instant, je te considère comme mon allié.

— Ça a au moins le mérite d'être un peu rassurant...

— C'est déjà un progrès, se félicita Eytan. Avant que je te propose quelque chose, tu vas sortir ton téléphone et appeler tes collègues pour signaler l'agression dont ton pote et toi avez été victimes, l'incendie qui s'est déclaré et le fait que tu n'aies pas attendu les secours pour conduire ce pote à l'hosto. Allez, roule, et tu seras gentil de leur faire une version courte dans laquelle, évidemment...

— Vous n'apparaissez pas. J'ai pigé l'idée.

— Avec une telle perspicacité, tu devrais faire flic, plaisanta Eytan.

— J'y songerai.

Devant l'hésitation d'Andy à saisir son téléphone, Eytan reprit :

— Je t'assure, Andy, je n'ai aucune intention de te tuer, sans quoi ce serait fait depuis un moment. Au pire, tu me fous dans la mouise et tu compliques ma mission, mais c'est tout. Dis-toi que je te demande de passer cet appel dans ton intérêt, tu comprendras après.

Quelque peu rassuré, Andy effectua l'appel et suivit à la lettre les indications.

— C'est bon, donc je vous écoute, maintenant.

— Une catastrophe de grande ampleur se prépare, Andy, et je dispose de peu de temps et d'encore moins de moyens pour l'empêcher. Tu as vu de quoi les hommes dans l'entrepôt étaient capables, et tu as sans doute compris que les moyens légaux ne suffiront pas. Alors je pense que nous devrions travailler ensemble. Je te couvre, et toi, tu me fournis les informations dont j'ai besoin pour accomplir ma mission. Au final, tout le monde en sortira gagnant.

Andy s'accorda le temps de la réflexion. La logique aurait voulu qu'il coffre celui qui se faisait appeler Eytan et qu'il laisse la justice faire son travail. Cependant, il doutait tout simplement que l'arrestation soit possible. Si Eytan se rebellait, et il se rebellerait, Andy ne ferait pas le poids. Par ailleurs, la situation était complexe. D'abord un meurtre sauvage, d'une barbarie rare. Ensuite, l'irruption du FBI et l'annonce d'une série d'assassinats gardés secrets. S'y ajoutaient la mystérieuse ONG intraçable, l'agression dans l'entrepôt, et, cerise sur un gâteau déjà indigeste, l'irruption d'un sauveur qui prétendait avoir appartenu aux forces spéciales et possédait largement les moyens de sa politique ! Andy parvint à la conclusion qu'une situation folle exigeait peut-être une solution au moins aussi démente...

— Sur le principe, pourquoi pas, mais il va falloir m'en dire plus sur cette catastrophe et votre « mission ». Donc : de quelle catastrophe parlez-vous ? Quelle est votre mission, et pourquoi êtes-vous ici ?

— Questions légitimes. Je vais essayer d'y répondre, ça t'aidera à te positionner. Je suis arrivé à Seattle en toute fin de journée. Je devais me rendre au domicile d'une infirmière dénommée Cynthia Hamon. Quand je suis arrivé chez elle, j'ai repéré nos péquenots en pleine fouille. Dans la mesure où je ne savais pas vraiment dans quoi je m'embarquais, j'ai décidé de les surveiller puis de les suivre jusqu'à l'entrepôt. J'attendais qu'ils en ressortent pour entamer la conversation et récupérer ce qu'ils y avaient trouvé. Votre arrivée m'a contraint à modifier mes plans. La suite, tu la connais autant que moi.

— Pas vraiment, en fait, objecta Andy avec une audace dont il ne se serait pas pensé capable. Que s'est-il passé à l'étage ?

— Les pompiers retireront cinq corps calcinés des décombres. Quatre sont de mon fait, et, en toute logique, le cinquième sera le vrai gardien de nuit. Mais lui, je n'y suis pour rien. Crois-moi, pour la partie qui me concerne, tu n'as aucune envie de connaître les détails. Sache juste que je suis tombé sur trois types qui fouillaient un box dont je parierais qu'il appartenait à Cynthia Hamon. Apparemment, ils cherchaient l'album photo qui est sur la banquette arrière à côté de ton collègue. Ensuite, ils ont mis le feu et nous avons eu un léger désaccord.

— Vous avez une idée de qui étaient ces hommes ?

— Non, j'espérais que tu pourrais me renseigner.

— Je n'en sais pas plus que vous.

— Alors nous verrons si tes services peuvent identifier ce qu'il en reste. Ce que je sais, par contre, c'est ce que vous découvrirez dans les analyses sanguines.

— Quoi donc ?

— Oxycodone, cocaïne, méthamphétamine, et peut-être d'autres substances.

— Tu parles d'un cocktail ! Comment pouvez-vous en être sûr ?

— L'un des types était pris de tremblements, un autre reniflait sans arrêt, le troisième avait les yeux injectés de sang et j'ai pu remarquer qu'il avait perdu beaucoup de poids récemment. Si tu ajoutes à ces symptômes une agressivité irrationnelle et une résistance accrue à la douleur, le doute n'est plus vraiment permis. Je voulais en prendre au moins un vivant, mais j'ai préféré éliminer les menaces, et ça n'a pas été de tout repos. Pour que tu comprennes bien à quoi nous sommes confrontés, j'ai fracturé l'avant-bras de l'un d'eux. Une fracture ouverte avec peau déchirée, os saillants, bref, une vraie boucherie.

— J'ai mal rien qu'à l'imaginer…

— Pourtant, il a à peine grimacé. Accessoirement, il bougeait vite, bien, et frappait très, très fort.

— Ah… Et c'est en rapport avec votre mission ?

— Ça se pourrait, mais je suis loin d'avoir toutes les données. C'est Cynthia Hamon qui détient les informations capitales. Il faut que je la trouve, et vite.

— Ça ne va pas être très compliqué, soupira Andy.

Cette fois, Andy avait la main, et il n'entendait pas la lâcher.

— Son corps se trouve à la morgue. Nous avons découvert son cadavre ce matin.

Eytan demeura impassible face à la nouvelle, mais il tira plus fort sur son cigare.

Andy raconta les conditions dans lesquelles le corps avait été découvert. Il n'omit aucun détail, évoqua les blessures, la similitude avec le mode opératoire de Gary Leon Ridgway et conclut par les tortures qu'elle avait subies et qui avaient provoqué la mort.

— OK, donc nos quatre lascars torturent l'infirmière mais ils ont la main trop lourde et la tuent pendant l'interrogatoire. Ils maquillent ensuite le crime à la manière d'un taré du coin, puis se décident à fouiller son domicile à la recherche de je ne sais quoi. Ils finissent par trouver une piste qui les mène à l'entrepôt où ils découvrent ce qu'ils cherchaient.

— Ça se tient.

— Comme quoi, en partageant les informations, tout s'éclaire.

Le sang-froid de cet homme défiait l'entendement. Il fumait benoîtement, analysait avec calme, déduisait sans douter et ne paraissait en rien affecté par la sauvagerie des dernières minutes. Andy se pensait flic en devenir, et, sous l'aile formatrice de Satch, ne doutait pas d'en devenir un bon. Mais là, il se sentait minuscule et complètement dépassé.

— On dirait bien.

— Et tu vas découvrir que ce sera encore mieux quand tu m'auras absolument tout dit.

Andy hésita une poignée de secondes mais face au regard d'Eytan, empli de compréhension davantage que de reproche, il raconta l'apparition du FBI, les multiples meurtres à travers le pays et les rémunérations versées par une ONG fictive et intraçable, nœud de l'affaire aux yeux des policiers. Il acheva son discours par une explication succincte des raisons qui avaient amené le tandem à l'entrepôt. Le reste appartenait à une histoire désormais commune.

Les yeux plantés dans ceux d'Andy, le géant ne perdit pas une miette de ses révélations sans pour autant exprimer la moindre émotion, tel un ordinateur emmagasinant les données avant de les traiter en bloc. Et le processeur était visiblement overclocké…

— Je partage votre analyse, l'ONG est sûrement la clef de voûte de l'affaire. Comment s'appelle-t-elle ?

— World Rescue Solidarity, mais en dehors du nom, le FBI n'a rien.

— Je commence à y voir plus clair, déclara Eytan, énigmatique, en faisant rouler son cigare entre ses dents.

Il saisit l'album photo, objet de toutes les convoitises.

— Vous avez de la chance, commenta Andy, étrangement soulagé de s'être livré à un parfait inconnu à la dangerosité éprouvée mais dont il émanait une tranquillité communicative.

Andy trouvait même des similitudes entre Eytan et Satch dans leur façon de s'exprimer, entre brutalité et franchise, non-dits et sous-entendus. La logique aurait voulu qu'Andy se méfie de cet « homme et demi » comme il le surnommait intérieurement, mais si Eytan n'avait pas été là pour sauver les policiers, Andy ne serait pas en train de se poser des questions. Ce qui, de facto, résolvait lesdites questions. Collaborer avec un tueur assumé tenait de la folie, mais tout, depuis ce matin, relevait de la folie.

Pendant qu'Andy faisait le point avec lui-même, Eytan jeta un coup d'œil à la banquette d'où montaient des ronflements de plus en plus puissants, puis ouvrit l'album photo sur le toit de la voiture. Il se tourna vers Andy.

— Tu comptes bayer aux corneilles jusqu'à l'aube, ou tu préfères te rendre utile ?

Voilà qui scellait l'accord tacite entre les deux hommes. Andy accepta l'invitation et se campa aux côtés d'Eytan.

— Il y a une question à laquelle vous n'avez pas répondu.

— Je sais. La nature de la catastrophe.

— Ce serait bien que je sois au courant, vous ne croyez pas ?

— Si.

Eytan parut soudain accablé. Ses épaules s'affaissèrent et son regard se perdit dans la nuit nuageuse.

— J'aimerais te dire que tout sera comme avant, que tu retourneras aux petits soucis du quotidien comme si de rien n'était, mais je te mentirais. Ce soir, ta vie est en train de changer pour toujours. Tu vas découvrir une nouvelle réalité très éloignée de celle que tu croyais connaître. Une réalité dans laquelle des gens dont tu ignores tout et qui ignorent tout de toi dessinent ton avenir à ton insu. Et je ne parle pas des politiciens.

Sa voix était descendue d'une octave et la gravité sourdait de chacun de ses mots qu'Andy recevait comme autant de coups de poing. Eytan ne laissa pas le temps au policier d'ouvrir la bouche.

— Cela va te sembler encore plus fou que mon apparence physique, ma profession ou mes aptitudes, mais toi et moi, nous allons tenter d'empêcher un conflit planétaire.

Andy ne put refréner un éclat de rire incrédule.

— Rien que ça ! Et comment ?

— Je ne connais pas encore le mode opératoire choisi, mais je connais le ressort sur lequel nos adversaires vont s'appuyer. Connais-tu le dénominateur commun entre toutes les guerres ?

Andy réfléchit un instant.

— La haine ? Le désir de conquête ? L'avidité ?

Eytan tira une dernière taffe sur son cigare. Il le prit entre ses doigts et le considéra, comme hypnotisé par l'incandescence de son extrémité, puis le jeta sur le bitume et l'écrasa sous son talon.

— Non, Andy. La folie...

Chapitre 13

Hôpital Virginia-Mason, Seattle,
une demi-heure plus tard.

— Non, mais je vous assure que je vais bien !

Satch titubait, peinait à garder les yeux ouverts et massait sa nuque endolorie depuis son réveil sur le parking des urgences de l'hôpital, cinq minutes plus tôt. Même sonné, il trouvait encore l'énergie d'envoyer promener Andy et de maintenir à distance l'ambulancier et l'infirmière prêts à le prendre en charge.

On aurait dit un pachyderme atteint par une fléchette soporifique tentant de lutter contre l'anesthésiant qui, immanquablement, aurait le dernier mot.

Andy se planta devant lui puis l'agrippa par les épaules. Il essaya d'attraper son regard, mais ses yeux roulaient dans leurs orbites.

— Tu as pris un sale coup, il faut que tu passes des examens.

Habitué aux patients agités, le personnel médical profita de la diversion pour l'encercler. Avant d'avoir eu le temps de comprendre ce qu'il lui arrivait, le vétéran se retrouva assis de force dans un fauteuil roulant, sanglé puis emmené à l'intérieur du bâtiment. Une bordée de jurons accompagna le mouvement mais les entraves, couplées à un manifeste manque d'énergie, calmèrent rapidement ses velléités.

— Merci, articula l'infirmière à destination d'Andy qui lui répondit en levant le pouce.

La véhémence de Satch avait rassuré le jeune lieutenant, les nerfs à fleur de peau depuis le départ d'Eytan. Ses consignes tournaient en boucle dans l'esprit d'Andy. Non qu'elles soient compliquées à saisir, mais il commençait à douter de la pertinence du pacte conclu entre eux.

— Juge les faits, pas les apparences, lui avait répété le géant avant de se faire déposer dans la zone industrielle où l'entrepôt se consumait consciencieusement, à proximité de la moto qu'il avait louée en arrivant à Seattle.

Il avait dispensé le conseil comme s'il avait senti la volonté du lieutenant vaciller à un moment où, pourtant, il ne doutait pas encore. À plusieurs reprises, cet homme avait anticipé les pensées d'Andy. Loin d'y voir un don pour la télépathie, ce dernier percevait le poids de l'expérience, comme si Eytan avait vécu des situations similaires à de multiples reprises. Il ne devinait pas, il savait, et cela lui conférait une autorité et une maturité d'autant plus surprenantes qu'il ne devait pas être beaucoup plus âgé qu'Andy.

Alors le policier se raccrochait aux faits et admettait, presque à regret, qu'ils plaidaient inconditionnellement en faveur du géant. Il aurait pu le tuer. Il aurait pu le laisser se faire tuer. Il lui avait emprunté son pistolet et aurait pu s'en servir, quitte à le mettre dans une situation délicate vis-à-vis de sa hiérarchie et de la loi. Il aurait pu disparaître et continuer seul sa « mission ». Mais il n'avait rien fait de tout cela. Il avait même partagé des informations avec Andy. Cet Eytan ne laissait la place à aucune aspérité, aucune faille, et le suivre en devenait presque obligatoire, quitte à enfreindre toutes les règles auxquelles un flic se doit d'obéir.

Et c'était là que le bât blessait.

Travailler avec un assassin gouvernemental – pourquoi aurait-il menti sur ce point ? – doté d'une détermination à toute épreuve possédait la douce saveur de la transgression. Un parfum d'interdit et d'aventure qui caressait les narines d'Andy. Mais ce qui l'attirait plus encore, ce qui éveillait en lui un bouillonnement d'émotions, c'était l'opportunité que lui donnait Eytan de faire ses preuves, de se montrer à la hauteur. Pour cela, il devrait sortir du cadre de la loi, obtenir et divulguer des informations à l'insu de son ami et mentor, quitte à mettre en danger son couple avec Damian et leur bonheur tranquille.

Le choix était simple : rentrer dans le rang ou en sortir, sans marche arrière possible.

Mais si Eytan avait dit vrai, si la vie d'Andy ne devait plus jamais être la même après cela, alors autant que ce soit pour de bonnes raisons. Et s'il existait la moindre chance que la menace dont le tueur avait parlé soit réelle, alors Andy jouerait un rôle prépondérant dans son élimination.

Andy inspira à pleins poumons. Son choix était fait et il entendait bien s'y tenir.

Première étape de son émancipation : remplir les documents relatifs à l'hospitalisation du lieutenant Gavin Hastings, et, par là même, délivrer les premiers mensonges.

D'après Eytan, le temps que les pompiers éteignent l'incendie, il ne resterait pas grand-chose du bâtiment, et rien des vidéos de surveillance. Inventer une histoire dédouanant les policiers de toute erreur, éliminant la présence d'Eytan et limitant celle d'Andy sur les lieux ne posait donc pas de problème majeur. La version officielle était la suivante : après avoir acquis la conviction que Cynthia Hamon possédait un espace de stockage, les lieutenants Hastings et Irvine s'étaient rendus sur les lieux où elle louait un box. À leur arrivée, les premières flammes dévoraient l'immeuble. Andy s'était dirigé vers l'accueil – d'où la présence de ses empreintes sur la porte d'entrée – et s'était aperçu qu'une épaisse fumée envahissait déjà les lieux. Pendant ce temps, Satch devait appeler les secours depuis la voiture, mais, quand Andy l'avait retrouvé, le vétéran avait été assommé par un assaillant inconnu. Entendant au loin les premières sirènes de pompiers et désireux de gagner du temps, il avait alors conduit son équipier aux urgences les plus proches.

Peu glorieuse et un rien capillotractée, l'histoire possédait au moins le mérite de la crédibilité. Et vu la commotion subie par Satch, lui faire avaler n'importe quoi sur ce qui lui était arrivé ne poserait aucun problème, une nouvelle fois selon Eytan.

Andy inscrivit donc sur le document remis par l'infirmière au guichet des urgences : *Lieutenant Gavin Hastings, coup reçu à l'arrière du crâne, suspect inconnu.*

Il apposa sa signature sans ciller, comme il le ferait sur son rapport dans l'heure à venir.

Mais avant, il patienterait sagement pour avoir le compte rendu des premières observations médicales, autant par amitié sincère que parce que c'était l'attitude attendue d'un coéquipier. Et pour éviter d'attirer l'attention dans les prochains jours, Andy devrait faire, en apparence du moins, tout ce qu'on attendrait de lui.

Il traversa la salle d'admission, salua les deux jeunes couples et la vieille femme qui y étaient assis. Une fois à l'extérieur, il empoigna son téléphone mobile et envoya un texto à Damian. Il se limita à un « Tout va bien. Je ne sais pas quand je rentre. Je t'aime ». Un service minimum dont Andy se sentit plus coupable que pour les mensonges qu'il débiterait à ses supérieurs.

Il rangea le téléphone en se demandant quels secrets pouvait bien receler l'album photo et ce qu'avait découvert Eytan dans la berline des cambrioleurs.

*
* *

Trois coups secs et énergiques retentirent à la porte.

Installé sur le canapé de velours crème qui faisait face à la baie vitrée donnant sur l'océan Pacifique, Eytan déplia sa grande carcasse endolorie avec les pires difficultés. Ses genoux craquèrent comme du petit bois. Tous les muscles de son corps le brûlaient encore, avec une mention spéciale pour ses cuisses, saturées d'acide lactique, et ses avant-bras, tuméfiés par les innombrables parades opposées aux coups de pied et de poing de son premier adversaire.

Pieds et torse nus, vêtu de son seul jean, il se traîna à travers le salon de la suite qu'il occupait à l'hôtel Four Seasons de Seattle. Deux nouveaux coups se firent entendre au moment où il dégageait le loquet qui protégeait la porte. Réalisant qu'il se tenait voûté pour soulager des lombaires elles aussi douloureuses, il se redressa, inscrivit un large sourire sur ses lèvres, puis ouvrit enfin.

Face à lui se tenait un garçon d'étage en pantalon noir, veston assorti et chemise blanche, planté devant une table roulante sur laquelle trônaient une assiette recouverte d'une cloche en inox, deux verres, une bouteille d'eau minérale plate et une autre de vin rouge.

Eytan invita le jeune homme à entrer mais celui-ci marqua un temps d'arrêt en détaillant le visage tuméfié de son client puis la multitude de cicatrices disséminées sur son torse.

— Je suis cascadeur, précisa Eytan en pointant son menton et sa joue.

Fable mille fois servie, aux conséquences invariables.

Le serveur se détendit comme par magie. Il voulut pousser la table à l'intérieur de la chambre, mais Eytan l'en empêcha.

— Je vais le faire, ne vous embêtez pas.

— Comme vous préférez, monsieur. Cascadeur pour le cinéma ? demanda-t-il avec des étoiles dans les yeux.

— Absolument.

— Vous tournez un film ici, à Seattle ?

— Oui.

— Il doit y avoir de l'action...

— Plutôt... Un mélange de thriller et de film d'espionnage.

— Oh ? J'adore !

Tout à son excitation, il se mit à chuchoter.

— C'est le prochain *Mission Impossible* ?

— *Mission Impossible* ? Ça se pourrait, répondit Eytan avec un clin d'œil complice. Mais c'est confidentiel, OK ?

Il plaqua son index contre sa bouche et, simultanément, déposa un billet de vingt dollars dans la main du jeune homme.

— Comptez sur moi ! Bonne dégustation, monsieur, et bon courage pour vos cascades, ça n'a pas l'air d'être de tout repos...

— Pas vraiment, confirma Eytan en refermant la porte.

Il tira ensuite la table vers le salon et l'installa entre le canapé et la cheminée à l'éthanol qui dispensait une douce chaleur à travers la pièce. Il considéra la bouteille d'eau, mais, saisi de nouvelles douleurs au creux des reins, opta pour le vin, un Saint-Émilion Barsac 2009, millésime réputé pour son excellence. Il en versa quelques gouttes dans un verre, huma son bouquet, le fit tourner quelques instants en admirant sa robe puis en but une gorgée qu'il conserva en bouche pour en apprécier les tanins. Convaincu, il remplit son verre et se dirigea vers la chaîne audio incrustée dans le mur près de la télévision, au-dessus de l'âtre. Il l'alluma et s'approcha de la vitre coulissante qui offrait une vue imprenable sur l'océan. Bercé par les voix d'Emma Stone et Ryan Gosling, il se perdit dans la contemplation de la nuit mourante.

La mélancolie du piano accompagnant le refrain de *City of Stars* le gagna. Il se demanda un instant si les étoiles brillaient aussi pour lui. Enfant, sa mère ne manquait pas une occasion de lui rappeler que Morgenstern signifiait « étoile du matin ».

À l'époque, il tirait une immense fierté à porter un nom empreint d'une telle poésie.

À l'époque, il se rêvait médecin, comme son père, dévoué au bien-être des autres.

À l'époque, il se rêvait adulte, marié, avec une ribambelle d'enfants autour de lui. Les siens comme ceux de Roman, son petit frère.

À l'époque, il se rêvait, tout court.

L'océan s'effaça au profit de son reflet dans la vitre.

Eytan se vit avec les yeux qu'il avait à dix ans. Il était aujourd'hui si grand, si fort, si peu celui qu'il aurait dû être...

Aujourd'hui, Morgenstern était synonyme de destruction et de mort. Obnubilé durant des décennies par la mission, qu'il pensait sacrée, de traquer, débusquer et éliminer les criminels de guerre, sa lutte lui semblait plus vaine à mesure que les années passaient, que les amis mouraient, que le monde reproduisait sans cesse les mêmes erreurs. Les ravages du temps, invisibles sur son visage, s'acharnaient sur son âme. Après la perte d'Eli[1], il voulait sa retraite définitive. Il avait fait passer sa fidélité à Franck avant son désespoir. Mais un jour, il le savait, il laisserait cette humanité incapable d'apprendre s'écharper sans lui. Il s'en laverait les mains. Et Dieu savait combien de sang les maculait.

La chanson s'arrêta. Eytan vida son verre d'une traite.

Les doutes attendraient. Avec lui, ils attendaient depuis plus d'un demi-siècle. Après tout, ils ne résolvaient jamais rien.

---

1. Voir *Le Projet Morgenstern* dans *La Trilogie Bleigberg*.

Il retourna vers la table roulante, se resservit un verre de vin avant de regagner sa place dans le canapé pour examiner les objets disposés sur la table basse.

Outre l'album photo gagné de haute lutte, Eytan avait découvert dans la berline des junkies énervés deux classeurs de relevés bancaires de Cynthia Hamon sur les cinq dernières années, ainsi qu'un téléphone prépayé rudimentaire comparé aux dernières générations de smartphones, et un trousseau de clefs. Une maigre pêche qui accroissait encore la frustration de n'avoir pu faire de prisonnier, même si, dopés comme l'étaient les trois hommes, Eytan doutait que le plus cruel des interrogatoires aurait suffi à les faire parler. L'un dans l'autre, les éliminer avait été la meilleure chose à faire.

Restait à espérer que le jeune flic, cet Andy, ne flanche pas. Son assistance s'avérerait déterminante pour résoudre la crise à venir. Pour la première fois de sa carrière, Eytan ne bénéficiait pas du soutien logistique d'une officine gouvernementale ou militaire et l'arrivée des policiers s'était avérée une véritable bénédiction. Les informations obtenues auprès d'Andy affinaient les contours d'une affaire dont les multiples facettes correspondaient en tous points aux modes opératoires tordus du Consortium.

Eytan connaissait le point de départ et le point d'arrivée, mais ignorait ce qui reliait les deux.

Il avait donc chargé le lieutenant de se renseigner auprès du FBI sur une série de questions déterminantes : les autres victimes portaient-elles également des signes de torture ou d'interrogatoire musclé ? D'autres infractions avaient-elles été signalées à leur domicile ou chez leurs proches dans un intervalle d'une semaine avant et après leur assassinat ? Quelles étaient les dates exactes de leur collaboration avec l'ONG fantôme ?

Le reste incombait à Eytan et à son réseau de contacts tissé au fil du temps. Pour le moment, il parcourut les éléments dont il disposait. Un rapide examen des relevés bancaires permit d'identifier le prélèvement mensuel effectué par la société fournissant les espaces de stockage.

Bien. La suite. Le trousseau de clefs ne portait aucun signe distinctif et les clefs en elles-mêmes étaient quelconques. Une aiguille dans un milliard de bottes de foin. Le téléphone verrouillé ne parlerait guère sans l'intervention d'un spécialiste. À garder sous le coude.

Restait l'album qui contenait une centaine de photos de famille. Cynthia et son mari ; Cynthia, son mari et leurs enfants ; à la maison, à la campagne, en forêt, au bord de la mer. Eytan détailla les images une à une, les sortant de leur pochette pour en examiner l'arrière à la recherche d'une quelconque annotation. Ignorer le bonheur gravé sur le papier était difficile. La vie des Hamon ressemblait à s'y méprendre à celle que le jeune Eytan s'était imaginée.

Eytan étudia les pages pendant de longues minutes, traquant le moindre détail. Après les scènes d'intimité arrivaient les souvenirs de soirées entre copines. Depuis la guerre, Eytan avait croisé de nombreuses infirmières et connaissait l'esprit de corps qui animait ces femmes au dévouement exemplaire. Les conditions souvent extrêmes de leur travail participaient d'une cohésion entretenue durant des sorties nocturnes débridées. Pour libérer la vapeur. Oublier la dureté du job.

L'une des photographies attira son œil. Cynthia y apparaissait entourée de trois femmes et un homme. Tous portaient des blouses blanches et adoptaient des poses semblables à celles d'un groupe de hard rock sur la pochette d'un album. L'homme tirait la langue et imitait un guitar hero en plein solo. Deux des filles faisaient semblant de hurler dans un micro, la troisième jouait au bassiste, et Cynthia, cheveux ébouriffés, sautait à pied joints, pouces, majeurs et annulaires joints, index et auriculaires dressés en un signe de ralliement pour amateurs de heavy metal.

Saisie en plein jour, la scène respirait la joie de vivre et tous ses protagonistes prenaient un plaisir communicatif. Mais le plus intéressant n'était pas le groupe improvisé ni la rangée d'arbres en toile de fond. C'était surtout le tout petit détail, à peine discernable, à l'extrémité droite de la photo. Entre deux branches d'arbres apparaissait un genre de baie ou un bras de mer avec, au loin, ce qui ressemblait à une pyramide plantée au milieu de l'eau. Un fin éclat lumineux émanait de son sommet, comme un reflet du soleil sur un objet métallique...

Eytan éclata de rire et se récompensa de sa découverte en se resservant un verre de vin.

Une pyramide... à la tienne, crétin, s'amusa-t-il en buvant cul sec le précieux breuvage.

Satisfait de tenir une première piste, il retourna la photographie pour y découvrir une liste de prénoms notée au crayon de papier : *Virginia, Alexandra, Claire, Cédric*. L'orthographe du seul prénom masculin, conjuguée à l'endroit où avait été pris le cliché, laissait supposer qu'il était français. Une suite de chiffres écrite au stylo à bille se trouvait sous les prénoms. Deux zéros, suivis de trente-trois, puis d'un six, et enfin quatre blocs de deux chiffres.

— Double zéro pour l'étranger, trente-trois comme l'indicatif de la France, puis un numéro de téléphone mobile, à tous les coups, prononça-t-il tout haut.

À garder sous le coude également.

Il l'entra en mémoire dans son téléphone et s'intéressa derechef au cliché.

Si l'ordre des prénoms coïncidait avec le placement des jeunes femmes sur la photo, alors Virginia était la petite blonde à lunettes qui se prenait pour une bassiste, Alexandra, la chanteuse dont la coiffure à la garçonne renforçait son air aussi déchaîné qu'espiègle, et la dernière choriste, Claire, la grande tige brune à la beauté ténébreuse.

Alors qu'il s'apprêtait à fermer l'album, il remarqua une déchirure réparée par un bout de scotch dans la couverture. Anodine en apparence, la réparation éveilla chez lui les réflexes de l'espion. Il palpa délicatement l'adhésif et sentit sous son pouce un petit objet rigide. Un sourire de satisfaction s'afficha sur ses lèvres, et quelques secondes plus tard, il tenait entre ses doigts une clef USB miniature, dissimulée à la va-vite dans l'album.

Quatre types défoncés à mort, dans tous les sens du terme, une série de noms, un lieu reconnaissable entre tous et un mystérieux support de stockage informatique. De quoi établir quelques hypothèses, mais certainement pas assez pour sortir du brouillard.

Eytan attira à lui la table roulante sur laquelle trônait toujours le filet mignon aux champignons qu'il avait commandé. Il retira la cloche, puis, tout en avalant le contenu d'une généreuse fourchette de ce qui ressemblait à des girolles, appela un vieil ami dont le concours s'avérait indispensable. Privé du soutien logistique du Mossad depuis sa retraite, l'heure était venue de battre le rappel des troupes. Quand bien même eût-il préféré éviter d'y avoir recours.

Nécessité fait loi, se dit-il pour se motiver et s'interdire de raccrocher.

Son interlocuteur décrocha.

— Salut…

Long silence.

— Morg ?

Eytan voulut répondre mais un cri à l'autre bout du fil l'en empêcha.

— Putain de merde !

Chapitre 14

Université de Chicago,
quelques minutes plus tôt.

— Je... suis... une... conne.

La jeune fille n'y tenait plus. Elle sanglotait plus qu'elle ne parlait. Ses immenses yeux verts déversaient toutes les larmes de son corps sur ses joues rougies par l'émotion. Depuis le début de l'entretien, la crise de nerfs paraissait inévitable. Nous y étions.

— Mais non, voyons.

Il avait mis dans ces trois mots toute l'empathie et la conviction dont il était encore capable, mais réalisa en s'écoutant parler que cela ne suffirait pas. Et de loin.

— Si ! C'est pour ça qu'il me parle comme à une merde !

Bingo... Plan B.

— Oui, mais il s'adresse comme ça à tout le monde, vous n'êtes pas spécifiquement visée, mademoiselle Newse.

Les pleurs repartirent de plus belle. L'étudiante se recroquevilla sur sa chaise et cacha son joli visage entre ses mains aux doigts incroyablement longs et fins. Force était de reconnaître que cette grande blonde possédait une beauté diaphane.

Il tira un mouchoir en papier de la boîte posée sur son bureau puis le tendit à sa patiente du matin.

— Tenez, soupira-t-il en cherchant une intonation susceptible de masquer sa profonde lassitude.

Elle saisit l'offrande bienvenue, essuya ses yeux décidément magnifiques, puis se moucha bruyamment. Habitué au rituel immuable des premiers rendez-vous matinaux, il lui présenta une poubelle en plastique vidée des déchets de la veille, essentiellement des mouchoirs usagés.

— Vous êtes gentil, vous, monsieur Lafner, murmura-t-elle avec un regard énamouré.

Et voilà, l'inévitable transfert s'opérait. Confrontés à l'irascible, l'inoxydable et pour tout dire l'insupportable Pr Franck Meyer, les étudiants, principalement des femmes, entamaient leurs journées par une entrevue avec le bras droit du monstre pour déverser leur mal-être sur lui. Les hommes, plus fourbes et globalement moins courageux, guettaient sa pause-café pour répandre leur fiel sur un personnage certes respecté, mais qui humiliait ses ouailles à la première occasion. Les unes recherchaient sa compréhension, les uns espéraient sa complicité.

— Docteur Lafner, si vous n'y voyez pas d'inconvénient.

À l'approche de la quarantaine, doté d'un physique athlétique sans avoir jamais sérieusement pratiqué de sport et d'une beauté formelle digne d'un mannequin, Avi Lafner attirait un peu trop les regards des jeunes filles dans les couloirs de la fac et nourrissait bien des fantasmes. Quand, en plus, ce grand brun ténébreux réconfortait et consolait, son charme montait en flèche et certaines se pensaient autorisées à franchir des barrières qu'il voulait infranchissables.

Avi connaissait depuis toujours l'impact de son apparence sur la gent féminine mais s'y trouvait bien plus souvent confronté dans cette université qu'au sein du Mossad où il avait dirigé, des années durant, une clinique dévolue à l'évaluation et aux soins des barbouzes et gradés de tout poil. Entre son profond mépris des militaires, la mort de son ami Eli Karman et le départ d'Eytan Morg des forces israéliennes, il avait choisi de changer de vie et d'accepter la proposition de Franck Meyer de travailler avec lui dans l'une des universités les plus prestigieuses au monde. Ainsi partageait-il son temps entre la recherche fondamentale, prétexte à l'amélioration du sérum gardant Eytan en vie, et la tenue d'un bureau des pleurs pour des étudiants traumatisés par leur éminent mais cyclothymique professeur. Et comme par un fait exprès, il enchaînait les rendez-vous avec des demoiselles toutes plus séduisantes et déprimées les unes que les autres...

La seule journée d'hier avait vu défiler Edith, une rousse incendiaire, Lydia, blonde peroxydée aux courbes affolantes, et Allison, femme fatale miniature abonnée aux talons aiguilles et aux robes fourreau. Toutes en larmes. Toutes déconfites. Toutes disposées à se répandre sur son épaule bienveillante. L'exercice lui portait doucettement sur les nerfs et une nouvelle mise au point musclée accueillerait Meyer à son retour de Grande-Bretagne. Par ailleurs, il attendait toujours l'appel qu'il avait promis pour lui dresser le compte rendu de sa rencontre avec Eytan. De tous les abrutis de militaires va-t-en-guerre et agents secrets se prenant pour James Bond qu'il avait rencontrés, Eytan se distinguait par une intelligence foudroyante, un humour pince-sans-rire et une hauteur de vue sur le monde et lui-même dont les autres étaient totalement dépourvus.

Avi l'aimait profondément et son départ, quatre ans plus tôt, avait laissé un vide abyssal dans son existence. Travailler sur son sérum entretenait l'illusion de leurs liens et palliait un peu le manque en gardant vivace la perspective de le revoir un jour. Et puis, il devait à Eytan d'avoir fait la connaissance de Jacqueline et Jeremy, tous deux rescapés d'une des innombrables aventures de celui qui resterait toujours un *kidon*, une baïonnette, aux yeux du médecin. Le couple coulait des jours paisibles dans le New Jersey en compagnie de leur fille Ann, entre la librairie tenue par l'ancien trader et les fonctions de Jacky au bureau du shérif. Ils se retrouvaient parfois pour partager un barbecue et évoquer leurs souvenirs communs de celui que l'intenable Jeremy surnommait affectueusement le « Géant Vert ». L'ombre de cet homme à part, à la générosité sobre mais infinie et à la présence inspirante entre toutes, planait quotidiennement sur leurs vies telle une blessure béante. Des vies qu'il avait contribué à sauver, comme tant d'autres...

— Vous m'écoutez ? Docteur Lafner ?

Mary Newse...

— Oui, pardon, je ne fais que ça.

— Vous êtes d'accord, alors ?

Reconnexion rapide à une réalité dont les dernières secondes s'étaient écoulées sans Avi. Elle ne pleurait plus, ses joues gardaient un teint rose mais moins marqué, et son sourire enjôleur portait toutes les promesses d'une tentative de séduction éhontée. Vite, répondre un truc intelligent.

— Je vais y réfléchir.

À quoi ? Mystère. Mais au cas où elle l'aurait invité à prendre un verre…

— Vous me tenez au courant, alors ? Jeudi soir prochain serait parfait.

— Promis, je vérifie mon agenda et je vous dis ce qu'il en est.

Elle quitta le capharnaüm qui servait de bureau à Avi, la démarche alerte, visiblement débarrassée des doutes existentiels qui l'y avaient menée.

Planté dans son fauteuil de cuir noir, Avi frotta ses paupières à la recherche d'un second souffle. La journée s'annonçait longue, et il se jura que le prochain ou la prochaine qui croiserait sa route avait intérêt à bien se tenir. Du moins tant qu'il n'aurait pas savouré, à l'abri des importuns, une tasse du café colombien qu'il se réservait. Il ouvrit le premier tiroir du bureau massif en chêne, écarta quelques dossiers en souffrance puis en retira un récipient en forme de tube. Il le déboucha pour humer les arômes chocolatés et épicés de cet El Diviso importé à prix d'or. Une note d'agrume lui chatouilla les narines, promesse d'un orgasme papillaire à des années-lumière du jus de chaussette écœurant fourni par l'Université.

Au moment où Avi se levait, la voix pure de Luciano Pavarotti embrasa le magistral et déchirant *Nessun Dorma* de Puccini. Le médecin fouilla des yeux le plateau de son bureau, localisa son téléphone mobile au milieu de dizaines de revues scientifiques puis se précipita sur l'appareil. Franck

Meyer avait pris son temps pour appeler, lui ne perdrait pas une seconde à répondre. Hélas, le numéro affiché ne correspondait à aucune entrée du répertoire. Dépité, Avi prit l'appel pour entendre une voix sortie d'outre-tombe.

— Salut...

Impensable.

— Morg ?

Les bras lui en tombèrent, tout comme le récipient contenant les grains du précieux arabica. Le bouchon sauta à l'impact et une pluie d'astéroïdes caféinés s'abattit sur le sol.

— Putain de merde !

— Ça fait toujours plaisir...

— Ce n'est pas à toi que je parlais, désolé. Je viens de renverser... On s'en fout. Tu as vu Franck ?

— Oui, il m'a sorti de ma retraite, comme tu t'en doutes certainement.

— Je n'étais pas très inquiet, vu la taille du gibier à chasser. Ça s'est passé comment à Paris ? Tu as trouvé Cypher ?

— Je n'ai pas le temps d'entrer dans les détails, mais sache juste que je me trouve à Seattle. Pour le reste, il va falloir que tu me fasses confiance.

— Toujours.

— Franck est rentré ou pas ?

— Aucune nouvelle.

— Il ne devrait pas tarder.

— De quoi as-tu besoin ?

— Je vais avoir besoin d'une base arrière scientifique. Je n'ai pas encore assez d'éléments, mais il faut que vous vous teniez prêts à réagir à tout moment.

— Tu peux compter sur notre soutien inconditionnel.

— Parfait. Je vous demanderai aussi de centraliser les renseignements que d'autres vous fourniront pour me les donner ensuite.

— D'accord, mais c'est qui « d'autres » ?

— Tu les connais. Je te laisse, j'ai d'autres appels à passer. Je vous tiens au courant rapidement. Prends soin de toi.

La communication s'acheva abruptement. Fidèle à lui-même, Eytan n'avait ouvert aucun espace pour des questions personnelles, et le ton de sa voix ne laissait aucun doute quant à la gravité de la situation qu'il gérait. Avi reposa son téléphone en soupirant puis s'accroupit pour rassembler les grains qui ne s'étaient pas glissés entre les lattes du parquet. Une mission pour le moins futile.

— Et c'est lui qui me demande de prendre soin de moi...

Chapitre 15

Une petite ville du New Jersey,
le même jour.

Un rayon de soleil indiscret se faufila entre les rideaux, remonta le long d'un mollet finement galbé, glissa sur une cuisse couleur de miel pour se poser enfin sur le drap bleu clair qui épousait délicatement les contours de fesses fermes et rebondies.

Comme tous les matins, Jeremy se délecta du spectacle de sa belle endormie.

Il s'amusait souvent à compter le nombre de représentations auxquelles il avait eu la chance d'être convié : sept ans de mariage, jour pour jour, soit environ deux mille cinq cents partagées, à de très rares exceptions près. Jacqueline détestait qu'il évoque ce décompte.

Là où lui glorifiait des sentiments toujours plus puissants, elle craignait le compte à rebours de l'immanquable érosion du temps. Elle s'emportait parfois, lui reprochant ce goût de tout calculer, hérité de son passé de trader à Wall Street. Jeremy ne s'en offusquait pas tant il aimait le tempérament enflammé de son épouse. Il percevait surtout chez elle la peur sous-jacente de perdre le bonheur qu'ils s'étaient construit. Alors, il s'employait à l'entretenir chaque jour un peu plus, entre éclats de rire, petits plats mitonnés avec amour et balades avec leur petite fille, Ann, qui promenait sur le monde un regard émerveillé et innocent.

L'ancien zélote de l'argent et l'ex-agent de la CIA coulaient une vie paisible dans leurs nouveaux habits de libraire et de shérif-adjoint. Jeremy le ressentait au plus profond de lui-même : rien ne viendrait jamais perturber le paradis qu'ils se construisaient.

Il laissa ses doigts survoler la peau si soyeuse de la petite blonde. La pulpe de son index dessina des cercles concentriques sur la cuisse de Jacqueline. L'émotion, toujours renouvelée. Le désir, toujours intact. La paume supplanta la pulpe. La caresse se fit plus pressante. Jeremy déposa de doux baisers sur une épaule dénudée.

La tête enfoncée dans l'oreiller, Jacqueline gémit, miaula presque.

— Obsédé... marmonna-t-elle en dégageant d'un coup de reins ce qu'il restait de drap sur son corps.

— Moi ? fit-il mine de s'offusquer avant de plonger vers son cou pour l'embrasser goulûment.

Elle gloussa, se débattit en riant quand il se mit à la mordiller, puis pivota soudain pour lui délivrer le plus langoureux des baisers.

La sonnerie du téléphone n'interrompit pas les ébats, qui s'annonçaient torrides.

— Et si c'était pour la petite ? soupira Jacqueline en plantant ses ongles sur le postérieur de son amoureux.

— Il n'y a pas de raison, elle est chez ton oncle et ta tante, haleta Jeremy.

— Ne t'arrête pas, ordonna Jacqueline, je mets le haut-parleur pour être sûre.

— Les enfants ?

Une voix grave couvrit les gémissements du couple. Plus rapide que Jeremy, tout à son affaire, Jacqueline pivota brusquement pour attraper le téléphone. Ce faisant, son genou percuta le nez de son amant en partance pour son mont de Vénus. Frappé de plein fouet, il lâcha un cri rauque et bascula hors du lit pour finalement s'écraser sur la moquette.

— Eytan ?

— Jacky ? Tout va bien ?

— Oui, on… monte un meuble avec Jay. Nous ça va super, et toi ? Si tu savais à quel point ça nous fait plaisir de t'entendre !

Jeremy se releva comme il put, lança un regard noir à Jacqueline qui prit son air le plus désarmant en guise d'excuses, puis s'assit près d'elle.

— Moi aussi. Pourrais-tu me passer ton mari ?

— Mon andouille de mari, tu veux dire ? Il t'entend, lâcha Jacqueline sans dissimuler sa déception de ne pas être la première destinataire de l'appel.

Elle posa l'appareil, se leva d'un bond et fila dans la salle de bains pour y enfiler un peignoir.

— Salut, mon pote ! Tu as quitté ton île ?

— Jay, je…

— Tu viens nous voir bientôt ?

— Pour l'instant…

— Faut vraiment que tu voies la petite, elle a poussé, un truc de dingue.

— Je n'en doute pas, mais…

— Ah, et la librairie a changé aussi, faut vraiment...

— Jay ?

— Oui, Eytan ?

— Bouche fermée et oreilles grandes ouvertes, tu veux bien ?

— Pardon. Je me tais.

— Merci. Je vais avoir besoin de tes talents.

Jeremy ferma les yeux. Pas une journée ne passait sans qu'il pense au Géant Vert. Eytan incarnait le grand frère qu'il n'avait jamais eu. Par son destin tragique et sa force de caractère inégalée, il avait mené le jeune homme perdu sur la voie de la rédemption. Plus qu'un ami ou qu'un frère, Jeremy avait trouvé en Eytan un souffle nouveau. Un exemple à suivre. Une inspiration.

Combien de fois avait-il prié en secret un dieu auquel il croyait de nouveau de croiser encore la route de cet homme grâce à qui il était revenu à la vie, sept ans plus tôt. Il serra un poing victorieux et hurla intérieurement un « OUI » triomphant.

Quand il rouvrit les yeux, Jacky se tenait face à lui, bras croisés, et hochait la tête avec un air de dépit surjoué. Il la connaissait assez pour savoir qu'irrécupérable était certainement l'adjectif qu'elle avait à l'esprit...

— À ta disposition, affirma Jeremy avec une sobriété forcée.

— Parfait. Rassurez-vous, je ne vous ferai courir aucun risque.

Jacky intervint.

— Tu sais bien que nous ferions n'importe quoi pour toi, Eytan.

— C'est exactement la raison pour laquelle j'apportais cette précision. Jeremy, je vais t'envoyer un nom et des numéros de comptes bancaires. J'ai besoin que tu traces des sommes que je t'indiquerai jusqu'à leurs émetteurs. Ça risque de ne pas être évident.

Jeremy s'apprêtait à pérorer sur son expertise et son réseau en matière de finance, mais Jacky lui coupa l'herbe sous le pied.

— Il va te régler ça en deux temps, trois mouvements !

— Sans le moindre doute. Quand tu auras les informations, tu les transmettras à Avi. Il sera mon contact au cours de l'opération.

— Quelle opé…

— Si je voulais vous le dire, je l'aurais déjà fait, Jay…

Ferme, précis, lapidaire. Du Morg dans le texte.

— Tu nous tiendras quand même au courant ? insista Jacky.

— Je vous promets un point complet quand j'en aurai terminé. D'ici là, contentez-vous de répondre à mes demandes et ne cherchez surtout pas plus loin. Je ne sais pas encore précisément à quoi nous avons affaire. Promettez-moi de prendre soin de vous.

Jacqueline et Jeremy répondirent d'une seule et même voix.

— Compte sur nous.

Le retour de la tonalité confirma la fin de l'appel.

— Il est enfin sorti de sa tanière, sourit Jeremy.

De discrets trémolos dans sa voix trahissaient autant de joie que d'émotion.

— Et c'est forcément annonciateur de mauvaises nouvelles, tempéra Jacqueline.

Jeremy se leva et toisa la jeune femme en adoptant une mine ténébreuse.

— Ouais, mais il a une mission pour moi !

— Et gnagnagna.

— L'ancienne de la CIA serait-elle jalouse ?

Elle prit son menton entre ses doigts et leva les yeux au ciel avec un air pensif.

— Hum… un peu… Mais toi, mon coco, tu as une autre mission à terminer.

Ce disant, elle dénoua la ceinture de son peignoir et s'en débarrassa d'un mouvement d'épaule lascif.

Jeremy la gratifia de son plus beau sourire.

Entre l'aube radieuse, le retour d'Eytan et le regard lubrique de Jacky, cet anniversaire de mariage s'annonçait mémorable.

Chapitre 16

Eytan raccrocha, satisfait que Jeremy ne puisse pas voir le sourire qui illuminait son visage. Savoir Avi, Jacky et Jay sains et saufs le rassérénait. L'envie de les retrouver, de partager avec eux un moment régi par les seules lois de l'amitié, le hantait souvent. S'asseoir autour d'une table de jardin, siroter un cocktail en parlant de tout et de rien, redessiner le monde avec l'insouciance des gens ordinaires, contrariés par une contravention ou l'augmentation du prix de l'essence. La réalité quotidienne du commun des mortels.

Hélas, rien de tout cela n'était possible pour Eytan. Il devait se contenter de savoir que ce bonheur existait pour d'autres, et il s'en réjouissait sincèrement.

Eytan interrompit sa réflexion et tenta de prendre du recul sur son état d'esprit, anormalement sombre depuis la livraison de son repas. S'il se trouvait parfois entraîné sur les pentes glissantes de la nostalgie, normalement il ne laissait jamais ses états d'âme l'engloutir.

Pour l'instant, il lui fallait se remettre en ordre de bataille. Jeremy, aussi puéril et insupportablement benêt qu'il pouvait se montrer, traquerait sans répit l'obscure ONG. Avi, fantasque et faussement inconséquent, se tiendrait prêt à tout moment. Quant à Andy, après avoir veillé son équipier, il se montrerait coopératif, Eytan n'en doutait pas. Mais tout ce dont il disposait, c'était une clef USB dont il ne pouvait exploiter le contenu, faute de disposer d'un ordinateur, et une photo avec trois femmes en blouse blanche devant le Mont Saint-Michel. Pas de quoi pérorer. Cela dit, les filles étaient plutôt agréables à regarder et semblaient très complices. *Complices*, se répéta Eytan.

Il se rua sur l'album et ressortit le cliché. Il tourna ensuite les pages à très grande vitesse pour retrouver des photos de soirées entre infirmières. Un bar. Cynthia dans un fauteuil club, Alexandra penchée sur son épaule, mais avec des cheveux longs. Virginia sur ses genoux. Et dans un fauteuil voisin, en pleine conversation avec un bellâtre, Claire. Les quatre plus jeunes, les quatre ensemble. Un autre tirage les montrait à une grande tablée, shots à la main. Au total, le quatuor se retrouvait sur pas moins d'une quinzaine de lieux différents, et, à vue de nez, sur une bonne dizaine d'années.

Ces quatre-là n'étaient pas seulement collègues, elles étaient inséparables.

Ce qui soulevait une multitude de questions et de réels motifs d'inquiétude.

Eytan saisit son téléphone mobile pour appeler Andy. Le Ciel savait à quel point il détestait ces machins, mais force lui était de reconnaître leur utilité. D'autant plus maintenant qu'il ne pouvait plus compter sur les moyens démesurés d'un service secret gouvernemental pour l'épauler. En parlant d'épaules, les siennes lui faisaient souffrir le martyre.

Il les fit rouler, pencha la tête de droite et de gauche pour détendre sa nuque.

Les blessures encaissées lors du combat à l'entrepôt se rappelaient à lui avec plus de mordant qu'à l'accoutumée. Certes, le type avait mis une énorme intensité dans chacun de ses coups, mais Eytan en avait vu d'autres.

Un concert de craquements, dont Stravinsky aurait pu tirer un *Sacre de l'arthrose*, retentit pendant que le géant suppliait mentalement le policier de décrocher. Las, l'ultime sonnerie laissa la place au message d'accueil de son répondeur.

Eytan raccrocha en maugréant, moins contrarié par le silence d'Andy, certainement endormi ou en pleine explication avec sa hiérarchie, que par une contracture au niveau des lombaires.

Il fit pivoter son bassin pour s'étirer. Une chaleur intense explosa soudain dans ses reins, parcourut son dos, enveloppa son torse puis se propagea à la moindre parcelle de son corps. Sans crier gare, sa température chuta brutalement. Il passa en un éclair de la fournaise volcanique à la froidure d'un glacier. Une immense faiblesse s'empara de ses jambes et il se mit à transpirer abondamment, comme si la moindre goutte d'eau avait décidé de s'échapper de son corps. S'il connaissait ces crises depuis la fin de sa croissance, conséquences directes de l'altération mal maîtrisée de son ADN, leurs effets s'accompagnaient de symptômes annonciateurs qui lui laissaient le temps de réagir.

Mais cette fois, il n'en était rien.

Eytan tituba à travers le salon. Il tenta de maintenir son équilibre en cherchant appui sur un guéridon qui bascula sous son poids, renversant la lampe qu'il supportait. Le bruit qu'elle émit en se fracassant au sol se perdit dans le larsen qui emplissait les oreilles du géant aux pieds d'argile. Il s'effondra de tout son long, manquant d'un rien de percuter l'angle de la table basse avec son front. Il rampa jusqu'à sa veste posée négligemment sur le canapé. Ses doigts fouillaient le tissu à la recherche de la bonne poche quand sa vue le trahit. Mû par l'instinct de survie surdéveloppé dont l'avaient gratifié les expérimentations du Pr Bleiberg, il balaya la panique naissante et concentra ce qu'il lui restait de force et de lucidité sur sa main.

La mécanique continua de se dérégler.

Le larsen dans ses oreilles se tut, le brouillard devant ses yeux devint obscurité.

À bout de forces, Eytan trouva enfin la pochette renfermant les seringues emplies de son sérum. Il en retira une et, plus par réflexe que par un acte volontaire, en planta l'aiguille dans une veine de son avant-bras qu'il trouva d'autant plus aisément que tout son système sanguin s'enflammait. Le liquide se diffusa dans son organisme, mais là encore, rien ne se passa comme d'habitude. Si quatre à cinq minutes s'avéraient nécessaires pour endiguer la crise, quatre à cinq secondes suffisaient à l'atténuer. Le temps s'écoulait et l'enfermait lentement dans le néant. Des douleurs oubliées ressurgissaient, somme enfouie des blessures accumulées. Une lame de couteau enfoncée dans les reins, une balle dans l'épaule, une entorse à une cheville, chaque cicatrice délivrait son lot de souffrances. D'ordinaire, son corps surchauffait. Aujourd'hui, il criait vengeance pour la vie d'épreuves et de maltraitances qu'Eytan lui avait imposée.

Soudain, le calme succéda à l'ouragan. Douleurs, tachycardie, perte de sens et de force, tous les symptômes refluèrent comme par magie. En nage, Eytan se relâcha puis s'étendit sur la moquette, épuisé par une crise dont la virulence défiait tout ce qu'il avait connu.

Tandis qu'il recouvrait ses esprits, il se répéta que si un tel épisode s'était déclenché pendant la rencontre musclée à l'entrepôt, celle-ci aurait connu une fin très différente.

Chapitre 17

— Écartez-vous ! Dégagez le passage !

Le hurlement arracha Andy du plus profond des sommeils pour le projeter avec fracas dans une réalité de fureur et de bruit. Sans rien comprendre de l'endroit où il se trouvait, il replia les jambes, plus par réflexe qu'en réponse à l'injonction hurlée par l'homme qui propulsait un brancard avec l'énergie d'un pousseur de bobsleigh.

Quel degré d'épuisement avait-il atteint pour s'endormir sur un siège de la salle d'attente d'un service d'urgences chauffé à blanc ?

Médecins, infirmières, brancardiers s'activaient dans tous les sens en un ballet qui n'avait de signification que pour eux.

Après la poignée de secondes nécessaire pour se débarrasser de la double épaisseur de coton qui enrobait son cerveau, la vision du cadavre de Cynthia Hamon lui revint à l'esprit. Voir les coreligionnaires de la malheureuse jeune femme se dépenser ainsi pour contrarier les caprices d'un destin à la cruauté aveugle avait quelque chose de poignant. Flics, pompiers et personnel hospitalier se croisaient souvent dans le boulot. Uniformes différents, cause commune. D'une certaine façon, perdre Cynthia, c'était comme perdre une collègue.

Andy longea les murs pour rejoindre la sortie sans gêner le travail du corps médical. Une fois à l'air libre, il respira à pleins poumons, huma l'air du petit matin pour chasser les odeurs de sang et de désinfectants.

Sans entrain, il dégaina son iPhone et composa un nouveau message pour rassurer Damian à son réveil. À son grand désarroi, celui-ci répondit dans les dix secondes qui suivirent et posa une liste de questions qui trahissait son inquiétude. Ses pouces couraient avec dextérité sur son écran quand une voix, reconnaissable entre mille, le héla.

— Irvine !

Le smartphone regagna sa poche attitrée.

— Capitaine, vous allez bien ?

La question réflexe. Celle qui part toute seule quand vous ne savez pas quoi raconter. Et l'une des plus absurdes possibles en cet instant précis.

— On me sort du pieu à deux heures du mat' parce qu'un de mes hommes a prévenu qu'un autre de mes hommes a été agressé et qu'il l'emmène à l'hosto. J'ai un entrepôt en flammes sur les bras, des pompiers dans tous les coins, la presse sur le dos, et les élus qui gueulent parce qu'ils trouvent qu'après la transformation d'une infirmière en saucisse grillée à la sauce « tueur en série qui croupit derrière les barreaux », ça fait beaucoup pour la journée. Et je partage leur avis. Le tout en costard trois-pièces pour faire sérieux alors qu'il pèle. D'après vous, Irvine, comment je vais ?

Service. Volée. Autant en rire.

— Moyennement bien ?

Kris Tanner plissa les yeux.

— On va dire que le capitaine est aussi furieux que l'homme est soulagé. Comment s'en tire le vieux con ?

— Commotion cérébrale et contusions aux cervicales, mais rien de méchant. Ils le gardent en observation aujourd'hui et le mettent au repos pour une semaine.

— Et vous ?

— Je suis indemne.

— Le central m'a fait un compte rendu de votre appel. Donc, vous n'avez rien vu, rien entendu ?

La question de Tanner fleurait bon la suspicion du vieux de la vieille à qui on ne la fait pas.

— Rien, comme je l'ai dit aux collègues et comme je l'écrirai dans mon rapport.

Et voilà. Trop tard pour reculer. Sans même prendre le temps d'y réfléchir, Andy venait de se ranger définitivement du côté de l'homme qui les avait sauvés, Satch et lui. Un tel mensonge impliquait des risques immenses pour sa carrière, mais ce qui le dérangeait plus, c'était bien de mentir à quelqu'un pour qui il éprouvait le plus grand respect. Pourtant, Andy, le pressentait, c'était le seul bon choix.

— Alors je vous dois des félicitations, lieutenant Irvine. Votre bravoure a sauvé la vie d'un membre des services de police de Seattle. Vous serez cité pour recevoir la médaille du courage.

Le discours du chef attirait un peu plus Andy sur un terrain miné. Le capitaine Tanner ne croyait pas à sa version des faits, c'était évident. Pourtant, il était aussi évident que, par son attitude, il cherchait moins à le piéger qu'à lui donner l'opportunité de cracher le morceau.

— Je n'en demande pas tant.

— C'est la règle, vous n'avez rien à demander. Rien d'autre à me dire ?

— Vous êtes au courant pour le casse chez les Hamon ?

— Laissez tomber. Je peux voir Satch ?

— Il a passé une batterie d'examens pendant une bonne partie de la nuit, et il n'est remonté dans sa chambre que depuis une heure. Il dort à poings fermés.

— Alors autant le laisser pioncer. Je voulais simplement m'assurer que vous vous portiez bien. Bon, je m'en retourne à mes journaleux et mes politicards, conclut-il en faisant mine de s'éloigner.

Mais après avoir esquissé un pas, il se ravisa et revint vers Andy.

— Oh, encore une question… La commotion subie par Satch ne risque pas d'aggraver son Parkinson ?

— Ah, parce que vous êtes au courant ?

— Maintenant, oui. Avant, je n'avais que des soupçons. Il vous l'a dit ?

— Non, j'ai surpris une conversation téléphonique entre lui et son neurologue. Il ne sait pas que je sais.

— Et vous n'avez pas jugé utile de m'en parler ?

— Ce n'était pas à moi de le faire.

— Protéger son équipier de sa hiérarchie ? Ça me plaît.

— Je n'aurais pas cru.

— Vous êtes jeune, désireux de bien faire, et j'admets que vous êtes plutôt reposant à gérer, Irvine, mais vous avez encore un paquet de trucs à apprendre. Remarquez, en cela, vous êtes à l'image de votre génération...

— Et comment est-elle, ma génération ?

— Oh, elle est bien propre sur elle, rassurez-vous. Elle cherche le risque zéro. Faut pas fumer, ça donne le cancer. Faut pas picoler, c'est mauvais pour le foie. Faut manger bio et faire du sport. Et surtout, faut gentiment suivre les règles, une à une, dans le bon ordre du manuel, parce qu'on ne sait jamais, on pourrait se planter. Commettre une erreur ? Quelle horreur ! C'est des conneries, ouais ! Rien d'ambitieux n'a jamais été accompli en suivant les règles. Le risque zéro est une machine à créer des cons et des lâches. C'est en se plantant qu'on apprend, pas en évitant à tout prix de se planter.

— Je suis content d'avoir demandé...

— Y a rien de personnel dans mon discours de vieux réac'. Mais vous valez mieux que ces peigne-cul des temps modernes. Gavin le pense, et je suis d'accord avec lui. Alors quand vous prenez votre capitaine pour un con, et je vous mettrai certainement mon poing dans la gueule si vous me ressortez ça un jour, j'applaudis à deux mains. Croyez-moi, Satch et moi avons joué plus d'une fois à ce petit jeu à l'époque où nous étions jeunes et svelte. Par contre, faites quand même gaffe à un truc, Irvine. Si l'échec n'est pas toujours dramatique, seule la victoire délimite la frontière entre le héros et le traître.

La tirade lourde de sous-entendus s'acheva sur un clin d'œil. Le petit jeu du chat et de la souris accouchait d'une approbation inattendue, inespérée même, et d'une mise en garde plus paternaliste que menaçante.

Andy regarda le capitaine Tanner s'engouffrer dans la Prius mise à sa disposition par le service, téléphone mobile en main. La voiture quitta le parking dans une accélération déraisonnable qui mit au supplice le moteur comme les pneus.

Andy restait là, *comme un con*, pensa-t-il, avec pour seule compagne une aube blafarde mais débarrassée de la pluie incessante des derniers jours. Le temps sec favorisait le froid dont la morsure ne le dérangeait pas. Pas plus que d'avoir été démasqué par son patron dont les mots trouvaient chez le trentenaire un écho rassérénant. Entre Satch, Tanner et le surprenant Eytan, Andy se sentait autant protégé qu'écrasé. Le premier lui apprenait les rouages du métier, le deuxième l'invitait à prendre des risques quitte à se vautrer, et le dernier... Cinq minutes lui avaient suffi pour lui sauver la vie et le faire se sentir vulnérable puis indispensable. Ces trois hommes semblaient posséder un don commun pour lire dans le jeune policier comme dans un livre ouvert. Désagréable sensation qui piqua au vif l'orgueil d'un garçon trop souvent obsédé par le besoin d'être accepté par le plus grand nombre, dans une société qui, quoi qu'elle tente de faire croire, ne voulait pas vraiment de lui.

Tanner avait raison. Seule une prise de risque permettrait à Andy de s'affranchir des aliénations, larvées ou pas, qu'il traînait depuis trop longtemps. Une opportunité dont il savait qu'elle ne se représenterait pas. Celle de faire ses preuves.

L'iPhone d'Andy choisit cet instant pour vibrer.

— Tu as pu récupérer ?

Le ton décontracté adopté à l'entrepôt, puis sur l'aire de repos, n'était plus d'actualité. Eytan parlait d'une voix blanche, mécanique, et respirait bruyamment, comme s'il se trouvait à bout de souffle.

— J'ai somnolé un moment.

— Parfait. J'ai fait des découvertes intéressantes dans l'album photo. Il faut que tu me fasses des recherches en toute urgence. Regarde si une Virginia, une Alexandra et une Claire figurent parmi les victimes recensées par le FBI. Je crains que ce soit le cas. Et, là j'y crois moins, mais regarde si un dénommé Cédric en fait aussi partie. Si tu n'as pas ces noms sur la liste des victimes, vérifie s'ils peuvent correspondre à des collègues de Cynthia Hamon.

— Bien noté, je m'en charge immédiatement. Je devrais avoir les infos d'ici cinq à dix minutes.

— Parfait. Tu te trouves où ?

— Toujours à l'hôpital.

— Lequel ?

— Virginia-Mason, sur la 9e Avenue.

— Restes-y, je te rejoins dans cinq minutes.

— OK, je vous attends sur le park... Et il me raccroche à la figure.

Andy ne se formalisa pas d'une forme de grossièreté pratiquée au quotidien par ses deux modèles professionnels et se lança à la recherche des informations réclamées par Eytan.

Un appel à l'agent Rosicki suffit à lever les zones d'ombre, après une conversation menée tambour battant par le policier. En moins de trois minutes, elle avait quitté son lit, allumé son ordinateur, consulté sa base de données et répondu au flot de questions, avant même d'avoir eu le temps de formuler les siennes. Nul doute qu'elle ne tarderait pas à retrouver ses esprits et à le rappeler pour lui demander la raison de sa requête. D'ici là, il aurait tout intérêt à avoir inventé une version des faits qui tienne la route.

Mais pour le moment, d'autres vérifications s'imposaient. Andy appela donc l'hôpital pour lequel Cynthia travaillait. Il raccrochait à peine quand Eytan se présenta sur une puissante moto BMW qu'il gara à côté du policier sans en couper le moteur. Il retira son casque qu'il posa sur le réservoir.

— Alors ?

Aucun préambule, plus de sourire carnassier ni même complice, l'urgence seule. Andy jugea sage de se caler sur son attitude.

— Selon le FBI, une Alexandra Awdren, infirmière à Las Vegas, a été retrouvée morte il y a un mois, et une Virginia Seller, également infirmière, assassinée à Los Angeles, une semaine plus tard. Par contre, pas de Claire.

— Ah...

— J'ai vérifié si une Claire avait travaillé avec Cynthia, et il se trouve qu'il y en a une qui bosse dans le même service en pneumologie. Claire Turnip, trente ans, célibataire, sans enfants.

— Ce service, il se trouve dans cet hôpital-ci ? demanda Eytan en désignant l'immeuble derrière Andy.

— Non, plus au nord de la ville. Je viens de l'avoir en ligne, elle a fini son service mais est encore au boulot.

Le moteur de la BMW vrombit.

— Rappelle-la en chemin. Qu'elle se démerde pour ne pas rester seule le temps qu'on arrive.

— Vous pensez qu'elle a bossé pour l'ONG en même temps que Cynthia Hamon, et vous n'êtes pas certain d'avoir éliminé toute menace. C'est ça ?

— Tu piges vite, p'tit gars. Si j'ai raison, elle est dans de sales draps.

Chapitre 18

Hôpital Northwest, Seattle.

Andy n'en revenait pas. Il piochait dans ses réserves pour tenir debout, tandis qu'Eytan ne présentait aucun signe de fatigue. Qu'il ait tué à mains nues quatre types une poignée d'heures plus tôt paraissait irréel. À ses côtés, Andy avait la sensation paradoxale d'être à la fois parfaitement vulnérable et pourtant en sécurité. Et, d'une certaine manière, l'arrivée de l'agent secret, ou prétendu tel, ne faisait que confirmer ce qu'impliquait l'irruption du FBI dans l'enquête : l'échelle du problème auquel la police de Seattle était confrontée dépassait très largement le cadre de leurs compétences. À situation exceptionnelle, décisions exceptionnelles.

Juste avant d'entrer dans le bâtiment des urgences, Eytan briefa Andy sur ses découvertes. Il montra la photo qu'il avait extraite de l'album représentant les quatre femmes et l'homme, ainsi que le verso avec les prénoms et ce qu'il pensait être un numéro de téléphone. Il évoqua tous les autres clichés qui attestaient de la relation de longue date et intime qui unissait les infirmières. Il lui montra également le téléphone prépayé bloqué par un code de sécurité. Le FBI ferait sauter la protection en deux temps, trois mouvements. Eytan promit qu'il lui dresserait un portrait complet de la situation dès l'entretien avec Claire terminé, si tant est qu'il s'agisse bien de la femme de la photo. Plutôt que de protester pour en savoir plus sur-le-champ, Andy se plia au plan de son improbable allié.

Ils pénétrèrent dans le hall des urgences, examinèrent les panneaux puis suivirent les flèches au sol menant au service de cardiologie.

— Vous êtes sûr que c'est une bonne idée ?

— Non, mais quand je n'ai aucune option, entre deux maux, je choisis le moindre. Et comme je navigue à vue dans ce merdier…

— C'est joliment dit, mais ça risque de me coller dans une sacrée mouise.

— Au moins, nous y serons tous les deux, c'est mieux que seul, tu ne crois pas ?

La plaisanterie manqua sa cible. Les traits tirés et les nerfs à vif, Andy ne se montrait guère réceptif. Eytan corrigea le tir.

— Dans l'idéal, je t'aurais laissé lui parler seul à seul en me contentant de vous couvrir à distance, mais je n'ai malheureusement pas le choix, je dois poser des questions précises à cette jeune femme. Il faut que tu me fasses confiance.

— Facile à dire. Vous vous rendez compte que je ne vous ai pas signé un chèque en blanc, mais tout le chéquier ?

— J'en suis conscient, et tout le monde va en bénéficier, toi compris.

— Le Ciel vous entende… Plus vite on en aura terminé, plus vite on pourra quitter cet endroit. J'ai l'impression de passer ma vie à l'hosto.

— Bienvenue au club. Moi aussi, je déteste les hôpitaux.

— Trop fréquentés ?

— Qu'est-ce qui te fait dire ça ?

— Vu votre « profession » et les coups que vous devez recevoir, ça me paraît assez logique. D'ailleurs, c'est une impression ou votre hématome sur la pommette a déjà dégonflé ?

— Je marque peu.

L'arrivée au comptoir d'accueil du service sauva Eytan de la curiosité d'Andy. Ce dernier demanda à parler à Claire Turnip. Devant l'air peu avenant de l'imposante quinquagénaire vissée à son fauteuil, il exhiba sa plaque et sa carte de policier tout en précisant qu'il venait de lui parler au téléphone et qu'elle attendait sa visite. Eytan appuya la demande en montrant la fameuse photo.

— C'est bien elle ? demanda-t-il avant de rengainer l'image et de reculer d'un pas.

— Oui, et je ne vous félicite pas ! aboya-t-elle en fixant Andy. La mort de Cynthia l'avait déjà bouleversée, mais depuis votre appel, elle est carrément terrorisée !

Surpris, Andy se figea. Le reproche de la femme se heurta de plein fouet au trop-plein de fatigue et de stress qu'Andy ressentait depuis la découverte du corps de Cynthia. C'en était trop.

Dans un mouvement lent, délié, le policier posa ses paumes contre le bois du comptoir. Il prit une longue inspiration, comme si, à travers ses mains et sa respiration, il s'imprégnait de quelque force tellurique ancestrale. Sa voix quitta sa gorge avec une douceur excessive qui, in fine, exprimait une rage contenue.

— Vous allez vous calmer et la mettre en veilleuse, dit-il avec un sourire figé. Nous sommes justement là pour protéger votre copine, alors soit vous nous la ramenez soit vous nous menez à elle, mais je vous jure que si vous ne le faites pas dans les dix secondes, votre vie va devenir très compliquée. Et si j'entends encore le son de votre voix, il vaudrait mieux que chaque phrase s'achève par le mot « lieutenant ».

L'infirmière resta interdite quelques secondes avant de se diriger, au pas de charge, dans un couloir situé derrière son poste.

Andy se tourna vers Eytan, lequel pouffait de bon cœur.

— Le métier rentre, l'encouragea le géant en dressant ses deux pouces.

*
* *

Quelques instants plus tard, le cerbère, affichant un sourire inquiet et une politesse retrouvée, invitait les deux hommes à pénétrer dans une salle de réunion privée et dédiée au personnel. Tandis qu'ils entraient, deux aides-soignantes et un médecin sortirent de la pièce par une porte située à l'opposé non sans adresser des paroles chaleureuses et encourageantes à la jeune femme qui se tenait assise, presque prostrée, sur un fauteuil à roulettes en tissu bleu. Une tasse de thé fumante entre les mains, elle pleurait en silence.

Andy attrapa une chaise et la fit glisser face à celle occupée par Claire. Il s'installa sans un bruit, puis se pencha vers elle en un geste de compassion.

Eytan, de son côté, s'adossa au mur, de manière à embrasser dans son champ de vision les deux portes et la fenêtre. Sans arme, l'efficacité de la démarche lui paraissait douteuse, mais on ne se débarrasse pas aisément de certaines habitudes... Il enfonça les mains dans les poches de sa veste, la droite jouant avec le téléphone prépayé trouvé sur ses adversaires de la nuit dernière.

Profitant de sa position en retrait, il détailla le visage de Claire. Contrairement à ce que les photos laissaient penser, cette fille n'était pas simplement belle. Elle était hors du commun. La finesse de ses traits, sa peau mate, la texture soyeuse de ses cheveux sombres aux reflets cuivrés, son visage tout entier semblaient sortis d'un magazine de mode, tout comme ses jambes fuselées et sa taille qu'il devinait de guêpe. Claire était une des femmes les plus ravissantes qu'il ait été donné à Eytan de voir. Dans une époque à laquelle l'insoupçonnable octogénaire ne comprenait pas toujours tout, voir une Claire dévouée à la cause des autres était une bouffée d'oxygène. Pourtant, il émanait d'elle une tristesse, une noirceur même, affleurant ses grands yeux aux iris couleur noisette, tandis qu'une boule de larmes jouait au yoyo dans sa gorge sans parvenir à s'en extirper totalement.

Penchée en avant sur sa chaise, elle tournait nerveusement l'anneau à son index, signe évident de stress. La peur suintait par tous ses pores. Épaules voûtées, elle semblait vouloir comprimer son mètre soixante-dix jusqu'à ne plus être visible. Une sensation accentuée par le manteau en laine vert trop grand dans lequel elle se cachait.

Obsession du contrôle, traumatisme infantile conjugué à une douleur récente, rapport conflictuel à son corps, furent les premières conclusions qu'Eytan tira de son observation.

Les larmes cessèrent de couler, laissant à Andy l'opportunité de se lancer.

— Lieutenant Irvine, nous nous sommes parlé au téléphone il y a quinze minutes.

La jeune femme hocha la tête et se tourna vers Eytan dans l'attente qu'il se présente également.

— Je travaille pour une agence gouvernementale.

La tentative pouvait sembler osée, mais Eytan restait fidèle à sa philosophie du « plus c'est gros, mieux ça passe » dont il avait vérifié les vertus à de très nombreuses reprises. Évidemment, son aplomb se trouvait renforcé par son appartenance pendant plus d'un demi-siècle à de réelles agences gouvernementales et le fait d'avoir le physique de l'emploi. L'imposture n'était donc que très relative.

— Je suis en danger ?

— Nous n'avons aucune certitude, et comme votre sécurité mérite plus que des suppositions, nous ne vous ferons courir aucun risque. Mais pour mieux vous protéger, nous avons besoin d'éclaircissements.

— J'ai déjà répondu aux questions de vos collègues, hier soir, s'étonna-t-elle.

À l'évocation de ses confrères, Andy prit la main. Jusqu'ici, le duo fonctionnait en parfaite osmose, chacun intervenant et laissant l'autre intervenir avec un timing parfait.

— Vous ont-ils laissé une carte de visite ?

Elle fouilla dans les poches de son manteau, en sortit un carton qu'elle tendit à Andy puis croisa les bras sur sa poitrine.

— Vous avez des doutes sur leur identité ?

— Pas du tout, mentit Andy en adoptant son sourire le plus rassurant, j'aimerais simplement savoir qui vous avez rencontré. Nous avons été tellement occupés depuis hier que nous n'avons pas encore eu le temps de nous réunir et de centraliser les infos.

Elle hocha la tête, indiquant qu'elle avait compris.

— Nous aimerions que vous nous parliez de votre travail pour Worldwide Rescue Solidarity, reprit-il. Comment les avez-vous connus ? Où êtes-vous partie et quelles étaient vos missions ?

— Essayez de nous donner un maximum de détails, renchérit Eytan.

— Je... nous sommes parties fin 2014. Avec mes amies. À l'époque, je ne supportais plus mon métier. Je travaillais dans un service de pneumologie. J'accompagnais les patients, depuis l'annonce de leur maladie jusqu'à leur décès. On devient davantage que des soignants, et eux, bien plus que des patients. Leur souffrance devient la nôtre. C'est une destruction lente, insidieuse. Alcool, sorties, excès en tout genre, tout était bon pour oublier, ou du moins essayer. Mais ça n'a fait qu'empirer les choses. Les nerfs ont lâché en premier, l'esprit et le corps n'ont pas tardé à suivre. Burn out. Arrêt pendant trois mois, avec une peur panique de retourner à l'hôpital. Mais j'aimais toujours mon métier. Prendre soin des autres, les accompagner. Vous voyez ?

— Je vois parfaitement, répondit tendrement Andy.

Eytan demeura silencieux. Il ne perdait pas la moindre miette du récit.

— Et puis, un jour, Virginia Seller, une amie et collègue, est venue me voir et m'a parlé d'une

ONG qui recherchait du personnel médical pour une mission humanitaire au Sud Soudan.

— Au Sud Soudan ? répéta Eytan, sur un ton neutre et froid.

— Oui. C'est une des zones les plus dangereuses de la planète, mais justement, c'est là que je pouvais être utile. Je me suis renseignée sur le pays et quand j'ai découvert les atrocités qui s'y déroulaient, j'ai immédiatement accepté.

— Quelles démarches avez-vous accomplies ?

— Je n'étais pas en état d'assumer les démarches. J'ai remis mon passeport à Virginia, signé quelques papiers, mais je ne sais plus trop lesquels, et j'ai fait tous mes vaccins. C'est Vivi qui s'est occupée de tout. Nous sommes parties en même temps, elle et moi, avec deux autres amies, Alexandra et…

— Cynthia Hamon, nous le savons, dit Andy, toujours dans le registre de la proximité.

— Elles sont mortes toutes les trois, sanglota la jeune femme.

— Claire, nous comprenons votre douleur, mais restez concentrée, s'il vous plaît. C'est important.

Eytan se voulait ferme pour ne pas laisser dériver le seul témoin qu'il leur restait. Andy n'avait pas réagi à l'évocation du Sud Soudan, sans doute contaminé par la méconnaissance occidentale d'un pays plongé dans les affres de la guerre et de la famine depuis si longtemps que tout le monde s'en moquait. Eytan, lui, savait que l'histoire du Soudan s'écrivait en lettres de sang, depuis plus d'un demi-siècle. Si, comme il en avait la quasi-certitude, Worldwide Rescue Solidarity émanait du Consortium, le choix de son terrain de jeu l'écœurait au plus haut point. Seule satisfaction, très relative, il coïncidait avec la logique séculaire de l'organisation : prospérer sur la guerre et le chaos qu'elle engendrait. Compte tenu du nombre de zones de flou dans cette affaire, une telle cohérence constituait déjà une avancée.

— Avez-vous suivi une formation avant de partir ? poursuivit-il.

— Non, elle nous a été dispensée sur place.

— Qui est l'homme sur cette photo ?

Il sortit de la poche intérieure de sa veste le cliché qu'il présenta à Claire. Quand celle-ci voulut s'en saisir, il recula légèrement, ce qui provoqua un sursaut chez la jeune femme.

— Pardonnez-moi, mais c'est une pièce à conviction.

— C'est Cédric Girault. Un médecin qui faisait partie de notre rotation. Nous avons sympathisé au point de devenir presque inséparables. J'avais oublié cette photo...

— Vous pouvez m'expliquer comment quatre infirmières et un médecin qui se sont connus dans un camp humanitaire au Sud Soudan se retrouvent au Mont Saint-Michel ?

— Quand nous avons terminé notre contrat, Cédric nous a proposé de passer quelques jours à Paris. Et comme il était originaire de Bretagne, nous en avons profité pour filer une journée à Saint-Malo. La photo a été prise dans une commune voisine. Cancale, si mes souvenirs sont bons.

— Vous êtes toujours en contact avec Cédric ?

— Vous savez ce que c'est. Chacun est retourné à sa vie et nous nous sommes perdus de vue. Virginia a suivi son mari à Los Angeles, Alexandra a trouvé un poste à Las Vegas, Cynthia et moi sommes venues travailler ici. Quant à Cédric, je ne sais pas ce qu'il est devenu. J'ai essayé de l'appeler, il y a déjà plusieurs mois, mais son numéro de portable avait changé. Je lui ai envoyé un e-mail quand Alexandra et Virginia sont mortes, mais je ne sais pas s'il l'a reçu.

— Vous auriez son numéro de téléphone ? demanda Eytan, de plus en plus distant.

— Je ne suis pas sûre... Attendez...

Claire sortit son smartphone pour en examiner le répertoire. Elle dicta un numéro qu'Eytan entra dans son portable. Il constata que les chiffres donnés différaient de ceux trouvés à l'arrière de la photo.

— Vous pensez que je suis la prochaine sur leur liste ?

— C'est une possibilité, intervint Andy. Voilà pourquoi nous allons vous mettre sous protection le temps de boucler notre enquête.

Il chercha Eytan du regard, en quête d'une approbation qu'il obtint par un hochement de tête. Claire sembla rassurée par la proposition. Le géant revint à ce qui le préoccupait.

— Vous pouvez nous dire en quelques mots en quoi consistait votre travail dans le camp humanitaire de Worldwide machin ?

Pendant une vingtaine de minutes, Claire raconta son périple. Depuis son arrivée en hélicoptère à Yei, dans l'État d'Équatoria-Central, le transport aérien étant le seul jugé acceptable tant les routes étaient réputées dangereuses, jusqu'à la sécurité du camp assurée par des Casques bleus. Elle détailla les conditions de vie des expatriés, le couvre-feu à dix-huit heures, les soirées à regarder des films sur les ordinateurs portables, ajoutant que le disque dur externe était la principale drogue de l'expatrié. Elle évoqua enfin les soins prodigués aux populations déplacées, victimes des luttes intestines d'un pays livré à des conflits armés d'une invraisemblable complexité.

Andy notait les principaux éléments du récit, tandis qu'Eytan menait un interrogatoire précis quant aux pathologies traitées et aux conditions de vie sur place. Ses questions étaient tellement pointues qu'il était impossible qu'il n'ait pas lui-même connu tel enfer. En dépit de son insistance à demander si les soignants avaient suivi des protocoles anormaux ou exceptionnels, l'infirmière affirmait n'avoir rien remarqué d'anormal, si tant est que « normal » soit un terme approprié pour décrire le chaos et la désolation dans lesquels elle avait passé six mois de sa vie, même par intermittence. Avec, au cœur de son récit, un mot, aussi omniprésent dans sa bouche qu'il l'avait été sur place : la peur.

L'entretien s'acheva brusquement quand Eytan balança, sans prévenir, la patate chaude à Andy.

— Merci. Le lieutenant va maintenant s'occuper de la suite, si vous êtes d'accord.

En l'espace de quelques secondes, il était passé d'une implication totale à une forme de désintérêt, comme si son esprit se tournait déjà vers d'autres problématiques.

— Oui… oui, avec votre accord, Claire, je vais contacter les agents du FBI avec qui nous collaborons sur l'enquête. Ils vous assureront une protection rapprochée, le temps que nous éclaircissions l'affaire.

La jeune femme ne se fit pas prier pour accepter l'offre, émettant pour seule requête l'autorisation de passer aux toilettes, car elle n'avait pu s'y rendre depuis des heures. Les deux hommes acceptèrent, mais Eytan posa comme condition qu'Andy et lui l'accompagnent jusqu'à la porte.

Sitôt Claire hors de vue, le policier questionna Eytan.

— C'est une impression ou vous étiez suspicieux à son égard ?

— Pas forcément suspicieux, mais chaque détail a son importance. Et, à la différence de toi, Andy, je n'ai pas les moyens de signer des chèques en blanc.

*
* *

L'absence de Claire suffit à Andy pour prévenir le capitaine, toujours d'aussi bonne humeur, ainsi que l'agent Rosicki, parfaitement réveillée cette fois. L'agent du FBI se montra coopérative, acceptant sans sourciller de mettre en place une protection dans l'urgence, mais se montra ferme dans son désir d'explications claires, précises et circonstanciées.

— La cavalerie déboule d'ici un quart d'heure.

Devant le visage décomposé du policier, Eytan abrégea ses souffrances à peine la conversation terminée.

— Je te file tout ce dont tu as besoin pour t'en sortir en héros dans une seconde, le rassura-t-il en se rapprochant de la jeune femme.

— Je me contenterai de m'en sortir tout court… soupira Andy.

— Les dispositions sont prises pour assurer votre sécurité, dit Eytan à la jeune femme qui sortait en s'essuyant les mains. Vous serez bien prise en charge. Par contre, dans votre intérêt, vous ne m'avez pas vu, nous ne nous sommes pas parlé, et le lieutenant Irvine est la seule personne qui soit venue vous voir aujourd'hui.

— D'accord...

Si la peur avait un visage, elle aurait eu celui de Claire au moment où Eytan lui tourna le dos pour s'éloigner. Tels deux enfants menés au bureau d'un proviseur pour y entendre un sermon, Claire et Andy suivirent Eytan jusqu'au hall d'accueil du bâtiment.

Une fois sur place, il demanda à la jeune femme de les attendre, puis invita Andy à l'accompagner jusqu'à sa moto dont il ouvrit le top-case pour en extraire son casque.

— Vous partez ? demanda le policier.

— C'est naturel, tu sais, dit-il abruptement, sans faire cas de la question.

— Quoi donc ?

— Ce que tu as ressenti cette nuit, dans l'entrepôt. Ce n'est pas de la faiblesse, ni de la lâcheté, et moins encore de l'incompétence. Ce n'est qu'une réaction naturelle.

— Ouais, enfin... Pour un flic, c'est moyen. Ce n'est pas pour me dédouaner, mais j'ai déjà participé à des bagarres et à des arrestations musclées. Là, j'étais terrorisé au point de ne plus savoir quoi faire.

— Et dans cette panique tu as néanmoins eu la présence d'esprit d'agripper la jambe de l'homme qui s'enfuyait. Ton premier réflexe a été d'agir, au péril de ta vie. Tu ne devrais pas t'ôter ce crédit. Tout le monde n'aurait pas agi comme toi.

— Merci.

— Ce n'est que la vérité, mais il me semblait important que tu l'entendes.

— Comment faites-vous ? Je veux dire... pour ne pas perdre votre sang-froid dans des situations pareilles ?

— Je pourrais te répondre que je me suis entraîné dur, ou que je me suis confronté aux pires réalités de la guerre, mais ce ne serait qu'une demi-vérité. L'entraînement ne fait que réduire les risques de craquer sous la pression, il n'en prémunit personne. La confrontation à la réalité d'une guerre détruit tous ceux qui s'y frottent. J'ai vu des monstres physiques s'effondrer en larmes devant les rafales ennemies. J'ai vu des types en apparence indestructibles se foutre en boule et sucer leur pouce. J'en ai même vu se tirer dessus avec leur propre arme tant ils paniquaient. Pour ceux qui supportent la brutalité des combats, et en réchappent, le stress post-traumatique et son cortège de symptômes pourrissent ce qu'il leur reste à vivre. On peut réparer des blessures physiques, poser des prothèses à la place d'un membre perdu, remplacer certains organes, mais rien ne répare un esprit marqué au fer rouge par la peur de crever à chaque seconde. Aucun être humain n'en sort indemne.

— À vous écouter, on pourrait penser soit que vous êtes complètement traumatisé, soit que vous n'êtes pas humain.

— Peut-être suis-je un peu des deux, murmura Eytan avec un clin d'œil complice.

Il poursuivit.

— La peur première d'un soldat est la peur elle-même. Ce qui est inscrit dans notre ADN comme un réflexe de survie est devenu un déshonneur, entretenu par l'armée et la complicité de standards sociétaux et culturels. « Un homme, ça a des couilles. » « Un vrai mec, ça n'a pas peur. » Tu as dû les entendre souvent celles-là, non ?

— Comme tout le monde.

— Et comme presque tout le monde, tu ignores que l'être humain triche depuis la nuit des temps.

— Comment ça ?

— Je te parle d'éradication des émotions et de la douleur. Je te parle d'anesthésier la part d'humanité qui empêche les gens de s'étriper à tout instant. La formation des soldats sert partiellement à cela, mais s'avère notoirement insuffisante. Alors, depuis toujours, on recourt à des subterfuges. Dans certaines cultures on s'enduisait le corps d'onguents supposés rendre invulnérable, dans d'autres on consommait des breuvages prétendument magiques, en réalité des drogues, pour stimuler l'agressivité et le courage. Haschich, dérivés de cocaïne, et le plus célèbre et le plus communément accepté, l'alcool. Durant le débarquement en Normandie, pas mal de soldats étaient passablement ivres, faute de quoi, ils ne seraient pas montés dans les barges. Et je ne te parle même pas d'en sortir…

— Et vous ?

— Quoi, moi ?

— Vous vous acharnez à esquiver ma question. Si comme vous le dites l'entraînement n'assure pas le contrôle des émotions, comment faites-vous pour gérer le stress et la peur ? Vous prenez des trucs ou quoi ?

Eytan ne sut quoi répondre. Comment dire à ce jeune homme pétri de doute, désireux de faire ses preuves, comme il en avait tant croisé – et trop enterré – durant son existence, que le stress et la peur étaient pour lui de vagues souvenirs, des concepts abstraits ? Comment lui dire que, jusqu'à aujourd'hui, il ne s'était jamais vraiment posé la question ? Certes il prenait bien un produit pour rester en vie, mais sans impact sur son comportement. Depuis sept décennies, il observait, analysait, décidait, puis agissait, sous les bombes ou la mitraille, sans jamais se départir de son sang-froid. Il y trouvait un atout considérable pour s'acquitter de ses missions et surclasser ses adversaires, alors il s'en contentait, sans jamais s'interroger. Et quand il n'opérait pas seul, si ses équipiers flanchaient, il les soutenait ou les suppléait, et tout le monde s'en satisfaisait.

La question d'Andy renvoyait Eytan à son propre discours, nourri à l'épreuve des combats et des guerres. Si les armées cherchaient sans cesse à débarrasser leurs troupes des faiblesses humaines, et si Eytan incarnait le fruit de cette quête, alors il ne pouvait y avoir qu'une conclusion logique sur sa véritable nature. Forcément inhumaine.

— Le stress et la peur n'ont pas de prise sur moi, répondit-il.

— Je vous envie.

— Tu ne sais pas ce que tu dis, mais ce n'est pas ta faute.

— Désolé... Qu'allez-vous faire maintenant ?

— J'ai le nom d'une ONG, celui d'un médecin français, deux lieux, deux numéros de téléphone et... quelques hypothèses.

Eytan hésita à évoquer la clef USB mais préféra en taire l'existence, seule entorse au pacte de franchise conclu avec le policier.

— Je n'ai plus rien à apprendre ici. Par contre, je compte sur toi pour m'appeler dès que le FBI aura identifié les morts de cette nuit.

— Bien sûr. C'est dommage, je commençais à m'habituer à bosser avec vous.

— Il ne faut pas. En ce qui te concerne, voici les photos trouvées dans l'album tant recherché. Tu inventeras une histoire cohérente pour expliquer où tu les as découvertes. Chez elle, sur son lieu de travail, peu importe tant que ça colle avec le boulot que tu as effectué hier. En les observant, tu as compris les liens personnels et professionnels entre les filles et ça t'a mis sur la piste de Claire, qui, grâce à ta prise d'initiative, va bénéficier d'un programme de protection et fournir des informations au FBI concernant l'ONG. Le FBI n'arrivera d'ailleurs jamais à percer le mystère, se heurtant aux montages financiers complexes, à l'omerta des paradis fiscaux et à des forces qui les dépassent. Si je fais bien mon job, la petite et toi ne craindrez plus rien. Alors, aussi abrupte que cela te paraisse, ton implication dans cette affaire s'arrête ici. Laquelle va se conclure ailleurs sur la planète, et très loin de tout cadre légal.

— Je n'ai pas servi à grand-chose au final… je n'ai même pas compris grand-chose aux tenants et aboutissants.

— Pour ce qui est des tenants et aboutissants, moins tu en sais, plus tu as de chances de rester en vie. Pour ce qui est de ton utilité, tu te goures. Sans ton aide, je n'avais que peu de possibilités d'y voir plus clair, même si le tableau d'ensemble est encore assez flou.

— Frustrant, quand même, d'être aussi impuissant.

— C'est une constante quand la grande histoire percute les petites. Les petites histoires ne sont que d'insignifiantes barques balayées par les lames de fond de la grande. Confrontés à cette tempête, certains périssent, d'autres se révèlent, mais tout le monde y abandonne ses illusions. Tel est le lot des innocents.

— Vous ne faites pas partie des innocents, pas vrai ?

— Fut un temps lointain, si. Aujourd'hui…

Eytan baissa la tête, s'immobilisa un instant, puis attrapa son casque.

— Aujourd'hui, je suis un mal nécessaire.

Il enfila sa protection puis offrit sa main au policier qui la saisit, une boule au ventre.

Les adieux furent rapides. Le géant enfourcha sa moto, mit le contact et releva sa visière.

— Merci, p'tit gars, et ne te relâche pas. Sait-on jamais, ce n'est peut-être pas terminé.

Sans laisser le temps à Andy de répondre, il s'insérait déjà dans le flot des voitures.

Chapitre 19

Aéroport international de Dubai.

Juan ressentit la poussée des puissants moteurs du jet.

La même appréhension qu'à chaque décollage l'envahit quand l'avion privé inclina son nez vers les cieux. Le sort, jamais dépourvu d'un sens aiguisé de l'ironie, voulait que l'homme d'affaires passât sa vie dans les airs. Il aimait l'argent, et le pouvoir qu'il lui conférait sur ses congénères. Il appréciait les palaces dont il collectionnait les cartes d'accès aux chambres depuis toujours, ne crachait pas sur les costumes taillés sur mesure ni sur les chaussures italiennes de luxe. Il avait ses habitudes aux plus grandes tables gastronomiques d'un monde devenu village tant il le parcourait en long et en large, et en connaissait le plus insignifiant pays.

Mais tutoyer les chefs d'État, exercer une influence occulte sur les soi-disant démocraties, jongler avec les millions par centaines, bref peser sur le quotidien de la planète et de ses misérables habitants avait un coût.

Les doigts crispés sur l'accoudoir du fauteuil, il ferma les paupières et récita mentalement la prière rituelle supposée lui porter chance.

Notre Père qui êtes aux cieux, que votre nom...

N'ayant plus mis les pieds dans une église depuis son adolescence, Juan ne s'illusionnait guère sur l'attention que le Tout-Puissant lui porterait en cas d'incident mécanique. Au moins trouvait-il dans cette routine un moyen de contrôler sa peur, ce qui n'était pas si mal.

Il demeura tétanisé jusqu'à ce que l'appareil atteigne son altitude de croisière, instant marqué par la sempiternelle arrivée d'Ester, la ravissante hôtesse qui veillait depuis plusieurs années sur son bien-être en vol. Dotée d'un joli minois, mais trop petite à son goût, elle n'éveillait chez lui aucun autre désir que celui de consommer un verre de vin rouge accompagné de biscuits salés.

Nul besoin de verbaliser la commande, celle-ci l'attendait déjà sur le plateau présenté par la jeune femme, avec un grand sourire en bonus.

Elle déposa la boisson et le snack sur la table laquée située devant l'unique passager du vol reliant Dubai à Ankara.

Juan la congédia d'un revers distrait de la main, puis, une fois qu'elle eut fermé la porte séparant les VIP des employés, il sortit d'un sac en cuir un énorme dossier ainsi que trois phablettes.

Il se lança dans la lecture d'un projet de contrat portant sur la vente de missiles antibalistiques et particulièrement des clauses concernant un éventuel transfert de technologie. Transfert que Juan entendait faire disparaître quitte à baisser le prix de cession. Après tout, sur quinze milliards de dollars, une fois défalqués les cadeaux aux clients, les rétrocessions aux partis politiques, les prostituées pour les élus en mal d'émotions fortes et les bijoux pour les maîtresses des militaires, il restait largement matière à négociation.

Après dix pages, l'indigestion juridique menaçait. La sonnerie d'une de ses phablettes résonna comme une bénédiction, et, comble du bonheur, celle-ci était dévolue à une activité plus exaltante encore que sa profession.

— Opérations, se présenta-t-il conformément à la procédure fixée par son organisation.

En fanatique assidu de James Bond, Juan avait tenté d'obtenir « Le Chiffre » comme identifiant, mais ses supérieurs ne partageaient pas sa passion. Il se retrouvait donc affublé d'un nom de code tristement premier degré. À ses yeux, cela restait classe, mais aurait pu l'être davantage.

— Nous avons un problème.

— Développez.

— Le FBI vient de se saisir d'une enquête sur un homicide multiple après l'incendie d'un entrepôt à Seattle. D'après nos informateurs internes, trois cadavres calcinés sont en cours d'identification et un autre correspond à l'un de nos hommes.

Juan réfléchit un court instant. Les qualités de sang-froid et d'improvisation qui lui avaient valu de figurer parmi les meilleurs négociants en armes lourdes de la planète, et lui garantissaient une place de choix dans l'organigramme du Consortium, se trouvaient enfin mises à l'épreuve.

— Laissons l'enquête fédérale se poursuivre pour le moment. Rien ne nous relie à ces hommes. C'étaient des cobayes transitoires du programme. Qu'en est-il des documents ?

— Aucune trace.

— Déployez une équipe d'intervention sur place et placez-la en *stand-by*.

— Une équipe soumise au programme ?

— Non, nous n'avons plus besoin de bouchers. Déployez un commando standard.

— Bien.

Juan coupa la communication. La situation sentait la crise à plein nez et requérait concentration permanente et adaptabilité instantanée face à un avenir incertain. Une pression sous laquelle beaucoup ploieraient, mais qui provoquait chez lui une excitation délectable.

C'est encore meilleur que la baise, se dit-il en sélectionnant un contact parmi son répertoire pléthorique.

— Ici Opérations.

Silence radio. La signature du Big Boss. Juan adorait.

Il dressa un compte rendu synthétique des événements en cours à Seattle.

— Tout est sous contrôle, conclut-il avec un aplomb excessif mais indispensable pour marquer son territoire.

— Notre contact est-il en sécurité ? demanda la voix à l'autre bout du fil.

Une voix chaude, rocailleuse mais mélodieuse, aussi autoritaire que féminine. Juan se surprit à fantasmer. Il la visualisait grande, longiligne, dans un tailleur cintré gris rayé de noir, perchée sur des escarpins brillants, tenant entre de longs doigts finement parcheminés par la cinquantaine un porte-cigarettes de nacre. Dans la mesure où ils ne se rencontreraient sûrement jamais, autant s'accrocher à cette image excitante d'une dominatrice décomplexée.

226

— Nous nous en assurerons.

— Je vous le conseille.

Même la menace colportait un parfum érotique.

— Je vous tiens informée. Fin de transmission.

— Cypher, fin de transmission.

Juan pianota énergiquement sur son accoudoir. Enfin, on le testait.

Il saisit un cracker, le glissa entre sa langue et son palais pour le laisser fondre en douceur. Il en goûta les cristaux de sel tout en observant l'aube naissante à travers son hublot. *Cypher,* pensa-t-il, *voilà un titre vraiment classe…*

Chapitre 20

Université de Chicago.

Assis sur un muret en pierre face à l'entrée de l'université, Avi trompait son impatience dans la dégustation de sa tasse de café. Un flux ininterrompu d'étudiants et de professeurs indifférents s'écoulait le long de l'allée principale du campus. Le soleil d'automne brillait haut dans le ciel où les cirrus s'étiraient en longs filaments moutonneux. L'été indien avait pris ses quartiers sur la ville au point que, l'espace d'un instant, Avi envisagea de s'accorder une sieste improvisée sur la pelouse voisine. Un coup d'œil à sa montre l'en dissuada. Le taxi qui ramenait Eytan de l'aéroport à la fac ne tarderait plus. Au-delà du manque de temps, la conjonction des événements depuis soixante-douze heures n'incitait pas à baisser la garde.

Après quatre années de silence radio, Eytan revenait en force, se fendant d'une rencontre avec Franck Meyer, d'une visite à Paris, d'une autre à Seattle, d'un coup de fil à Avi pour solliciter une assistance logistique, avant de se pointer en personne pour ce qui, d'après son empressement au téléphone et son arrivée imminente, ne pouvait être qu'une urgence absolue. Et Avi l'assumait : il adorait ça ! La perspective de rempiler aux côtés du seul ami qu'il se soit jamais fait au sein du Mossad lui procurait la plus délectable des excitations. Entré dans les services secrets bercé par les films d'espionnage, en quête d'une vie trépidante, il avait finalement dû enchaîner visites prophylactiques et évaluations psychologiques au sein d'une clinique des alentours de Tel Aviv. Un ennui profond avait fini par le dévorer insidieusement au point que seules quelques révoltes discrètes et blagues potaches égayaient un quotidien chaque jour un peu plus sombre. Le départ d'Eytan des forces israéliennes après la mort d'Eli avait achevé de décider le médecin à franchir le pas et à écrire un nouveau chapitre de son existence. Mais si Avi avait passé l'âge de se rêver en homme d'action, le désir d'en épauler un l'animait toujours. Et dans cette perspective, qui remplissait ce rôle mieux que le géant ?

L'idée le fit sourire au moment où une main s'abattit sur son épaule, lui arrachant un sursaut et un cri suraigu. Il manqua renverser sa tasse, mais la retint in extremis.

— Décidément, tu as le chic pour te faire payer à glander, lâcha Eytan tout en s'asseyant à côté d'Avi.

— T'es con… tu m'as foutu une de ces trouilles !

— C'était un peu le but, sourit le géant. Ne te plains pas, l'idée de t'infliger un hadaka-jime m'a traversé l'esprit.

— Encore une joyeuseté nippone pour psychopathe en vadrouille ?

— C'est assez bien résumé.

— Et dire bonjour aux copains en leur serrant la main ? Ce n'est pas dans le manuel du super-agent, je suppose ?

— Chais pas, faudra que je vérifie dans mon exemplaire. Mais bon, dans le doute...

Eytan présenta sa paume à Avi, qui la serra avec une vigueur à la hauteur de la joie qui l'habitait. Deux cent dix semaines après leur dernière poignée de main, celle-ci possédait une saveur unique. Les deux hommes la maintinrent une éternité. Ils finirent par lâcher prise avant de se lancer tous deux dans la contemplation de la foule.

— Bon, je sais que tu as besoin d'aide, dit Avi, brisant le silence le premier. Mais je ne ferai rien tant que tu ne m'auras pas raconté ce qui s'est passé depuis ton départ pour l'Irlande et que tu ne m'auras pas dit comment tu vas. C'est frustrant de devoir supporter tes attitudes de super-héros qui débarque sans prévenir et qui appelle ses potes uniquement quand il en a besoin, avant de disparaître tout aussi brusquement pour aller sauver le monde.

— Avi, je n'ai pas le...

— Temps ? Tu as plus de quatre-vingts piges. De nous deux, celui pour qui le temps est le plus précieux, c'est moi.

— Le plus dingue, c'est que tu as raison. Je suis désolé, je sais que je ne suis pas toujours facile à suivre. Si nous en parlons autour d'un verre, tu accepteras de m'aider ?

— Autour d'un verre, non. Autour d'un déjeuner, oui, et c'est toi qui invites !

— D'accord.

— Oh là ! Attends une seconde, que je hume le parfum de cet instant. Le grand Eytan Morg qui baisse pavillon, c'est un plaisir quasi orgasmique...

Avi fit de larges cercles avec ses bras en aspirant une grande quantité d'air. Il expira en exagérant un râle.

— Ne change rien, tu es parfait, s'amusa Eytan.

— Je sais, répondit Avi avec le plus grand sérieux. Amène-toi, Franck nous attend.

Avi bondit sur ses pieds. Eytan déplia sa grande carcasse. Tous deux traversèrent l'allée principale avant de s'engouffrer dans le tentaculaire bâtiment principal.

— Comment se passe ta nouvelle vie ici ?

— Franchement, ce serait malvenu de me plaindre. Les conditions de travail sont exceptionnelles, nous disposons du nec plus ultra en termes de matériel, le salaire est plus que décent et surtout, je ne vois plus de militaires. Joie, bonheur et félicité !

— Et avec le redoutable et redouté Pr Meyer ?

— Franck est très certainement l'esprit le plus brillant qu'il m'ait été donné de rencontrer, mais c'est aussi, et de très loin, le pire emmerdeur !

— Franck a un sacré caractère, lâcha Eytan, laconique. Il l'a toujours eu.

— Un caractère, tu l'as dit. Il a déjà traumatisé la moitié des étudiants de l'université et les trois quarts des profs. Mais il est fort dans tous les domaines, ce con. Je n'aurais jamais imaginé qu'un seul homme puisse en savoir autant.

— Il a toujours été très vif.

Après un dédale d'escaliers et de couloirs, Avi s'approcha d'une lourde porte en bois ouvragé qu'il ouvrit à la volée.

— Je me trompe ou je perçois comme une fierté paternelle ? demanda-t-il en pénétrant dans l'antre du Pr Meyer.

— Un peu, admit Eytan en avisant la plaque présentant le locataire des lieux.

Paire de lunettes aux verres demi-lune sur le nez, Franck semblait absorbé par la lecture d'un document sur un écran datant de Mathusalem qui trônait sur son bureau, au milieu d'un invraisemblable capharnaüm de feuilles volantes, classeurs et autres bouquins entassés au mépris de toutes les règles de l'équilibre. Le reste de la pièce était à l'avenant. Trois des murs étaient occupés par des tableaux noirs couverts à la craie blanche d'équations et formules toutes plus complexes les unes que les autres. Pour parfaire le bazar ambiant, des livres s'amoncelaient en piles de toutes tailles dans un classement d'une parfaite anarchie.

— Tu n'as jamais été un apôtre de l'ordre, railla Eytan pour attirer l'attention de son hôte.

— Les esprits inférieurs ne peuvent pas saisir la finesse d'un système de classement entropique, répondit ce dernier en reculant sa chaise.

Sans attendre d'y être invité, Eytan s'assit sur l'un des deux fauteuils plantés face au bureau de Franck Meyer, qui daigna enfin lever les yeux de son moniteur. Avi s'adossa à l'un des tableaux après s'être assuré qu'il ne risquait pas d'en effacer les inscriptions.

— Bien, soupira le professeur en retirant ses binocles, dans la mesure où j'endosse la pleine responsabilité du nouveau merdier dans lequel tu patauges, en quoi puis-je me rendre utile ? Une expertise scientifique ?

Le regard fuyant, Eytan défroissa son jean, toussota, puis passa une main sur son crâne.

— Dans un premier temps, j'aimerais que nous examinions ce qu'il y a là-dessus, annonça-t-il en remettant à Franck la clé USB découverte dans l'album photo.

— C'est en lien avec tes nouvelles aventures ? demanda ce dernier.

— Oui.

— Et dans un deuxième temps ?

— Il se pourrait que je souffre d'un léger... problème de santé, précisa-t-il d'une voix blanche et inhabituellement faible, mais nous verrons cela après que je vous aurai briefé sur...

Avi se redressa d'un coup. Il connaissait assez son ami pour savoir qu'il rejetait viscéralement tout ce qui s'apparentait à la médecine – même le soigner d'une blessure contractée au combat nécessitait d'âpres négociations. Cette requête ne pouvait donc rien augurer de bon. D'instinct, le médecin alla se placer aux côtés du professeur.

— Je t'arrête tout de suite, je n'écoute aucun briefing tant que tu ne nous décris pas ton « problème de santé », déclara Franck sur un ton qui ne laissait aucune place à la négociation.

Eytan hésita un instant, comme s'il brisait le tabou de son intimité. Son instinct naturel voulait faire passer la mission en premier. Mais une réalité nouvelle s'imposait à lui : il n'accomplirait aucune mission si sa santé ne suivait pas. Il se lança donc, exposant par le menu les conditions de la crise qu'il avait subie dans la chambre d'hôtel de Seattle, tout en prenant soin de séparer les symptômes classiques des manifestations inhabituelles. Il évoqua ensuite le comportement de la nouvelle version du sérum.

À plusieurs reprises, Franck et Avi murmurèrent à l'oreille l'un de l'autre, sans jamais perdre de vue leur patient. Ce dernier acheva son compte rendu avec la mine contrite d'un élève dont le proviseur aurait découvert quelque tour pendable.

— Donc, si je récapitule, nous avons une surchauffe inhabituelle avec absence de signes avant-coureurs et douleurs plus persistantes que d'habitude après des chocs. Docteur Lafner, vous êtes l'expert en la matière.

— Je recommande un check-up complet, cardiogramme à l'arrêt, test d'effort, bilan sanguin avec radiographie et ostéodensitométrie, à vue de nez.

— C'est peut-être un peu extrême ? tenta Eytan sans grande conviction. Je suis venu pour un simple avis médical, pas pour subir une batterie de tests.

— Hélas pour toi, j'approuve les recommandations d'Avi. Je crains que tu n'aies pas vraiment le choix si tu ne veux pas risquer une très mauvaise surprise à un moment inopportun.

Eytan hocha la tête en guise de reddition. Son absence de combativité inquiéta Avi quant à la gravité réelle de son état. Franck, lui, paraissait moins préoccupé qu'impatient de trouver la ou les causes du problème.

— Allez, tu vas nous suivre dans l'aile médicale de l'université, nous disposons de tout l'équipement nécessaire pour tes examens. Hop hop hop, on s'active !

L'humeur enjouée du professeur contrastait avec celle, franchement lugubre, d'Eytan. Il se leva et suivit Franck avec la démarche lourde du condamné mené à l'échafaud.

Une fois le trio parvenu aux salles d'examens et aux laboratoires fraîchement désertés, Franck s'absenta le temps de se procurer les seringues et tubes nécessaires à la prise de sang. Avi, lui, accompagna Eytan dans une salle de radiologie.

Avi posa une main bienveillante sur l'épaule de son ami. Il n'y a pas si longtemps, les vannes auraient fusé pour détendre l'atmosphère, mais après de longues et nombreuses conversations avec Franck, Avi voyait la réalité d'Eytan dans toute sa fragilité. Le récit, pourtant édulcoré, des sévices subis pendant son enfance avait même fait vaciller la passion du médecin pour sa pratique.

Gamin, Avi rêvait d'enfiler une blouse blanche comme un chevalier enfile son armure, investi par la mission sacrée de soigner et guérir. Jeune diplômé brillant, il s'était éloigné de son sacerdoce, transformé par la faculté en mécanicien du corps humain. Pendant des années, il avait traité les maladies plus que les patients. Dérive communément acceptée tant le médecin est perçu comme le détenteur du savoir, mais dérive susceptible d'en nourrir de plus graves, comme la transgression des règles de la déontologie et de l'éthique, parfois jusqu'au crime. Après tout, Mengele et Bleiberg étaient médecins, comme lui. Un héritage lourd à porter en présence d'une de leurs victimes...

— Alors, il est sage, notre grand dadais ?

Le retour tonitruant de Franck Meyer sonna la fin de l'introspection.

— Il se débrouille comme un chef, répondit Avi tandis qu'Eytan, les yeux fermés, pratiquait des exercices de relaxation respiratoire.

Franck serra un garrot autour du bras d'Eytan et effectua la prise de sang.

— Voilà, c'est fini !

Alors qu'il s'apprêtait à filer au laboratoire d'analyses, Eytan lui saisit le poignet.

— Promets-moi que tu détruiras les prélèvements.

— Ah bon ? Je comptais les envoyer au comité Nobel… Dommage…

Pour la première fois depuis l'arrivée de l'ex-*kidon*, Franck laissa transparaître une once de compassion avec un sourire discret.

Avi quitta la pièce pour s'installer dans la cabine de commande du matériel de radiologie et commença les examens.

Trente minutes plus tard et après avoir été passé aux rayons X sous toutes les coutures, Eytan avait retrouvé une partie de son assurance. Après un rapide électrocardiogramme, il dut courir vingt minutes sur un tapis, à une cadence de plus en plus élevée, sans que cela semble exiger de lui le moindre effort.

Une fois les examens terminés, les résultats collectés, et qu'Eytan eut pris une douche amplement méritée, les trois hommes se retrouvèrent dans le bureau de Franck.

— Alors, quelles sont les nouvelles ? demanda Eytan.

D'un geste désinvolte de la main, Franck, absorbé par la lecture des analyses, ordonna à Avi d'en dresser le compte rendu.

— Tes résultats cardio-vasculaires sont excellents et ta capacité respiratoire rendrait jaloux même Jacques Mayol. D'une manière générale, ton organisme fonctionne à merveille.

— Si je me porte si bien, pourquoi tirez-vous des têtes d'enterrement tous les deux ?

Franck répondit du tac au tac.

— Nous avons noté une perte significative de densité osseuse.

— Tu es en train de me dire que je souffre d'ostéoporose ? Ce n'est pas une pathologie essentiellement féminine ?

— La plupart du temps, oui, mais les hommes peuvent aussi en souffrir. Pour t'épargner les détails, tu deviens plus sensible aux chocs. Tes os risquent de se briser plus facilement.

— Génial…

— Je t'ai livré la version courte. Tu risques également des complications cardiaques, neurologiques et respiratoires. Et avant que tu me poses la question, oui, je pense que c'est lié à ta nature génétique.

— J'allais surtout te demander si ma crise pouvait être liée à l'ostéoporose.

— Tu n'es pas un cas classique, intervint Franck en déchaussant ses lunettes. Je ne peux rien affirmer avec certitude, mais mon intuition me dit que c'est une conséquence neurologique. Le reste de tes fonctions est normal, enfin… selon les critères qui te sont propres. Au vu de ton ostéodensitométrie, je pense que tu es à un stade peu avancé.

— Voilà au moins une bonne nouvelle. Vous pouvez me soigner ?

— Nous allons essayer, répondit Avi. Tu vas suivre un régime alimentaire riche en calcium et vitamine D, et…

— Quoi ?

— C'est un peu étrange à te dire, mais tu vas devoir pratiquer de l'exercice physique. Course à pied et musculation. Et tu dois arrêter cigarette, cigare et alcool.

238

Eytan sembla plus affecté par la perspective de renoncer à ces trois plaisirs que par l'annonce de la pathologie elle-même. Franck savait d'expérience à quel point les distractions manquaient dans la vie de l'ancien *kidon* et jugea opportun d'assouplir les consignes d'Avi.

— L'arrêt complet n'est pas nécessaire. Fais simplement attention à ne pas exagérer.

Il conclut en adressant un regard insistant à Avi.

— Tu payes très certainement tes quatre années de retraite, reprit ce dernier. Et tu dois aussi accepter le fait que tu n'es plus un jeune homme, Eytan. Ton âge a beau ne pas se voir, tu le portes néanmoins. Tu es l'homme le plus solide que je connaisse, mais tu n'es ni invincible ni immortel.

— Je suis content d'être venu, moi...

Franck se leva de son fauteuil pour s'asseoir sur le rebord de son bureau.

— C'est la vie, Eytan. Nous vieillissons tous. Le jeunisme de notre époque vise à nous faire oublier notre mortalité, mais elle guette avec la patience du prédateur tapi dans l'ombre. Et quand elle fond sur nous, elle ne rate jamais sa cible.

Eytan croisa ses longues jambes et joignit les doigts sous son menton.

— Tu parles à qui, Franck ? À moi ou à toi ?

— À toi. Je suis en paix avec la mort depuis longtemps, moi. Peux-tu en dire autant ?

— Soit tu me prends pour un abruti qui se croit immortel, soit tu essaies de me dire que je dois me résigner à ma propre décrépitude. Dans les deux cas, tu te trompes. Je côtoie trop la mort pour ne pas la prendre en considération. Je sais que le combat est perdu d'avance, mais je la repousse depuis trop longtemps pour laisser tomber sous prétexte que mon squelette fatigue. Donc, si tu as un truc sur le cœur, balance-le mais ne m'inflige pas des discours pseudo existentiels.

Avi se sentit soudain de trop dans la pièce. Ces deux-là s'envoyaient des messages aux enjeux plus profonds que les mots qu'ils employaient, liés à une histoire qui n'appartenait qu'à eux. Franck portait ses soixante-quinze ans avec une aisance insolente. Eytan en paraissait trente tout en atteignant allégrement les quatre-vingts. Deux phénomènes, tant pour leur physique que pour leur caractère.

Le professeur ne se déroba pas et réagit avec une placidité confondante.

— Tu te bats depuis que tu as dix ans. Sans arrêt. Tu t'es battu pour survivre aux expérimentations de Bleiberg, battu pour t'évader, battu pour assouvir un besoin de vengeance sinon légitime, du moins compréhensible. Tu as reçu des coups de poing, de couteaux, tu t'es fait tirer dessus...

— Je n'ai pas besoin que tu dresses mon panégyrique. Viens-en au fait.

La pièce vibrait tout entière d'une agressivité contenue. Avi assistait, impuissant, à un règlement de comptes dont il ne saisissait pas plus l'origine que la finalité. Mais il connaissait désormais assez Franck Meyer pour sentir une gêne profonde.

— Soit. Tu es prêt à tomber au combat, aucun doute là-dessus, mais es-tu prêt à voir tes capacités physiques diminuer ? À te lever six fois par nuit pour pisser ? À ressentir de nouveaux rhumatismes chaque matin ? Pourras-tu accepter la vieillesse et son cortège de désagréments avant de crever sur un lit d'hôpital, une sonde dans l'urètre et un joli bassin en polypropylène sous les fesses ? En d'autres termes, Eytan, toi qui as vécu toute ta vie avec des moyens supérieurs au reste de l'humanité, accepteras-tu de perdre ce que Bleiberg t'a donné ?

— C'est ce qui m'attend ? Les modifications de Bleiberg s'estompent ?

— Je ne suis pas en mesure de l'affirmer. Rien de similaire n'a jamais été étudié dans l'histoire de la science. Mais c'est une éventualité à ne pas négliger.

— Tu veux dire que je me réveillerai un jour vieux, usé, avec le sentiment qu'on m'a volé ma vie ? C'est bien ça, ton propos ?

— Je ne l'aurais pas mieux résumé.

— Ta sollicitude me touche, mais c'est mon problème, Franck. À moi seul. Tout ce que j'ai, c'est ce corps, et j'entends bien en faire usage tant qu'il répondra à mes demandes. Je comprends tes inquiétudes et je suis certain qu'Avi les partage...

Une interrogation silencieuse rencontra l'approbation du médecin.

— Mais je n'ai pas besoin qu'on m'admire ou qu'on me plaigne. Je n'ai aucunement l'intention de renoncer avant l'heure. Fabriquez mon sérum, remettez-moi sur pied quand le besoin s'en fait sentir, mais gardez vos doutes pour vous car je n'ai aucune réponse à vous donner.

Mû par l'espoir d'alléger un peu une atmosphère de plus en plus irrespirable, Avi leva un index timide.

— Tu es gentil d'employer le pluriel, mais je me permets de faire remarquer à l'aimable assistance que je n'ai rien demandé, moi.

Ni Eytan ni Franck ne lui prêtèrent la moindre attention. Le géant se leva, inclina la tête à droite et à gauche, puis enfonça les mains dans les poches de son jean.

— Ma mort ne me préoccupe pas, Francky, fais avec.

Franck ferma les paupières, puis les massa vigoureusement. Quand il les rouvrit, ses yeux étaient légèrement injectés de sang. Tout à coup, la fatigue creusa ses joues. Jamais encore Avi n'avait perçu le vieillard en son employeur, mais le poids des ans sculptait soudain ses traits avec une voracité inouïe.

Eytan se tourna vers Avi, le regard plein d'incompréhension.

L'inexplicable tension s'était évanouie aussi vite que le subit épuisement qui s'était abattu sur le professeur.

— Ça va aller ? demanda Avi, prêt à intervenir.

— Un simple coup de mou. Tout le monde oublie trop vite que j'ai soixante-quinze balais. Moi le premier.

Ce disant, il inséra dans son ordinateur la clef USB remise par Eytan.

— Bien, qu'avons-nous là-dessus ? grommela-t-il. Et merde, c'est codé. Je file au département d'informatique, ça me fera prendre l'air.

Le professeur se leva et sortit de la pièce d'une démarche incertaine, non sans balayer les protestations de ses deux amis, peu enclins à le laisser seul.

— Qu'est-ce qu'il lui arrive ? demanda Eytan.

— Franchement, pas la moindre idée.

— S'il avait un problème de santé, tu me le dirais ?

— Tu as ma parole, mais je te jure que je ne suis au courant de rien. Toi aussi, tu as l'impression qu'il voulait dire quelque chose qui n'est pas sorti ?

— Ouais, et je connais assez Franck pour savoir que ce n'est pas son style.

— De ne pas lâcher ce qu'il a sur le cœur ? Tu m'étonnes...

Chapitre 24

Une petite ville du New Jersey,
librairie Morg's Universe.

D'ordinaire feutrée, l'atmosphère de la tentaculaire librairie vibrait de cette excitation propre aux grands événements. Ouvert par amour des littératures de l'imaginaire, le repaire de passionnés de SF et de fantastique s'était peu à peu mué en sanctuaire pour les geeks de tout poil autant que pour les amateurs de bande dessinée ou les lecteurs assidus. On venait de tout l'État, et même de New York pour assister aux lancements de romans ou séances de dédicaces des plus grands dessinateurs américains comme européens.

Armé d'un sens aigu du marketing et de la communication, Jeremy Corbin, l'heureux propriétaire des lieux, avait pressenti le succès des films de superhéros, ouvrant très vite un rayon dédié aux collectionneurs d'accessoires utilisés sur les plateaux hollywoodiens et organisant la venue de nombreux comédiens pour des rencontres hautes en couleur et en émotion. Certains journalistes profitaient même de l'occasion pour glaner des interviews hors des sessions-marathon organisées par les studios.

À cette activité déjà lucrative s'ajoutait un don inouï pour détecter les futurs succès d'édition bien avant tout le monde. De solides acteurs du marché gardaient un œil sur la chaîne YouTube animée par le libraire et ses clients les plus exubérants au cours de shows hebdomadaires appréciés tant pour les pépites qu'ils proposaient que pour leur ambiance franchement déjantée.

Pour le moment, Jeremy s'était isolé dans son bureau afin de s'atteler à la tâche confiée par Eytan. Concentré devant son ordinateur, il sourit à l'idée qu'il gonflait chaque jour son chiffre d'affaires avec des histoires d'espionnage promptes à faire fantasmer la ménagère de cinquante ans pendant qu'il menait une enquête au plus près d'une réalité qui ne ferait pas rêver grand monde.

Tout partait d'obscurs comptes bancaires appartenant à une obscure infirmière. Rien de très glamour là-dedans. Mais pour Jeremy et ceux de son espèce, derrière les chiffres se cachaient des mécanismes tortueux aux circonvolutions et imbrications passionnantes à déchiffrer. Pour qui en comprenait les arcanes et possédait les bons réseaux, la finance offrait un univers d'exploration aussi vaste que l'espace intersidéral pour un astrophysicien.

Eytan s'intéressait moins aux débits qu'aux crédits. Devant la simplicité apparente des opérations, Jeremy s'autorisa un tour rapide des dépenses de la jeune femme mais en dehors des achats alimentaires, cosmétiques ou vestimentaires, il ne trouva rien de notable. Les rentrées ne se montraient guère folichonnes et aisément identifiables. D'un côté un hôpital qui payait rubis sur l'ongle avec la régularité d'un métronome. De l'autre, des virements signés Worldwide Rescue Solidarity. Et là, on parlait affaires !

L'histoire fleurait bon les sociétés écrans, les holdings bidons, les paradis fiscaux, bref, le terrain de jeu préféré de l'ancien *golden boy* de Wall Street, rompu aux montages les plus tordus pour voler sous les radars du fisc. Le souvenir de ces années de faste et de démesure possédait à la fois la saveur sucrée du luxe et l'amertume du dégoût de soi. Cet épisode de sa vie lui avait rapporté plus d'argent que lui et sa famille ne dépenserait jamais. À la folie des grandeurs, il avait préféré un confort certain mais raisonnable et la liberté d'esprit de ne plus connaître de soucis financiers.

Par moments, il consultait des sites boursiers en cachette de Jacky, s'amusant même à boursicoter avec de petites sommes, histoire de s'assurer qu'il n'avait pas perdu la main. Si certains vidaient l'historique de leur ordinateur pour éviter que leur compagne n'y trouve trace de sites pornographiques, Jeremy, lui, dissimulait un hobby qui inquiéterait certainement son épouse plus que de raison. Pourtant ce qui avait été une addiction n'était plus qu'un amusement d'une parfaite innocuité. Et puis, sans ce talent, il y avait fort à parier qu'Eytan ne serait jamais revenu vers lui. Cette propension aux disparitions soudaines et aux réapparitions miraculeuses découlait certes d'un désir de protéger ses proches, mais devenait lassante. Jacky s'en accommodait, tout comme Avi. Jeremy, lui, en concevait une frustration croissante ; le géant en entendrait parler bien assez tôt...

Mais pour le moment, le devoir commandait. Armé des numéros de transaction et fort de ses contacts, Jeremy enchaîna les coups de fil des heures durant. Il en appela à des services rendus dix ans plus tôt, recourut à la menace de balancer les malversations d'anciens confrères, promit même de transférer certains de ses placements, bref usa de tout l'arsenal des petits travers humains pour obtenir ce qu'il souhaitait.

Comme il l'avait envisagé dès le début de son enquête, la piste se heurta brutalement au mur du silence érigé par les paradis fiscaux, en l'occurrence les îles Caïmans dont les lagons offraient des eaux aussi translucides que son système bancaire promettait l'opacité la plus totale. Même le puissant FBI ne pouvait en percer les secrets. Un cabinet d'avocats spécialisé dans la défiscalisation de haut vol n'aurait, par contre, que quelques ficelles à tirer. Évidemment, encore fallait-il en connaître. Avec un portefeuille d'une quarantaine de millions de dollars – reliquat de son dernier coup de maître à Wall Street –, Jeremy n'appartenait certes pas aux très gros clients, mais se montrait suffisamment généreux avec son conseiller pour espérer une collaboration prompte et efficace. Et à supposer que cela ne suffise pas, il savait quel levier actionner...

Jeremy empoigna son téléphone et s'empressa d'appeler son avocat fiscaliste.

— Monsieur Corbin, les renseignements que vous me demandez sont strictement confidentiels, vous le savez aussi bien que moi.

Comprendre : « Si vous me le demandez, c'est qu'il y a une bonne raison donc il va falloir m'en dire plus. »

— J'ai un tuyau qui pourrait m'inciter à prendre des positions inattendues sur les marchés. Naturellement, je me ferais une joie de vous en faire profiter pour que vous le répercutiez à vos clients VIP, mais il me faut corroborer certaines informations avant de me décider.

Quand un ancien trader du niveau de Jeremy évoquait un tuyau boursier, forcément, on l'écoutait. Rien de tel qu'une réputation de vautour des marchés pour inspirer la peur, le respect et, parfois, mener un adversaire à s'allonger alors qu'il possède une meilleure main. À ce petit jeu, Jeremy imaginait ce qu'Eytan devait inspirer à ses ennemis qui le connaissaient un minimum. Une particularité qu'il n'était pas peu fier de partager avec son ami et idole.

— Des positions solides ?

Et hop, un avocat ferré. Maintenant, donner un ascendant illusoire.

— Dans les trente millions.

— Je... vais voir ce que je peux faire. Donnez-moi le nom des holdings.

Jeremy s'exécuta sans délai tout en guettant la petite satisfaction finale que son interlocuteur ne pouvait manquer de lui offrir.

— C'est parfait. Je vous rappelle au plus vite.

Décevant.

— Merci.

— Ah, monsieur Corbin ?

— Oui ?

— Retour espéré ?

Et bingo !

— Dans les vingt-cinq pour cent à moyen terme, peut-être plus si les spéculateurs embrayent.

Un sourire satisfait se devinait dans son silence, même au bout du fil et à plus de deux mille kilomètres de distance.

C'était sans nul doute le défaut humain préféré de Jeremy. Celui qui l'avait mené aux portes de sa propre destruction. Celui dont il ne remercierait jamais assez Eytan et Jacky de l'avoir débarrassé : la cupidité.

Chapitre 21

Université de Chicago,
au même moment.

Le froid jeté par l'étrange attitude de Franck se dissipa dès son retour. Le teint plus frais, débarrassé des cernes bistrés sous ses yeux comme de la sueur qui perlait sur son front, le professeur se montrait tel qu'en lui-même, enjoué et fonceur. Il tenait entre les mains une liasse de feuilles.

— Bien, maintenant que mes geeks du département d'informatique ont fait sauter la protection sommaire de la clef USB et que je dispose de son contenu, revenons à nos moutons. Si tu nous tenais un peu au jus de ta mission ? C'est que nous sommes pressés d'en savoir plus sur ta rencontre avec Cypher et ta petite virée à Seattle, nous autres malheureux forçats de la science et de l'éducation. Et si tu veux qu'on t'aide, mieux vaut qu'on soit au courant du moindre détail.

— Tu ne veux pas d'abord nous dire ce qu'il y a sur ces pages ? demanda Eytan.

— Pour l'instant, il s'agit de listings de chiffres qui ne prendront sens qu'en fonction de ce que tu voudras bien nous raconter...

Les deux scientifiques échangèrent un regard entendu au terme duquel Eytan entama le récit des dernières soixante-douze heures.

— Donc, si j'ai bien suivi, quelqu'un fait le ménage dans le personnel médical qui a bossé pour l'ONG, sans que l'on sache précisément ce que ces gens ont fait au Sud Soudan, c'est bien ça ? résuma Franck.

— C'est l'idée, oui, sauf que d'après l'infirmière que j'ai interrogée, ils n'ont fait que s'occuper de personnes déplacées et des réfugiés. Un travail parfaitement banal.

— Et ça te contrarie parce que tu imaginais que l'ONG couvrait une opération du Consortium visant à développer une drogue à usage militaire dans le but de lâcher des fous furieux sur de futurs champs de bataille, n'est-ce pas ?

— Dans la mesure où je suis convaincu que les mecs que j'ai éliminés sont d'anciens soldats, je crois à cette hypothèse.

— Ta stratégie ?

— Elle se déploie sur trois axes. J'ai lancé Jeremy sur la piste financière pour remonter les virements effectués par l'ONG aux soignants. Avec ses réseaux, il ira plus loin que le FBI. J'espère avoir de ses nouvelles bientôt. Le jeune flic assure la sécurité de la gamine que les méchants n'ont pas eu le temps d'éliminer et il m'a assuré qu'il me tiendrait au courant si de nouveaux développements apparaissaient dans l'enquête. Et puis, il y a ce médecin français que je vais tenter de retrouver. Je mettrais ma main au feu que le numéro de téléphone lui appartient. Voilà, j'en suis là.

— Et du côté de Cypher ?

— J'ai appelé l'Hôpital américain avant de prendre l'avion à Seattle. Il aurait été placé en coma artificiel. Sans greffe en urgence, il ne se réveillera jamais. Mais avec cet homme, on ne peut être sûr de rien.

Franck semblait perdu dans ses pensées et tapotait son stylo entre ses dents.

— Compliquée, ton histoire, jugea Avi. Autant la finalité du projet autour des drogues de combat me paraît cohérente, autant il y a un truc qui me chiffonne.

— Quoi donc ? demanda Franck.

— Partons du principe que le Consortium soit derrière l'ONG Worldwide machin chose, et que les opérations menées au Sud Soudan consistent à développer des drogues de combat. Il est évident que toutes les armées du monde seraient ravies de se voir fournir une pilule miracle qui résoudrait les petits effets secondaires contrariants d'un bon gros massacre de masse : élimination de la fatigue, renforcement de l'agressivité, de la concentration, et, d'une manière générale, anesthésie du cerveau de nos gentils fantassins pour leur permettre de surmonter la dureté et l'horreur d'un champ de bataille. D'accord. Commercialement, c'est un carton assuré. Mais hormis la suppression des désagréments de l'addiction, notamment l'effet de manque, et les autres répercussions sur l'organisme, comme les problèmes cardiaques, je ne vois pas en quoi elles ne disposent pas déjà de ce type de produits. Par ailleurs, je ne vois pas non plus en quoi rendre les militaires plus méchants et plus efficaces provoquerait un conflit mondial. À la rigueur, ça alimenterait l'incendie, mais ça ne le provoquerait pas.

— D'autant plus que les symptômes que tu as observés chez tes adversaires tendraient à prouver que certains effets secondaires des drogues n'ont pas été éradiqués.

— Je suis d'accord avec vous sur toute la ligne, les garçons, mais il se peut aussi que les types n'aient reçu qu'une version non optimisée d'un nouveau produit développé par le Consortium.

— C'est une possibilité, mais ça reste très hypothétique, regretta Franck.

— J'avoue qu'à part des hypothèses, je n'ai pas grand-chose sous le coude...

— Donc, tout tourne autour de ton médecin français et de ce qui s'est passé au Sud Soudan, conclut Avi. C'est quand même un beau bordel, ton affaire.

— Ouais, admit Eytan en se déplaçant dans la pièce et en faisant rouler ses épaules et son cou. Et c'est là que je mesure à quel point mes opérations étaient plus fluides avec le soutien logistique de tout un service secret...

— Tu ne peux pas faire jouer tes contacts pour nous épauler ? demanda Franck dans un excès de naïveté.

— Franck, Eytan et moi n'avons pu quitter le Mossad que grâce à ses états de service hors normes et à l'intervention d'un ponte qui nous avait à la bonne. Avoir recours à ses moyens serait peut-être possible, mais certainement pas gratuit. Et il en sera de même pour le MI6, à supposer qu'Eytan ait toujours des contacts chez eux.

— Avi a raison. Et au-delà de ça, il y a fort à parier que le Consortium a noyauté de nombreuses agences gouvernementales. Pour régler cette affaire, nous ne pouvons compter que sur nous-mêmes.

— Je ne regrette pas d'avoir opté pour la recherche et l'édu…

La voix de Luciano Pavarotti interrompit Franck. Avi dégaina le smartphone glissé dans la poche arrière de son jean.

— Comment il va, mon débris ? C'est Jeremy, précisa-t-il à l'intention de Franck et Eytan. Ne bouge pas, je mets le haut-parleur pour que Franck et Eytan puissent entendre.

La voix de Jeremy s'éleva de l'appareil.

— Bonsoir à tous !

— Bonsoir, Jeremy. Comment se portent votre délicieuse épouse et votre non moins délicieuse enfant ?

— La grande pétille toujours autant, et la petite lui ressemble de plus en plus. Elles sont en pleine forme l'une comme l'autre.

— Bonne nouvelle !

— Vous savez que je pourrais vous parler d'elles pendant des heures, mais malheureusement nous avons d'autres priorités.

— Nous sommes au courant des investigations qu'Eytan t'a confiées.

— J'admets qu'il ne m'a pas gâté sur ce coup, mais j'ai réussi à m'en sortir.

Eytan s'éclaircit la voix.

— Qu'as-tu découvert ?

— Ah, tu es avec Franck et Avi ?

— Quelle perspicacité… Accouche, et vite !

— Alors, répondit Jeremy tandis qu'un bruit de papier froissé résonnait à l'autre bout du fil, l'argent versé au nom de Worldwide Rescue Solidarity a transité par plusieurs comptes, d'abord aux États-Unis, puis en France avant de disparaître en Angleterre vers des holdings offshore. Je vous passe le détail des mécanismes, mais ça rend les fonds quasiment intraçables pour le commun des mortels. Sauf qu'il apparaît qu'un groupe financier a mandaté un cabinet juridique basé à Singapour pour créer l'ONG avant d'en faire disparaître toute trace. Mon avocat basé aux Grands Caïmans, même s'il n'a pas pu remonter toute la filière, a découvert qu'une des holdings de ce groupe a massivement investi dans le secteur alimentaire peu de temps après la disparition de l'ONG.

Un silence pesant s'abattit sur le bureau du Pr Meyer. Les mines s'assombrirent en une fraction de seconde. Franck prit le téléphone des mains d'Eytan, apathique depuis la prononciation du mot « alimentaire ».

— Vous savez dans quel domaine alimentaire particulièrement ?

— Oui, et c'est plutôt étonnant.

— Étonnant ? Mais encore ?

— Ils ont monté une énorme société spécialisée dans la fabrication et la commercialisation de confiseries, SFH – Sweets for Health[1], et particulièrement le chewing-gum.

— Et je parie que tu es devenu expert en chewing-gum, railla Avi, ce qui eut au moins le mérite de mettre fin à la léthargie collective.

— Mon boulot, c'était de devenir expert en un minimum de temps dans les secteurs sur lesquels je souhaitais positionner mes clients. Alors j'ai fouillé un peu ce merveilleux marché qu'est celui de la gomme à mâcher, et je vous assure que c'est très instructif. Le premier truc à savoir, c'est que, contrairement à ce qu'on pourrait croire,

---

1. « Des douceurs pour la santé. »

les enfants ne constituent pas la cible première. Ensuite, accrochez-vous à vos fauteuils parce que les chiffres donnent le tournis. Les géants que sont Mars Wrigley ou Cadbury se livrent une guerre sans merci sur un marché dont les volumes sont gigantesques. On consomme environ trois cent soixante-quatorze milliards de chewing-gums par an à travers le monde. Le tout pour un chiffre d'affaires global situé, en 2015, entre vingt-cinq et vingt-six milliards de dollars. Ramené à l'unité, ça ne coûte quasiment rien à fabriquer et ça rapporte une marge opérationnelle de dix-huit pour cent, quand le reste de la confiserie plafonne à neuf pour cent. Avouez qu'il y a de quoi aiguiser les appétits. Et là où ça devient franchement intéressant, c'est quand on dresse la cartographie des consommateurs. La moyenne d'âge s'étale de dix à cinquante ans, avec de forts pics chez les ados et chez les jeunes actifs. Et si les ventes du bon vieux chewing-gum rectangulaire s'effondrent, celles des petites pastilles de menthe explosent. Les fumeurs en mâchent pour avoir meilleure haleine, ceux qui arrêtent de fumer en mâchent pour compenser, et les non-fumeurs en mâchent tout court.

Pendant que Jeremy délivrait ces données, Franck s'était installé à son ordinateur, avait chaussé ses binocles et pianotait frénétiquement sur son clavier.

— Et d'après ce que je vois sur le Net, le secteur effectue un gros lobbying pour vanter les vertus médicales de ces produits, dit-il, un doigt collé sur son écran comme pour mieux isoler les informations.

— C'est normal, professeur, le secteur a connu de fortes baisses de consommation pendant quelques années. C'est une redynamisation plutôt intelligente que de passer par la case « bien-être », surtout aujourd'hui. Même si, quand on jette un œil aux composants, c'est plutôt gonflé…

— Voyons… Que contient donc ce que l'on appelle la « gomme base » ? Lanoline, glycérine, – ça passe encore –, polyéthylène – une forme de cire dont on fait des sacs plastiques –, acétate de polyvinyle – techniquement, c'est de la colle –, acide stéarique – pour faire simple, du caoutchouc –, latex, pétrole… Je n'ai même pas le courage de lire la suite, soupira-t-il en retirant ses lunettes. Vous avez raison, Jeremy, promouvoir un tel produit par le biais de la santé, « c'est gonflé ». Mais notre problème n'est pas purement lié aux vertus sanitaires ou non du produit de base. Vos découvertes ont le mérite d'élucider une partie de notre énigme. Félicitations, Jeremy.

— Bien joué, mec, renchérit Eytan.

— Oh, tu sais, ce n'est rien de plus qu'un bon gros délit d'initié à l'ancienne. Comme je ne sais pas après quoi vous courez, je mentirais en disant que je comprends tout, mais merci quand même. Vous ne voulez pas m'expliquer un peu le contexte ?

Après avoir reçu l'approbation des autres participants à la conférence improvisée, Avi s'attela à la tâche, dressant un état succinct de la situation.

Franck entraîna Eytan à l'écart et lui exposa ses conclusions quant au contenu des documents imprimés qu'il tenait entre les mains. Tous deux chuchotaient pendant que Jeremy enchaînait onomatopées indignées et autres jurons colorés.

— Je pense que nous serons tous d'accord sur la conclusion à tirer des révélations de Jeremy, déclara Franck en se rapprochant d'Avi et du téléphone.

Eytan le suivit, mains dans les poches, visage fermé.

— J'ai bien une idée, risqua Jeremy, mais je ne suis pas scientifique, alors...

— Dites toujours, l'invita Franck.

— J'imagine qu'on doit pouvoir intégrer une dose infinitésimale de drogue dans une gomme, juste ce qu'il faut pour la rendre indétectable, et faire en sorte qu'une consommation régulière permette d'en diffuser suffisamment dans l'organisme pour déclencher ses effets. Avec les quantités mâchées à chaque seconde dans le monde, je crois avoir lu que ça faisait dans les onze mille chewing-gums, le Consortium peut déployer rapidement sa saloperie. Je n'ose imaginer les conséquences si une population aussi vaste se transforme en meute de fous furieux. Tout le monde mâche du chewing-gum, depuis les présidents jusqu'aux flics en passant par des généraux, des pilotes de ligne, enfin, bref tout le monde. Imaginez l'enfer si les puissants perdent tout sens commun et sombrent dans une hyperagressivité... Ajoutez à ça le bas peuple qui pète les plombs, et vous obtiendrez un monde tellement chaotique et violent qu'en comparaison une invasion de zombies passerait pour un lâcher de colombes ! Mais bon, je lis beaucoup de romans...

— Tu as tout juste, mon pote, soupira Eytan.

— Ah bon ? s'étonna Jeremy avec une once de fierté dans la voix.

— Votre sens de la déduction vous honore, renchérit Franck. Eytan a découvert des documents qui compilent des analyses sanguines effectuées sur une longue durée. Les résultats sont parfaitement normaux pendant des semaines, jusqu'au jour où l'on constate l'augmentation anormale de certains taux. Je ne vais pas m'appesantir sur les détails, mais ils correspondent à la présence de drogues à très forte dose. Avi, jetez un œil.

Le médecin s'exécuta. Il détailla un moment les résultats imprimés puis livra son diagnostic.

— Entre le monitoring sanguin sur une longue durée et les taux qui explosent subitement, je pense que le scénario envisagé par Jeremy est juste. Soit on a injecté d'un coup une forte quantité de drogue au sujet, et là je ne vois pas l'intérêt du suivi, soit ce sujet a ingéré des quantités minimes de la substance qui s'est stockée dans son organisme avant d'atteindre un seuil critique qui en a éveillé les effets. Une drogue dormante, pour résumer.

— C'est donc possible ? s'enquit Jeremy.

— C'est le cas avec un paquet de substances cancérogènes, donc c'est totalement envisageable pour une drogue, confirma Avi.

— Inutile de se demander pourquoi la jeune femme qui a récupéré ces données a été trucidée, soupira Eytan. Je suis trop con…

— Tu pensais que le Programme D-X ne concernait que les militaires, n'est-ce pas ? demanda Franck.

— Oui… Nous avons même parlé avec Cypher de la diffusion de la Pervitine… Elle était disponible sous forme de tablettes de chocolat dans l'Allemagne des années trente. Le Consortium imite le procédé. C'était sous mon nez depuis le début et je n'ai rien compris. Quel abruti… Ils n'ont pas cherché à améliorer la formule du programme D-IX ni à éradiquer des effets secondaires indésirables. Ils se sont contentés de les masquer.

— Flagelle-toi tant que tu veux, mais sans Jeremy, il était compliqué d'envisager sérieusement le plan du Consortium. D'ailleurs, je ne devrais pas vous féliciter d'être capable de rentrer dans l'esprit de génies du mal, mon jeune ami !

La plaisanterie tomba à point nommé pour détendre l'atmosphère qui devenait irrespirable. Eytan se réfugiait derrière un flegme que Franck savait de façade, Avi ne pipait plus mot. Franck lui-même sentait une boule se former dans son estomac.

— Je commence à connaître leur façon de penser, professeur, reconnut Jeremy sur un ton désabusé. Non seulement ils s'appuient sur un formidable vecteur de propagation, mais en plus ils vont se remplir les poches. Ces gens-là ne plaisantent pas.

Le constat de Jeremy attestait de l'inéluctabilité du plan du Consortium, comme s'il recélait une fatalité contre laquelle nul ne pouvait rien.

Et il n'en fallut pas plus pour tirer Eytan de sa léthargie.

Il saisit le téléphone.

— Je sais que tu en as déjà fait beaucoup, mais est-ce que tu penses pouvoir trouver la localisation des usines de fabrication de la boîte montée par le Consortium ? Et trouver aussi le siège social au passage ?

— Pas besoin de chercher, j'ai déjà.

— Et tu ne le dis que maintenant ?

— Ben, tu es gentil, mais je n'ai pas encore eu l'occasion de...

Eytan se pencha sur le bureau de Franck et retira du capharnaüm un stylo ainsi qu'une feuille de papier.

Pendant ce temps, Franck entraîna Avi à l'écart. Ils furent interrompus par Eytan qui rendit son téléphone à Avi.

— Alors ? demanda Franck.

— Alors, j'ai le nom du P-DG, l'adresse du siège social, des deux usines de l'entreprise, et Jeremy m'a appris que la mise sur le marché est prévue dans trois mois après une coûteuse campagne marketing. Je sais où frapper et j'ai une fenêtre de tir suffisante pour contrarier les plans de ces salopards avant la commercialisation de leur produit.

— Ça laisse le temps d'interroger le médecin français pour voir s'il peut nous en apprendre plus, voire valider nos hypothèses, ajouta Avi.

— Ce ne sera pas nécessaire.

— Pourquoi donc ? demanda Franck.

— Parce que, à moins d'une improbable coïncidence, ce médecin porte le même nom que le P-DG de l'entreprise montée par le Consortium. Ce qui, pour moi, n'en fait plus un témoin, mais une cible.

Chapitre 22

Nord de l'Écosse, hiver 1943.

— Par tous les diables, mais d'où il sort, lui ?

Formulée en français, la question n'en fut pas moins comprise par les deux autres spectateurs qui assistaient côte à côte à la session d'entraînement nocturne. Celui qui avait manifesté sa surprise fourrageait son épaisse barbe grise à pleine main sans décoller ses yeux noisette de ses jumelles.

— Pour une fois, « Froggy », je suis d'accord avec toi… souffla l'Américain.

Avec ses faux airs de Cary Grant, chevelure toujours impeccablement gominée même après le plus éprouvant des exercices, regard profond et fossette au menton, le Yankee conservait une distinction princière, même en mâchouillant son chewing-gum. Il décocha un coup de coude complice à son camarade. Plus petit mais aussi inamovible qu'un tronc d'arbre, ce dernier encaissa sans ciller, absorbé par le spectacle qui se jouait sous ses yeux.

— Au début, ça surprend toujours un peu, commenta l'homme en costume rayé légèrement à l'écart des deux combattants.

Une main sur le pommeau de sa canne, l'autre vissée sur sa longue-vue, il affichait une mine impassible, en phase avec le ton faussement blasé qui accompagnait son commentaire.

Positionnés au sommet d'une colline surplombant la réplique d'un village normand construit dans la lande écossaise, ils récupéraient encore de leur propre participation à cette épreuve harassante et hautement dangereuse. La dernière d'une longue série. Elle était aussi retorse que l'esprit de ses concepteurs. Conçue selon la règle dite du « double aveugle », elle opposait deux équipes. La première, la « Défense », se composait d'un nombre aléatoire de soldats des forces régulières alliées. La seconde, l'« Attaque », comptait un seul membre. L'attaquant, donc – le terme d'équipe employé par les huiles alimentait les pires railleries –, recevait une enveloppe précisant son objectif au sein du village, dont les défenseurs ignoraient tout. Il pouvait s'agir de saboter une radio, voler un équipement ou désactiver une alarme. Pour corser le tout, les soldats pouvaient utiliser leurs armes à volonté s'ils repéraient l'intrus, avec pour seule restriction de chercher à blesser plutôt qu'à tuer. Quant au commando, terme nouvellement créé qui flattait particulièrement ceux à qui il faisait référence, il démarrait à mains nues, avait le droit de s'armer sur place et devait, lui aussi, neutraliser sans tuer. Évidemment, des accidents survenaient fréquemment et les blessés graves se comptaient par dizaines. Rien que la semaine précédente, un homme avait perdu un œil et un autre avait été tué par le ricochet d'une balle qui l'avait frappé en plein cœur. Le mot d'ordre présidant à la conduite de ce programme dont la difficulté surpassait tout ce que l'histoire militaire avait connu jusqu'alors tenait en une simple devise : vaincre à tout prix. Winston Churchill avait promis la victoire mais en avait fixé le prix : du sang, de la sueur et des larmes.

Jean-Pierre Gaudin, l'insubmersible forestier breton, et Matt Colbert, le tenace cow-boy californien, l'avaient déjà largement payé. Considérés comme les deux meilleurs éléments du SOE, ils achevaient ce soir leur formation au sein de cette nouvelle unité d'élite constituée par un département des services secrets dont nul ne connaissait l'existence.

Jean-Pierre avait dû pénétrer dans le village pour y dérober des pièces de remplacement pour un char. Son expertise dans l'art de la furtivité et sa faculté à utiliser son environnement à son avantage lui avaient permis d'accomplir sa mission sans se faire détecter à aucun moment. De diversions en mouvement rapides, il s'était joué des gardes avec la maestria d'un braconnier chevronné.

Fidèle à son tempérament joueur, Matt avait réussi à neutraliser un des soldats, à lui dérober son uniforme, puis à se fondre parmi la garnison. Avant de saboter la radio du camp, son objectif premier, il s'était offert le luxe de papoter avec plusieurs adversaires, poussant l'audace jusqu'à fumer une cigarette avec deux d'entre eux en commentant l'exercice.

Chacun avait pris le temps d'observer, d'analyser et d'opter pour la stratégie la plus adaptée à ses propres compétences. En règle générale, ceux qui fonçaient bille en tête le regrettaient rapidement. Mais pas le type qui, en moins de dix minutes, venait à lui seul de vaincre une armada. Sous les yeux ébahis de Jean-Pierre et Matt, il ne s'était pas infiltré dans le camp, il l'avait tout bonnement pris d'assaut. Tout l'éventail des arts de la guerre y était passé, de l'infiltration jusqu'au combat rapproché en passant par la pose de pièges improvisés. Après avoir récupéré les documents qu'on lui avait ordonné de dérober, il était même revenu sur ses pas afin de neutraliser les derniers hommes encore debout.

Si le spectacle possédait un aspect fascinant, il instillait chez ceux qui y assistaient un sentiment mitigé, entre respect et crainte.

— Je n'aimerais pas l'avoir contre moi...

Cette fois, le Français s'exprima dans la langue de Shakespeare avec un accent à couper au couteau.

— Seigneur, moi non plus, abonda l'Américain avant de cracher son chewing-gum puis de le remplacer par un neuf. J'ai l'impression que vous êtes moins surpris que nous, patron.

— Pour la troisième fois, Colbert, je vous serais reconnaissant de m'appeler Edwyn, ou McIntyre, quand nous sommes entre nous. En public, vous m'appellerez « monsieur » et ne prononcerez jamais mon nom. De grâce, cessez de me donner du « patron », je ne dirige ni une usine ni un ranch. Quoique dans ce dernier cas, le doute soit permis.

Beau joueur, Matt sourit à la pique. D'une nature peu expansive, Jean-Pierre dodelina de la tête en guise d'acquiescement.

— Maintenant, voici la bonne nouvelle : vous allez faire équipe avec ce garçon et son alter ego. Ah, il vient d'en terminer avec le dernier garde.

Edwyn jeta un œil à sa montre.

— Parfait, nous allons pouvoir procéder aux présentations.

Il replia sa longue-vue puis s'engagea avec précaution sur le petit chemin de terre escarpé qui reliait la colline au centre de commandement. Jean-Pierre et Matt s'engagèrent à sa suite. Cinq minutes suffirent à rallier le manoir obtenu de haute lutte par Edwyn afin d'y installer le quartier général de la section d'élite dont Churchill lui avait confié le commandement.

Le trio émergea du sous-bois pour découvrir la valse hiératique d'une équipe médicale débordée par un afflux inhabituel de blessés. Habitués à traiter un nombre restreint de patients, le médecin et les deux infirmières qui l'assistaient géraient à présent l'arrivée de trente hommes, aux blessures certes légères, mais qui nécessitaient tous un examen et un minimum de soins. Le perron de la demeure se transformait en hôpital de campagne à mesure que les brancardiers militaires déposaient les soldats transportés depuis le terrain d'entraînement. C'était un chaos indescriptible où les ordres du médecin s'ajoutaient aux cris des brancardiers et aux gémissements des victimes en bruit de fond. Seules les infirmières conservaient un semblant de sérénité et hiérarchisaient méthodiquement les malheureux par ordre de gravité. À en croire les premiers diagnostics, on dénombrait une écrasante majorité de commotions cérébrales, pas mal d'entorses et une poignée de nez fracturés.

Au milieu du désordre, un homme apparut à la porte du manoir. De taille moyenne, il portait un pantalon de treillis prêt à se déchirer sous la pression de ses cuisses surpuissantes. Sous sa veste kaki déboutonnée, un tee-shirt crème moulait des pectoraux saillants animés de soubresauts sporadiques. Tout son corps irradiait une force brute, animale. Quant à son visage, il rivalisait de beauté avec celui de Matt mais dans une version plus masculine encore. Mâchoire carrée, cheveux châtains courts avec une mèche rebelle sur son front plat et volontaire, pommettes saillantes, nez aquilin surplombant de généreuses lèvres charnues. L'homme possédait tous les attributs d'un bourreau des cœurs, et il ne fallut qu'une poignée de secondes pour qu'une des infirmières oublie son patient pour s'intéresser au nouvel arrivant. Ce dernier la gratifia d'un sourire si plein d'assurance que les joues de la jeune femme s'empourprèrent en un claquement de doigt.

— C'est le gamin ? demanda Stefan Starlin.

Sa question posée, il traversa l'hôpital de fortune en prenant soin de ne pas bousculer de blessé. Il s'autorisa au passage des œillades à celle qui, malgré elle, venait d'inscrire le mot « proie » sur son front gracile.

— D'après vous ? répondit Edwyn, pince-sans-rire.

— Mazette, il n'a pas fait dans le détail.

— C'est le moins qu'on puisse dire, lâcha Matt Colbert.

— Messieurs, s'imposa Edwyn, voici le fameux alter ego dont je vous parlais tout à l'heure. Stefan Starlin, je vous présente Jean-Pierre Gaudin et Matt Colbert.

Les trois hommes échangèrent de chaleureuses poignées de main.

— Et voici la vedette du soir, sourit Starlin.

Les quatre hommes tournèrent la tête vers les brancardiers qui déboulaient au pas de charge. Une haute silhouette se détacha dans les phares d'un des camions de transport de troupe utilisés pour éclairer le fronton du manoir. Si Edwyn et Stefan ne bronchèrent pas, Matt et Jean-Pierre reculèrent de concert devant l'étrange personnage qui marchait vers eux d'un pas tranquille, mains dans les poches, indifférent à l'agitation ambiante.

Le Californien, bien que proche du mètre quatre-vingt-dix, lui rendait une bonne tête et Starlin, pourtant solide, paraissait frêle à côté de lui. À un gabarit déjà peu commun s'ajoutaient un crâne et des sourcils rasés d'autant plus dérangeants que la montagne qui se dressait devant eux possédait un visage juvénile. Une tête d'adolescent sur un corps d'homme, et pas n'importe quel homme !

Edwyn ne quitta pas ses habits de stoïque pratiquant. Stefan Starlin, lui, ne masqua pas son amusement devant une réaction dont il ne se lasserait sans doute jamais. Il se chargea lui-même des présentations.

— Jean-Pierre, Matt, Eytan. Eytan, Matt, Jean-Pierre.

Le rituel de la poignée de main s'effectua avec plus de réserve que lors de l'arrivée de Stefan. Seul le Français se risqua à parler.

— Tu peux m'appeler JP, sourit-il. C'était impressionnant.

— Sacrément balèze, ouais, renchérit Matt.

— Hey ! C'est mon p'tit gars ! se félicita Stefan en étirant le bras pour frotter l'arrière du crâne du géant.

L'initiative détendit d'autant plus l'atmosphère que le prénommé Eytan se laissa faire en adoptant le regard contrit d'un chat qu'on flatterait contre son gré. Son attitude clownesque assumée provoqua les rires des trois autres combattants, et même Edwyn esquissa un sourire.

— Je doute que le général Robson s'amuse autant du sort de ses hommes, modéra-t-il.

— Vous en ferez votre affaire, monsieur, continua Starlin. Alors, comme ça, c'est vous le reste de notre petite unité spéciale ?

Jean-Pierre et Matt se consultèrent en silence avant d'opiner du chef.

— À la bonne heure !

Eytan sortit un paquet de Craven A qu'il présenta à chaque membre du petit groupe.

Stefan et l'Américain piochèrent une cigarette. Eytan en cala une entre ses dents puis craqua une longue allumette. Chacun s'approcha de la flamme avant d'aspirer une longue bouffée de tabac virginien. Edwyn et Jean-Pierre préférèrent un cigarillo.

Les cinq hommes savourèrent leur friandise au milieu des volutes de fumée et des gémissements de soldats.

Edwyn rompit le silence.

— Vous n'avez vraiment pas fait dans la dentelle...

Matt, JP et Stefan se tournèrent vers Eytan, qui n'avait pas encore prononcé un mot. Il continuait de fumer comme si de rien n'était, insensible à la remarque qui lui était adressée.

Puis sa voix s'éleva, sans éclat ni haussement de ton, calme, glaciale, tranchante.

— Un jour viendra, ces hommes prieront le Ciel pour ne souffrir que d'un nez cassé.

Il acheva sa cigarette puis, les yeux fixés sur la ligne d'horizon, laissa tomber le mégot sur le gravier avant de l'écraser du talon.

— Et ce jour-là, le Ciel ne les écoutera pas.

Edwyn se rembrunit. D'un signe de tête péremptoire, il ordonna à sa troupe de le suivre à l'intérieur du manoir.

Durant la demi-heure qui suivit, Edwyn McIntyre rassembla les quatre hommes dans une ancienne salle de réception reconvertie en quartier général d'état-major. Seules deux tapisseries au mur subsistaient de l'ancienne décoration. Le reste n'était que tables recouvertes de cartes, clichés aériens et piles de classeurs débordant de documents. Une forte odeur d'alcool se dégageait d'une machine à ronéotyper trônant à proximité d'un transmetteur radio de dernière génération. Un écran sur pied faisait face à un projecteur de cinéma miniature posé sur une longue table de réunion en métal gris.

Un matériel qui respirait le neuf, le moderne, le coûteux.

Matt plaisanta des moyens conséquents dont disposait le département dirigé par Edwyn, lequel rétorqua que des missions exceptionnelles exigeaient du matériel exceptionnel. Il était donc logique que la section soit composée d'hommes... exceptionnels, conclut Stefan. Edwyn salua le trait d'esprit et passa aux choses sérieuses, une fois le quatuor installé à la table de réunion. Il présida la séance en se mettant à côté du projecteur.

Il exposa l'emploi du temps des membres de ce qu'il appelait sa « force d'intervention rapide » avec une fierté non dissimulée. Les deux prochaines semaines seraient consacrées à faire naître la cohésion au sein du SEDI, la Section Élimination Destruction Intervention du MI6, tant sur le terrain qu'en dehors. Ainsi vivraient-ils en vase clos et s'entraîneraient-ils quotidiennement, pour parfaire leurs connaissances et pour travailler leur complémentarité. L'acquisition d'automatismes constituait la priorité absolue avant une première mission sur le Continent prévue aux alentours des fêtes de fin d'année, mais dont la date exacte dépendrait d'informations encore en cours d'acquisition. Les tentatives de Stefan Starlin d'en savoir plus quant aux objectifs se heurtèrent au mur du secret qu'Edwyn érigeait en principe immuable et personne n'insista sur ce point. Désireux de ne pas terminer sur une note négative, il annonça la mise à disposition de matériel de combat à la pointe de la technologie. Cela arracha un sourire à Matt et Eytan, mais laissa Jean-Pierre et Stefan indifférents.

La réunion s'acheva sur la consigne donnée à Stefan de mener les deux anciens membres du SOE à leurs nouveaux quartiers. Tout le monde prit congé, sauf Eytan qu'Edwyn souhaitait voir seul à seul.

— Votre démonstration était très impressionnante, lâcha McIntyre.

— Merci.

— Et parfaitement inutile.

Eytan ne broncha pas. McIntyre poursuivit.

— Sobriété, efficacité, rapidité. Frapper et disparaître, voilà ce que j'attends de vous sur le terrain. Je pensais le message intégré.

— Il l'est.

— Alors à quoi rimait la fanfaronnade de ce soir ? Vous êtes conscient qu'une telle attitude met en danger la mission et toute votre équipe ?

— Voler des documents, c'est bien. S'assurer que personne ne pourra donner l'alerte, c'est mieux. En neutralisant les gardes, j'assure au contraire la sécurité de mon équipe. Et dites-vous bien que s'il ne s'était pas agi d'un exercice, ce ne sont pas des blessés que vous auriez récupérés, mais des cadavres. Vous pensez que je m'amuse de ma supériorité au point de compromettre mes objectifs et mes partenaires. Vous vous trompez lourdement, au point, mon cher Edwyn, que je me demande aujourd'hui qui de nous deux est le plus aliéné. Moi par ma rage, ou vous par votre peur panique d'échouer.

McIntyre demeura interdit un court instant avant de retrouver son indéchiffrable placidité. Puis, sans prévenir, il éclata de rire comme jamais Eytan ne l'en aurait cru capable, et applaudit.

— Ce délectable instant où l'élève surpasse le maître, se félicita-t-il plein d'entrain. Splendide !

Il s'aida de sa canne pour se lever, puis contourna le bureau pour rejoindre l'homme qui constituait la pierre angulaire de son projet fou. Eytan ne le quitta pas des yeux et poursuivit sans faire cas des félicitations de son supérieur.

— Vous avez tenu parole en me donnant l'opportunité de trouver ma place en ce monde. Je tiendrai la mienne en accomplissant les missions que vous m'assignerez. Je déploierai tout l'arsenal des compétences tactiques et opérationnelles que j'ai acquises ou développées grâce à vous ces six derniers mois. Mais ne vous méprenez pas. Je ne me battrai pas pour le plaisir de tuer des nazis. Et je ne me battrai pas pour vous couvrir d'une gloire que vous convertirez en influence politique, en argent, ou en ce que vous voudrez. Je vais me battre pour empêcher que d'autres ne connaissent un sort similaire à celui que mon frère et mes parents ont connu. Ce n'est pas plus compliqué que ça. Ceux qui se dresseront sur ma route mourront.

Ceux qui poseront les armes vivront peut-être. J'atteindrai les objectifs, faites-moi confiance, mais jamais aveuglément. Vous voulez un chien ? Le général Robson vous en fournira des mignons et obéissants. Vous souhaitez un guerrier ? Celui dont vous rêviez en apprenant mon existence ? Alors je suis votre homme, mais si dans les bureaux vous êtes le chef, sur le terrain, c'est moi, et moi seul qui décide.

Le discours se voulait sérieux, presque solennel, mais à aucun moment le ton employé par Eytan ne versa dans la menace.

Edwyn se campa sur ses jambes, face à lui, les deux mains sur le pommeau de sa canne.

— Mise au point pleine de bon sens. Je loue votre maturité, mais d'après vous, Eytan, à quelles fins vous ai-je formé ?

— La finalité réelle de vos motivations m'échappe encore.

— Au cours des six derniers mois, vous avez étudié la stratégie militaire traditionnelle, les doctrines de la guérilla telles que théorisées par le général Dudley Clarke[1], vous avez affiné votre maîtrise des armes, appris des techniques de combat rapproché novatrices. J'ai fait en sorte que l'on vous dispense un enseignement complet. Dans tous les domaines que je viens de citer, vous m'avez donné pleine et entière satisfaction. Vous êtes sans le moindre doute l'un des meilleurs combattants de toutes les

---

1. Militaire britannique et pionnier des opérations militaires de déception (désinformation militaire) au cours de la Seconde Guerre mondiale. Il a contribué à la création des Commandos britanniques, du Special Air Service et des United States Army Rangers.

forces alliées, et vous avez comblé en quelques semaines la totalité de vos lacunes scolaires. Je vous soupçonne même aujourd'hui de mieux parler l'anglais que moi.

Cette fois, Eytan esquissa un sourire malicieux.

— Je n'ai pas créé un soldat, ou un guerrier, et encore moins un chien docile qui apprécierait mes caresses autant qu'il craindrait mes coups. La tâche est bien plus ambitieuse, et infiniment plus complexe. Personne ne compte sur vous pour gagner cette guerre. La partie est déjà jouée et les Japonais comme les Allemands nous entraînent dans d'inutiles prolongations dont le résultat sera la perte de plus de vies innocentes et le recours à des armes que l'humanité n'aurait jamais dû créer. Hier ne compte plus. Aujourd'hui ne compte pas. Seul demain compte vraiment. Et c'est précisément ce « demain » que nous allons contribuer à changer. Les lions taillent déjà leur part sur le cadavre d'un monde exsangue. Les Alliés ne tarderont pas à se déchirer. De nouvelles menaces vont surgir du chaos dans lequel Hitler a plongé le monde, elles ne disparaîtront pas en même temps que le Führer. Ce sont précisément ces menaces que mon service va tenter de circonscrire, et c'est cela que j'attends de vous et des hommes avec qui vous allez œuvrer. Quant à moi, si je courais après la gloire, les honneurs ou la reconnaissance, je ne dirigerais pas un bureau si secret que personne à part le Premier Ministre et une poignée de fonctionnaires n'en connaît l'existence et les règles de fonctionnement. Retenez bien mes paroles, mon cher Eytan : le vrai pouvoir ne consiste pas en une arme, des gros muscles ou une armée gigantesque. Une information fiable et exclusive, voilà le seul vrai pouvoir.

Voilà mon seul plaisir. Détenir les bonnes informations. Sans elles, il est illusoire de penser faire une différence. Alors je vais vous livrer la vérité le plus crûment possible. Vous et moi n'allons pas œuvrer à créer un monde meilleur. Nous allons œuvrer à éviter qu'il n'empire. Pour ce faire, il me faut bien plus qu'un super-soldat génétiquement modifié.

— Alors que vous faut-il précisément ?

— Ce qu'il est le plus simple à verbaliser et le plus difficile à atteindre. Ce que trop de gens pensent être sans en saisir la profonde complexité. Il me faut un être humain, Eytan. Juste un être humain, capable de maintenir son équilibre sur la mince ligne de crête entre la raison et la sauvagerie, la pondération et l'audace.

— Le suis-je seulement ?

Edwyn McIntyre se pencha légèrement vers son protégé.

— Seul le temps nous le dira… Pour le moment, la première opération de la SEDI se profile. Dès que j'aurai corroboré certaines informations, vous serez parachutés en Allemagne. Et ce que vous devrez y accomplir sera tout sauf une partie de plaisir.

Chapitre 23

Université de Chicago.

— Ce n'est plus une université, ici, c'est un centre d'appel…

L'ironie de Franck dissimulait un ras-le-bol bien réel.

Eytan venait de passer quinze minutes avec son téléphone vissé à l'oreille. Comme pour mieux pousser le bouillant professeur dans les ultimes retranchements d'une patience déjà limitée, il s'était installé à l'autre bout du bureau et masquait sa bouche afin de ne pas être entendu.

Il avait évoqué « l'impérieuse nécessité de se donner les moyens de mener à bien l'opération à venir », ce qui signifiait « armement, préparation d'un massacre et d'une destruction à grande échelle ». Traduction aisée pour un fils adoptif qui avait vu son père rentrer de mission avec toutes les blessures possibles et imaginables comme pour un médecin chargé de remettre sur pied des barbouzes amochés.

Alors, après avoir trompé leurs frustrations dans un nouveau conciliabule de près de dix minutes, les deux scientifiques commençaient à trouver le temps long.

— Bon, tu peux nous en dire plus, maintenant ? demanda Avi avec une pointe d'agacement.

— Le siège social de l'entreprise se trouve en Suisse. Je vais me rendre là-bas pour discuter avec le Dr Cédric Girault, et, vraisemblablement faire sauter tout ce qui, de près ou de loin, se rapporte à leurs usines. Pour ce faire, je viens de m'assurer un approvisionnement en matériel, ce qui me manque cruellement depuis le début de cette mission. Est-ce un plan assez clair ?

— C'est grosso modo ce que j'envisageais, admit Avi sans grande conviction.

Franck hocha la tête.

— Quel est le souci ? demanda Eytan sans masquer une lassitude croissante.

— À la lueur de ce que nous savons, déclara Franck, tu ne peux pas lutter efficacement si tu agis seul. Et à supposer que tu parviennes à détruire les réserves de drogue avant qu'elle ne soit intégrée à la pâte à chewing-gum, tu ne feras qu'énerver les têtes pensantes de ce programme.

— Je partage ton analyse, mais pour l'instant, je ne vois pas d'alternative à mon plan. Si vous avez de meilleures solutions, je suis preneur.

Franck et Avi échangèrent un regard entendu.

— Nous avons, répondirent-ils d'une seule et même voix.

— Mais nous ne te dirons rien si Avi ne t'accompagne pas.

— Les garçons…

— Il n'y a pas de « garçons » qui tienne. Soit tu acceptes et nous t'aidons à régler le problème, soit tu y vas seul, et à supposer que tu en réchappes, tu ne feras que retarder l'échéance. C'est non négociable.

— Qu'entends-tu par « retarder l'échéance » ?

— Imaginons que tout se déroule pour le mieux dans le meilleur des mondes. Tu trouves ton médecin français, il détient des informations valides et te met sur la piste d'un endroit où se trouvent les doses de drogue, peut-être même avant qu'elles n'arrivent aux usines pour être intégrées au produit final. Imaginons que tu détruises ces stocks. D'après toi, que se passera-t-il ensuite, sachant que les chewing-gums sont peu coûteux et techniquement aisés à fabriquer ?

— Ils retenteront l'opération ailleurs en renforçant la sécurité, je sais, mais...

— Ce n'est pas ce que nous souhaitons. Il nous faut non seulement faire capoter leur plan, mais il nous faut surtout gagner du temps pour identifier les responsables de ce programme D-X et éradiquer le problème à la source.

— Je ne sais pas si je dois me féliciter ou craindre de te voir raisonner comme Eli...

— Nous appellerons ça une forme d'atavisme. Eli aurait effectivement tenu le même raisonnement. Et je te rappelle que c'est toi qui nous as enseigné le principe de précaution.

Avi appuya le propos de Franck.

— Si ton organisme refait des siennes, je serai en mesure de te suppléer le cas échéant. Je n'aime pas les armes, mais je sais m'en servir, et au cas où une intervention scientifique s'avère nécessaire, tu pourras t'appuyer sur moi. Enfin si, par bonheur, je ne te suis d'aucune utilité sur le terrain, au moins pourras-tu compter sur ma finesse et mon humour pour te divertir.

— D'ailleurs, il te faudra t'injecter ma version du sérum avant de passer à l'action, l'informa Franck. S'il fonctionne bien, ce dont je ne doute pas, il réduira drastiquement les risques de crise.

Avi hocha la tête de satisfaction avant de planter le dernier clou dans le cercueil de la résistance d'Eytan.

— Nous avons raison, et tu le sais. Tu ne peux pas tout faire seul. Enquêter, analyser, agir, c'est beaucoup pour un seul homme. Admets-le, mon ami, aussi fort sois-tu, il te sera impossible d'abattre le Consortium seul, et il te faudra plus que des méthodes expéditives. Ne laisse pas ta peur de perdre tes proches prendre le pas sur notre objectif commun.

— Tu vaux mieux que ça, renchérit Franck qui venait d'engager l'artillerie la plus lourde et de lui expédier le missile le plus redoutable qui soit : la vérité.

— Nous réserverons les billets d'avion depuis le taxi, indiqua Avi.

Verrouillé à double tour, Eytan abdiqua plus qu'il n'approuva. Il récita ses consignes avec la froideur impersonnelle de l'adjudant-chef s'adressant à une quelconque recrue. Visiblement, Avi n'en avait cure et il ne perdit pas une seconde pour se précipiter vers la sortie. Sa joie exhalait de chaque pore de son visage.

— Accorde-moi deux minutes, j'ai toujours un sac de fringues dans mon bureau pour faire face aux nuits blanches imposées par le patron. Je l'attrape et nous filons.

— Si le boulot était bouclé pendant les heures réglementaires, les nuits blanches ne seraient pas nécessaires ! lui lança Franck. Quel phénomène, cet Avi Lafner... mais sacrément rafraîchissant.

Eytan regarda Avi disparaître dans le couloir puis tourna la tête vers le seul fils adoptif qu'il lui restait. Le regard qu'il lui adressa aurait glacé le sang des plus impavides.

— C'était un coup bas, Franck.

— Je sais. Mais Eli n'étant plus là pour te raisonner, il faut bien que quelqu'un s'attelle à la tâche.

— J'essaye, Franck, mais c'est... compliqué, répondit Eytan qui s'était radouci à l'évocation d'Eli.

— Nous essayons tous, Eytan Morgenstern. Mais aucun voyage ne s'est achevé qui n'ait commencé.

Il posa une main sur le bras du géant.

— Nous avons d'autres problèmes que ceux qu'Avi et toi allez résoudre, reprit le professeur. Que le Consortium ait éliminé le personnel médical ayant participé à l'élaboration de son programme est une chose. Mais il reste le cas Cypher. Je n'ai pas de doutes sur sa pathologie, et je ne vois pas de raison pour qu'il te mente à propos de son successeur.

— Moi non plus. Et c'est justement pour cela qu'il faut rester méfiants. Ce type est futé, et il maîtrise l'art du billard à multiples bandes. Il est peut-être sincère aujourd'hui, mais ça ne garantit pas qu'il le soit demain...

— Ce qui me dérange aussi, c'est que cet homme en sache autant sur toi.

— Impression partagée.

— D'après le peu que tu m'en as raconté, le SEDI semblait élever le secret au rang de dogme ultime.

Comment peut-il connaître le déroulement, et plus spécifiquement le contexte ainsi que l'issue de ta première mission pour les Anglais ?

— Ça, c'est encore un mystère que j'ai bien l'intention de tirer au clair.

Chapitre 24

Les vibrations de la phablette sortirent Juan d'un sommeil léger. Confortablement allongé dans son fauteuil déplié en lit, il retira le masque lui protégeant les yeux de la lumière de la cabine puis jeta un œil à l'appareil.

Quand il vit le numéro affiché, il écarta précipitamment la fine couverture bleue qui lui tenait chaud et décrocha.

— Opérations, se présenta-t-il dans un bâillement.

— Nous avons un problème, monsieur.

— Je vous écoute.

— Notre contact de Seattle est compromis.

— Si mes ordres ont été respectés, une de nos équipes se trouve sur place. Elle n'a qu'à exfiltrer le contact, et sans traîner. Cypher serait très fâché si quoi que ce soit lui arrivait...

— Je m'en occupe, monsieur. Par contre...

— Je sens que ça ne va pas me plaire...

— Il semble qu'Eytan Morgenstern se trouve à Seattle, monsieur.

— Et voilà, ça ne me plaît pas.

— Il serait sur les traces du Dr Girault.

— Je vois. Nous ne prendrons donc aucun risque. Je veux qu'une équipe d'intervention dirigée par le colonel soit déployée au plus vite. Il faut impérativement protéger notre installation. Et qu'il me tienne informé en temps réel.

— Je m'en charge immédiatement, monsieur.

Juan raccrocha, remonta la couverture, et replongea dans le sommeil.

Chapitre 25

Aéroport de Genève.

Les dix heures trente de vol nécessaires pour rallier Chicago à la Suisse s'étaient déroulées sans le moindre retard. Une fois le pied posé sur le sol helvète, Avi, qui avait passé les deux correspondances à dormir comme un bienheureux après avoir ingurgité la dose maximum autorisée de mélatonine afin d'amortir les effets du décalage horaire, se félicita d'une ponctualité de bon aloi pour un pays d'horlogers. Il émit même l'hypothèse que, derrière cette ponctualité, se cachait une stratégie marketing pour entretenir le mythe, et parvint à arracher un sourire à un Eytan dont la concentration indiquait clairement qu'il marchait sur le sentier de la guerre.

Ils louèrent une voiture pour faire le trajet entre Genève et Montreux. À aucun moment ils n'évoquèrent le cœur de la mission au-delà du résumé qu'en avait dressé Eytan juste avant l'embarquement, à Chicago : « Je m'occupe de tout, tu la fermes et tu suis mes consignes. Tu interviendras quand je te le demanderai, si je te le demande. » Jugeant toute protestation superflue, Avi s'était décidé à faire le dos rond, persuadé que, quoi qu'en pense Eytan, son heure viendrait.

L'arrivée sur les hauteurs de Montreux provoqua l'émerveillement du médecin devant la vue dégagée sur le lac Léman. Ses eaux limpides s'étiraient à l'infini. Le soleil déclinait loin derrière les montagnes aux sommets enneigés qui formaient une barrière naturelle dont le seul objectif semblait être de protéger ce paradis perdu. Partout, les villas rivalisaient de luxe et de grâce pour conférer un peu plus à l'endroit les saveurs de la Riviera méditerranéenne. Les nuages eux-mêmes n'osaient franchir les sommets de peur de maculer la pureté du ciel.

Indifférent à la majesté de l'endroit, Eytan, après avoir suivi une route bordée d'un muret de pierre, s'engagea sur un chemin tracé entre deux prairies, puis manœuvra le puissant Range Rover sur lequel il avait jeté son dévolu à travers une épaisse forêt de pins parasols dont les cimes occultaient les dernières lueurs du jour. Il parvint à une petite maison de pierre, ou plutôt une ruine à en juger par la toiture partiellement effondrée et les murs dont on aurait pu croire qu'ils avaient subi un pilonnage de mortiers. La construction menaçait de s'effondrer au premier coup de vent.

Eytan serra le frein à main et coupa le moteur avant de s'activer sur son smartphone. Avi jugea le moment opportun.

— Tu reconnaîtras ma discrétion jusqu'à présent mais il n'y aurait rien de scandaleux à ce que tu m'informes de ce que nous fabriquons ici. Sauf ton respect, évidemment.

Sans cesser de composer un message – avec son seul index droit, bien loin de la dextérité des compulsifs du SMS, ce qui ne manqua pas d'amuser Avi –, Eytan pouffa de rire.

— Je t'accorde tout le crédit du monde pour ta confiance aveugle. D'autant plus que je t'ai conduit ici pour m'assurer que personne ne découvre jamais ton cadavre.

La plaisanterie s'acheva sur un sourire diabolique.

— Mouais... Et à part mon assassinat sauvage, quoi d'autre dans l'agenda ?

— Nous avons un rendez-vous.

Redevenu sérieux, Eytan descendit de la voiture, imité par son acolyte. Le géant sortit un paquet de cigarettes de la poche de sa veste. Avi le regarda tasser sa clope sur le toit du véhicule. Il s'apprêta à rappeler les consignes sanitaires que Franck et lui avaient émises mais n'eut pas le temps de les verbaliser.

— Détends-toi. Ce n'est qu'un rituel avant d'entrer dans le vif du sujet.

— C'est tout le problème de la cigarette. On en grille une pour accompagner le café, après l'amour ou avant un massacre sanglant. Mais bon, tu es un grand garçon. Alors, c'est quoi, ce rencard ?

— Au point où nous en sommes, il nous faut des armes.

— Je vois. C'était ça, ta négociation discrète dans le bureau de Franck ? Nous attendons un fournisseur ?

Eytan consulta l'heure sur son téléphone.

— Exactement. D'ailleurs j'aimerais bien que Dje ne tarde pas, soupira-t-il avant d'aspirer une bouffée.

— Dje ?

Eytan expira un nuage de fumée par les narines.

— Dje tient une sorte de supermarché de la guerre. Si tu as besoin d'armes, d'explosifs ou de matériel militaire sur le continent européen, c'est la personne à connaître.

— Un trafiquant free-lance ?

— Le titre est approprié, admit Eytan en se baissant pour éteindre sa cigarette.

Il glissa ensuite le mégot dans le paquet qu'il rangea dans sa poche.

— Je sens qu'on va encore verser dans la finesse…

— Hmm… Dje possède de nombreuses qualités, mais la finesse ne figure pas dans la liste. Par contre, et toujours pour garantir un maximum de clarté entre nous, tu vas me faire le plaisir de laisser ton mépris des militaires au vestiaire. Que tu prennes les combattants pour des primates décérébrés m'amuse plutôt en règle générale, mais en l'occurrence, je ne peux pas me payer le luxe de contrarier quelqu'un dont j'ai un besoin impérieux.

— Je plaisantais. Il est peu ponctuel, ton Dje.

— Elle.

— Je te demande pardon ?

— Elle. Dje est une femme. Il me semble que son vrai prénom est Jennifer.

— Tu te payes ma fiole ?

— Non. Dje appartient à la catégorie des irascibles, une sorte de chaînon manquant entre le bulldozer et le pitbull. Avec son visage angélique, ses yeux aussi bleus que ceux d'un husky et son sourire *ultra bright*, on en oublierait presque ses épaules d'haltérophile et ses bras solides comme des troncs d'arbres. Le tout campé sur des jambes d'une puissance comparable à celle d'un transpalette. Un mètre soixante-treize et soixante-dix kilos de nerfs en fusion, susceptible comme personne, capable de passer en un battement de cils du statut de reine de beauté d'un concours de fitness à celui de machine de guerre psychotique. Elle a fait partie d'un commando spécial d'intervention pour l'armée française. Mais l'armée a préféré se passer d'elle après cinq années de bons et loyaux services, essentiellement au Moyen-Orient. Dje ne s'est jamais vraiment épanchée sur les raisons de son renvoi, mais se plaît à répéter que la seule tempête du désert, c'était elle.

— Tu parles vraiment d'une femme, là ?

— Ouais. Bon, après sa vie militaire elle s'est lancée dans les concours de bodybuilding avant de se spécialiser dans la vente d'armes. La plupart de ceux qui l'ont approchée en ont une trouille bleue, et même moi je ne suis pas toujours rassuré.

— Tu dis ça pour me faire marrer, hein ?

Eytan se redressa soudain. Son visage s'éclaircit par la même occasion.

— Tu vas pouvoir constater par toi-même, dit-il en pointant un index en direction du chemin qu'ils avaient emprunté un peu plus tôt.

Avi eut beau scruter les alentours et tendre l'oreille, rien n'indiquait l'arrivée imminente de l'homérique Dje, si tant est qu'Eytan n'avait pas forcé le trait. Au bout d'une dizaine de secondes, le vrombissement mélodieux d'un moteur surpuissant lui parvint enfin.

Avi hocha la tête avec une grimace idiote, lèvres pincées.

— Ah ouais, quand même... Les sens de monsieur sont toujours affûtés.

— Je vieillis, mais je ne suis pas encore bon pour la casse.

Sous une fine couche d'humour pointait une mise au point des plus sérieuses. Même diminué, Eytan restait Morg, un agent dont Avi avait entendu vanter les exploits bien avant de rencontrer l'homme. Et si ce dernier s'était montré plus attachant que lesdits exploits le laissaient supposer, un fauve de la plus redoutable des espèces sommeillait en lui. L'oublier était une grave erreur, pour ses adversaires comme pour ses alliés.

Tout en accompagnant son ami vers le coupé Jaguar orange immobilisé à l'entrée de la cour, Avi se l'avoua, il l'avait oublié.

— Salut, mon chauve ! s'écria l'invraisemblable apparition qui sortit du coupé sport en enlaçant Eytan pour une rapide mais chaleureuse accolade.

Amateur de café, de montres, mais aussi d'art quelle qu'en soit la forme, le médecin n'avait aucun goût pour la mécanique ou l'univers automobile. Aussi les courbes de la bête l'indifférèrent autant que celles de la femme qui déposait un doux baiser sur la joue d'Eytan l'intéressèrent. Et le surprirent.

Le terme « bodybuilding » lui avait mis en tête un cortège de caricatures. Il mesura alors à quel point il s'était trompé.

Eytan la décrivait jolie fille, mais il était loin du compte. Selon les critères d'Avi, en tout cas. Son célibat s'expliquait par des goûts aussi arrêtés et restrictifs en matière de femmes qu'en matière de café, vin ou peinture.

Mais là...

Dje possédait une ligne admirable, toute en légèreté, aussi aérienne qu'une esquisse de mode. Des jambes interminables épousées par un jean denim brut, une taille de guêpe soulignée par une large ceinture rouge nouée sur un chemisier blanc, un corps de rêve mis en valeur avec toute l'élégance discrète de celles qu'un rien valorise et qui valorisent ce qu'elles portent.

Et que dire de ce visage dont l'ovale parfait évoquait la douceur, suppliait la pulpe de vos doigts d'en effleurer les contours ? Quant à ses yeux, ils brillaient comme des saphirs étincelants dans la nuit naissante...

— Et le grand con avec une gueule à jouer le jeune premier sur le retour dans un *soap opera*, c'est qui ?

Un grand coup de marteau asséné à une plaque de verre aurait illustré à la perfection la désillusion d'Avi. La jeune femme, qui devait avoir environ trente-cinq ans, maniait l'anglais sans accent français. Elle s'approcha d'Avi puis le considéra de pied en cap comme un maquignon examinerait un cheval. Perchée sur des boots à talons épais, Dje rivalisait presque avec le mètre quatre-vingt-cinq du médecin. Encore sous le choc d'un yoyo émotionnel auquel il n'était pas habitué, il ne répondit pas, incapable d'articuler un mot. Heureusement, Eytan vint à sa rescousse.

— Avi est un ami et un collaborateur sur cette mission.

— Tu l'as amené pour me servir de quatre heures ou il a des compétences utiles ?

Eytan écarquilla les yeux pour inviter celui qui était aussi inerte qu'une poupée de cire à articuler ne fût-ce qu'un mot. « Médecin » fut le seul à sortir.

Dje regarda Eytan qui, de honte, levait les yeux au ciel, avant de se tourner de nouveau vers Avi.

— Faut te détendre, mon chou, ou tu vas nous claquer un anévrisme.

— Pardon, j'étais… ailleurs. Je suis effectivement Avi, médecin et conseiller scientifique pour la mission en cours.

Il tendit une main qu'elle serra distraitement avant de se désintéresser de lui et de retourner vers sa voiture tout en invitant Eytan à la rejoindre, ce qu'il fit après avoir lancé vers Avi un regard plein d'incompréhension. Celui-ci écarta les bras avec l'air de dire « Je ne comprends pas non plus ce qu'il m'est arrivé ».

Il s'accorda une dizaine de secondes pour faire le point avec lui-même et conceptualiser qu'en dépit d'une plastique parfaite et d'une classe apparente cette « Dje » avait fait partie des commandos français. Ce qui expliquait le vocabulaire de charretier et une certaine forme de franchise confinant à la vulgarité. Si Avi avait oublié que l'habit ne faisait pas le moine, il venait d'en rencontrer la preuve vivante.

Il se rendit à son tour près de la Jaguar dont Eytan et Dje examinaient le coffre ouvert. Avi découvrit l'arsenal dont elle dressait le catalogue.

— Six Glocks 17, chargeurs en place, plus deux en réserve par flingue, soit cinquante et une munitions pour chaque arme. Comme tu l'as demandé, j'ai amené trois modérateurs de son. En plus de cela, nous disposons de trois pistolets-mitrailleurs MP5 avec viseur laser, et là encore, deux chargeurs supplémentaires à chaque fois. Et évidemment, l'incontournable M16…

Eytan manipulait les armes une à une, et les examinait avec toute l'attention et la minutie d'un expert. Dje et lui les détaillaient sans même se préoccuper d'Avi qui les observait, bras croisés. Passé par la section médicale de Tsahal, l'armée de défense d'Israël, il avait suivi un entraînement militaire concis mais sérieux. Et même s'il détestait cordialement tout ce que l'être humain inventait pour massacrer son prochain dans la joie et l'allégresse, il fallait plus que quelques flingues pour l'impressionner.

L'inventaire du parfait kit de survie du commando se poursuivit entre cagoules, système de communication en circuit fermé, gilets pare-balles, holsters pour cuisse et poitrine. Le moindre équipement fut inspecté, testé, soupesé par Eytan, bien décidé à ne rien laisser au hasard.

— Tout me semble en ordre, jugea-t-il en tendant un holster à Avi avant de s'équiper à son tour.

Le médecin s'exécuta sans ciller, laissant l'impérieuse nécessité l'emporter sur des principes que lui-même estimait simplistes, face à la menace que faisait peser le Consortium. Sans rien en dire à ses camarades, il concédait en son for intérieur une victoire à la mystérieuse autant que néfaste organisation : celle d'envoyer sur le sentier de la guerre un réfractaire à celle-ci. La première bataille était bien d'entraîner les victimes sur le terrain des belliqueux, celui de la haine et la rétorsion.

La politique du pire. L'inévitable escalade.

— Si nous travaillons bien, les seules victimes à déplorer seront celles qui feront tout pour le devenir, lui lança tout à coup Eytan en finissant de se harnacher.

Avait-il perçu les questions qui assaillaient Avi, ou se les était-il lui-même posées trop souvent pour ne pas les envisager chez les autres ?

— Je ne contrains personne à la confrontation. Ceux qui la cherchent, par contre, doivent en assumer les conséquences, conclut-il.

Joignant le geste à la parole, sa sentence coïncida avec l'insertion vigoureuse d'un pistolet dans son étui. Avi l'imita, d'un mouvement à peine moins assuré, acceptation silencieuse de la règle d'or édictée par son ami.

— L'argent est en cours de transfert sur un de tes comptes, déclara ensuite Eytan à Dje qui, elle, ne s'était toujours pas équipée, à la grande surprise du médecin.

— Pas inquiète, sourit-elle.

— Tu as pu effectuer les repérages ?

— Ton connard est logé, mais il bénéficie d'une solide protection.

— Détaille.

— Deux chaperons qui le filent en permanence. Ils résident dans une dépendance de sa villa.

— Niveau de menace ?

— Réel. Mercos[1] à la con estampillés Blackwater[2].

— Mesures de sécurité ?

— Système de verrouillage centralisé et piloté depuis la dépendance. Caméras sur le périmètre extérieur. Tactique ?

— *Kidon* classique.

— Je m'en doutais. J'ai amené une tenue adaptée.

— OK. Tu te changes, on teste les oreillettes et on est partis.

Aussitôt, Dje défit la ceinture de son jean et le fit glisser sur ses chevilles, dévoilant un string rouge en dentelle et une musculature dont, cette fois, Avi mesura non seulement l'esthétique, mais aussi la puissance. Alors qu'elle se penchait dans

---

1. Mercenaires.
2. Première armée privée au monde qui s'est illustrée par ses nombreux excès, notamment en Irak.

sa Jaguar sans la moindre pudeur, le médecin se colla à Eytan, occupé à répartir ses chargeurs de secours dans les poches de sa veste.

— C'est quoi, au juste, la tactique *kidon* classique ?

Chapitre 26

Une villa, à proximité de Montreux,
un peu plus tard.

Son intention première était de consacrer sa soirée à l'étude de la dernière analyse de marché en date. Cent soixante-dix pages de chiffres, colonnes, diagrammes, graphiques en toile d'araignée, en tuyau d'orgue et autres trouvailles de statisticiens facétieux en mal de créativité.

Les outils l'amusaient, mais le fond du métier l'enthousiasmait au-delà de ses rêves les plus fous. Il avait suivi la voie de la médecine contraint et forcé par un père pour qui soigner importait moins que la notabilité conférée par son statut de docteur. Mais Cédric n'avait jamais perçu nul prestige dans le caducée ou tout autre symbole médical. Asclépios et Hippocrate pouvaient bien aller se faire foutre. Eux, et son tyran de paternel. Quand les enfants rêvent de devenir pompiers ou astronautes, Cédric se rêvait en Nikola Tesla ou en Bernard Tapie, en inventeur ou en grand capitaine d'industrie.

Et la société moderne lui donnait raison. Le monde de son père mourait à petit feu, englouti dans les flammes de la réussite éclair, de la notoriété acquise à grands coups de vidéos débiles exposées à la planète entière via YouTube ou Twitter. Adieu les notables professeurs ou médecins. L'Éducation nationale n'attisait plus les vocations et le monde hospitalier enfonçait son personnel dans une crise dont les burn out et les suicides n'étaient que les premières étapes.

Alors, quand l'opportunité s'était présentée de réaliser son rêve de gosse, Cédric l'avait saisie. Et qu'importent les ajustements avec une morale dans laquelle il ne se reconnaissait plus. Les concepts de bien ou de mal, de blanc ou de noir crevaient dans l'indifférence d'une foule plus avide de son propre plaisir qu'indignée de la souffrance des autres. L'heure était venue de se remplir les poches et de profiter des plaisirs de la vie, entre entailles au contrat passé avec son épouse et position sociale gratifiante.

Aussi rébarbative que soit l'étude de marché dont les innombrables pages l'attendaient, Cédric comptait sincèrement s'y atteler après une journée déjà harassante. Mais le match diffusé sur l'écran géant fixé au mur blanc du salon méritait plus qu'une attention distraite. Les joueurs du Real Madrid s'agitaient sans parvenir à endiguer les assauts ininterrompus du Paris-Saint-Germain. Neymar – la raison principale qui l'incitait à regarder le huitième de finale de la Ligue des Champions – et ses coéquipiers martyrisaient les Madrilènes depuis plus d'une heure. Christiano Ronaldo n'existait pas, et, l'air absent sur le banc de touche, Zinedine Zidane semblait plus occupé à calculer le montant de ses indemnités de licenciement qu'intéressé par une réorganisation tactique de toute façon trop tardive. Après un match aller conclu sur une défaite sèche pour les Parisiens, ces derniers s'offraient une « remontada » digne de celle subie l'année précédente face à Barcelone.

Une nouvelle banderille signée Edinson Cavani scella définitivement le sort de la partie et arracha à Cédric un cri de satisfaction qui se perdit dans l'immensité de la villa trop grande et trop vide pour son unique résident.

Certes, son épouse et leurs deux enfants quitteraient bientôt la Bretagne pour le rejoindre et profiter de l'architecture et de la vue, toutes deux époustouflantes, de la luxueuse demeure mise à sa disposition par ses très généreux employeurs.

Certes, savourer son petit déjeuner chaque matin face au lever du soleil sur le lac Léman était un luxe dans cet endroit paisible et devant ce panorama majestueux.

Certes, la solitude lui pesait parfois, mais après des années passées à crapahuter à travers le monde pour se confronter au dénuement le plus absolu, à la souffrance la plus insupportable et aux pires abjections dont l'humanité était capable, c'était un moindre désagrément.

Dans ces conditions, la pizza aux quatre fromages, le muffin au chocolat et le verre de vin rouge soigneusement alignés sur l'immense table en verre qui séparait le canapé d'angle de la télévision constituaient un réconfort plus qu'acceptable.

Cédric fêta le but d'El Matador en éloignant le volumineux dossier qui attendrait le lendemain matin. Il coupa une généreuse part de pizza dans laquelle il croqua avec gourmandise. Il se saisit ensuite du verre de vin, un saint-estèphe 2009, le fit tourner entre ses doigts, puis y trempa les lèvres.

Le précieux breuvage glissa sur son palais, avant d'être violemment projeté en sens inverse en un geyser écarlate. De la télévision, le regard de Cédric s'orienta, malgré lui, vers le plafond.

Une lame de couteau passa furtivement devant ses yeux pour se plaquer sur sa gorge alors qu'une poigne de fer enserrait ses cheveux et maintenait sa tête en arrière. Un souffle chaud effleura alors son oreille, suivi d'un murmure grave.

— Un seul bruit, un seul geste, et vous ne verrez jamais les quarts de finale, docteur Girault...

*
* *

— Vous êtes qui ? Vous voulez quoi ?

La voix chevrotante de Cédric Girault exprimait la panique la plus primale. Eytan atténua légèrement la pression de la lame sur le cou de sa victime de peur que, sous l'effet de l'adrénaline, sa gorge soit prise de spasmes et se tranche toute seule. Il avait connu semblable incident bien des années plus tôt avec un fonctionnaire nazi responsable de la logistique des transports de déportés. Ce qui devait déboucher sur un enlèvement suivi d'un procès s'était achevé dans une mare de sang après un sursaut inattendu et pas anticipé par un jeune agent encore inexpérimenté. Une négligence à laquelle on ne reprendrait plus Eytan...

Ce qui le surprenait le plus, indépendamment de l'aisance avec laquelle le plan s'était déroulé pour accéder à sa cible en dépit des mesures de sécurité qui l'entouraient, était l'absence totale de *self-control* du médecin. Une expérience dans l'humanitaire, et particulièrement dans des conditions aussi périlleuses qu'au Sud Soudan, conférait en général un certain sang-froid à ceux qui l'avaient vécue. Mais, en l'occurrence, cet homme se comportait comme un individu lambda qui n'avait jamais été confronté à la moindre menace.

Eytan envisagea même l'éventualité d'une peur feinte dans le but d'endormir sa vigilance. Mais entre l'abondante transpiration qui s'écoulait du front de Girault, ses difficultés à respirer et les tremblements qui le secouaient, trop de symptômes physiologiques s'accumulaient pour envisager une simulation. De quoi garantir une résistance minime.

— En cherchant bien, vous allez trouver de quoi je suis venu discuter...

Avec un tel ascendant, rester évasif ouvrait la porte à des confessions spontanées, souvent plus détaillées que lorsqu'elles répondaient à des questions trop précises qui permettaient d'occulter certaines informations.

— C'est elle qui vous a envoyé ?

Silence lourd.

— Elle a appris ?

Silence angoissant.

— Elle a piraté ma boîte mail, c'est ça ? Putain, c'est ça ! J'aurais jamais dû garder les photos...

Le problème avec cette stratégie était qu'elle s'avérait souvent chronophage tant elle amenait les gens à confesser tout et n'importe quoi. Il ne fallait pas marquer son incompréhension, et laisser venir.

— Dites-lui que cette histoire est terminée, je ne la vois plus depuis longtemps. C'était juste un accident de parcours. J'aime ma femme.

Et en avant pour les grandes eaux.

Tout et n'importe quoi, se répéta Eytan, inquiet de constater que Girault imaginait son épouse capable d'engager un homme de main pour punir son mari de son infidélité. Soit l'échelle des valeurs de ce type méritait une sévère remise en question, soit le pire crime dont il se pensait responsable était d'avoir fauté avec une autre femme que la sienne. À moins qu'il ne soit assez rusé pour sacrifier un fou afin de sauver la reine.

Rester évasif, mais restreindre le périmètre.

— Et si vous me racontiez votre passage chez World Rescue Solidarity ?

— Ben... c'est là que je l'ai rencontrée...

Girault se montra aussi surpris de la question qu'Eytan de la réponse, même s'il commençait à entrevoir la réalité des rapports entre Cynthia et le médecin. Une relation qui expliquait qu'elle ait conservé la photo dans l'album mais qui ne justifiait en rien l'assassinat sauvage de la jeune femme. À moins que le Consortium, ayant eu vent de cette liaison, n'ait décidé non seulement d'éliminer les participants à la préparation de son Programme D-X, mais aussi de nettoyer les traces d'un adultère potentiellement gênant pour le pathétique sbire. Eytan décida de mettre un terme à la confusion croissante de la situation.

— La bonne nouvelle pour vous est que je ne suis pas envoyé par votre épouse et que je me fous de vos parties de jambes en l'air avec Cynthia Hamon. La mauvaise est que, si vous ne me dites pas ce que je veux savoir, je ferai en sorte que vous me le hurliez. Me suis-je bien fait comprendre ?

— Oui, oui...

— Je veux savoir ce que vous fabriquiez au Sud Soudan avec World Rescue Solidarity, qui vous a recruté au sein du Consortium et quel est votre mode opératoire pour intégrer la drogue dans la gomme base.

— Mais...

— Mais quoi ?

— Je ne comprends rien à ce que vous racontez !

— Je vous aurai prévenu, déclara Eytan en contournant le canapé, couteau dans la main gauche, Glock équipé du silencieux dans la droite.

Confronté pour la première fois à son agresseur, Cédric Girault se recroquevilla et vida son sac.

— Je vous jure ! J'ai bien travaillé pour cette ONG, mais je ne connais pas de Consortium, j'ignore de quelle drogue vous parlez, et je ne me suis jamais tapé Cynthia !

*
* *

Quelques instants plus tôt,
près de la villa.

Le pari semblait osé.

Avi ne s'y serait jamais risqué, persuadé que la stratégie exposée par Eytan fonctionnait au cinéma mais certainement pas dans la réalité. Pourtant, tout s'était déroulé avec une fluidité totale et une aisance désarmante.

La terrible Dje avait commencé par enfiler une tenue pour le moins suggestive. Moulée dans une robe fourreau rouge – couleur choisie car elle attisait les fantasmes des hommes, selon elle – mettant en valeur un postérieur et une poitrine à damner un saint, le galbe de ses jambes souligné par une paire d'escarpins à talons aiguilles, elle incarnait une sorte d'absolu érotique.

Ainsi vêtue, elle avait garé sa Jaguar devant la grille qui interdisait l'accès à la villa. Elle avait ensuite sonné au visiophone, tout en prenant soin d'exhiber sa plastique avantageuse devant les caméras installées sur le mur d'enceinte.

Avi, déposé avec Eytan quelques dizaines de mètres en amont, n'avait pas assisté à la scène, mais avait seulement entendu les échanges grâce au système de communication auriculaire fournie par l'improbable vamp-trafiquante-commando.

Adieu le vocabulaire de charretier, bonjour la bimbo écervelée.

Entre minauderies hallucinantes et demoiselle en détresse dont la voiture donnerait des signes de panne imminente, elle avait réussi à se faire inviter dans la demeure des deux cerbères supposés garder la maison principale et son occupant. Une fois à l'intérieur, elle s'était lancée dans un numéro de séduction éhontée. Désarmée, seule, donc vulnérable, elle avait fait montre d'un sang-froid admirable et d'un machiavélisme sans bornes. Un verre partagé et une bonne dose de sous-entendus graveleux plus tard, elle avait dépouillé les deux séides du Consortium de leurs armes et les tenaient en respect sous un déluge d'injures.

— Voilà la tactique traditionnelle du *kidon*, avait sobrement commenté Eytan avant d'envoyer Avi jouer le rôle qui lui était dévolu et d'aller lui-même accomplir le cœur de la mission.

Et de conclure en expliquant que le médecin n'imaginait pas le nombre de types pourtant dangereux et avertis qui tombaient dans ce panneau « vieux comme le monde ». Sidéré, Avi suivit Eytan jusqu'à la villa désormais privée de son système de sécurité. Le géant pénétra dans le bâtiment principal tandis que son complice rejoignait Dje pour assurer la bonne suite des opérations. Opérations pas moins délirantes que le subterfuge qui venait de marquer la fin de la première phase...

*
* *

À l'intérieur de la villa, rassuré via son oreillette quant au parfait déroulement du plan du côté de Dje et Avi, Eytan tentait de faire le point.

Soit le type assis face à lui était un génie du mal, soit il ne comprenait sincèrement rien à ce que disait Eytan. La terreur avait reflué au profit d'une pleine et entière incompréhension. Girault regardait désormais son agresseur comme s'il s'agissait d'un lunatique en cavale. Et Eytan dut s'avouer intérieurement qu'il commençait lui aussi à perdre le fil.

Il s'installa à son tour dans le fauteuil face au canapé, croisa les jambes et, sans lâcher son pistolet, rengaina son couteau dans la poche du holster attaché à sa cuisse gauche.

— On va reprendre dans l'ordre, dit-il posément. Vous vous appelez bien Cédric Girault, et vous avez bien participé à une opération humanitaire au Sud Soudan pour le compte d'une ONG nommée World Rescue Solidarity ?

L'homme acquiesça avec vigueur.

— C'est déjà ça, soupira Eytan. Vous êtes aujourd'hui à la tête d'une entreprise créée dans le but de commercialiser une nouvelle marque de chewing-gum ?

Rebelotte.

— Nous progressons. Je suis ici pour savoir ce que vous fabriquiez précisément dans le camp de réfugiés, qui vous a recruté et comment vous vous êtes retrouvé à la tête d'une entreprise de confiserie. Répondez déjà à ça et votre avenir s'éclaircira grandement.

— Je... peux savoir qui vous êtes ?

— Premièrement, c'est moi qui pose les questions. Deuxièmement, encore une digression, même insignifiante, et la lame qui se trouve sur ma cuisse finira miraculeusement dans la vôtre. Et au cas où vous tenteriez de gagner du temps dans l'espoir d'une intervention de votre protection rapprochée, sachez que celle-ci a été neutralisée. Maintenant, la parole est à vous.

— Comp... compris. Je n'ai pas été recruté au sens propre du terme. J'ai participé à une réunion d'information organisée en marge de l'hôpital pour lequel je travaillais. Je songeais à repartir en mission humanitaire depuis un moment, alors je m'y suis rendu avec d'autres collègues. C'est là que j'ai découvert World Rescue Solidarity. Un homme et une femme nous ont présenté les activités de l'organisation et nous ont fait part de la mise en place d'un camp au Sud Soudan. Ils ont ensuite projeté un film sur la situation dans le pays. Ce visionnage m'a convaincu de m'engager avec eux. Les conditions financières étaient plus que convenables, et les équipes venaient du monde entier, ce que je trouvais aussi séduisant. J'ai été le seul participant à franchir le pas et je suis parti trois mois plus tard.

— Sans formation spécifique ?

— J'avais déjà collaboré avec d'autres ONG. Et puis, l'urgence sanitaire était telle que le personnel médical a été formé par l'encadrement sur place. Ça n'a rien d'exceptionnel.

Ce qui corroborait une des déclarations de Claire Turnip à Seattle.

— Quelle est votre spécialité ?

— Je suis nutritionniste.

— Logique…

— Pardon ?

— Non, rien. Réputé ?

— Je suis mal placé pour le dire, mais oui, assez. Disons que nombre de mes publications font référence en la matière.

Un premier pan du voile se levait. Le choix de ce médecin à la tête d'une entreprise de confiserie était sensé, autant que son recrutement au sein d'une ONG factice officiant dans un pays où famine et malnutrition frappaient sans relâche, attisées par un conflit interminable.

— Parlez-moi de ce camp. Localisation, aspect, conditions de sécurité et soins prodigués.

— C'était un camp dit formel, sous contrôle de Casques bleus, situé à proximité de Yei, au sud du pays.

— Vous êtes parti sans hésiter en plein cœur de l'État d'Équatoria-Central ? Une des zones de guerre les plus dangereuses au monde ?

— Je ne voyais pas l'intérêt d'une mission humanitaire en principauté de Monaco.

Le renvoi dans ses vingt-deux mètres ne vexa pas Eytan. Au contraire, il apprécia l'affirmation de soi de cet homme, que traduisait également son expression corporelle. Plus détendu dans le canapé,

307

il avait adopté imperceptiblement la même posture qu'Eytan dans son fauteuil, et ce qui s'annonçait comme un interrogatoire musclé se transformait peu à peu en conversation décontractée. L'instinct de l'expérimenté agent lui criait que Girault ne lui mentait pas.

— Un point pour vous. Poursuivez, s'il vous plaît.

— Le camp se trouvait à une cinquantaine de kilomètres de la ville. L'accès était gardé par des *checkpoints* lourdement armés, et des hélicoptères survolaient fréquemment la zone pour des vols de reconnaissance. Nous disposions d'une partie « hôpital de campagne », en préfabriqué d'excellente facture, avec toutes les conditions de confort d'un établissement standard. Quant à nos quartiers, ils étaient eux aussi en préfabriqué, mais plutôt confortables avec air climatisé et accès Internet. Les soldats, eux, étaient cantonnés dans un campement accolé au nôtre. Nous n'avions aucun contact et, à supposer que nous l'ayons souhaité, nous n'en avions de toute façon pas le temps.

— Et les réfugiés ? Où étaient-ils installés ?

— Nous n'accueillions pas de réfugiés.

— Comment ça ?

— Il n'y avait pas de camp pour les réfugiés. Je pensais qu'il y en aurait, mais nous ne soignions pas de populations civiles. Seulement des combattants locaux blessés.

La révélation eut sur Eytan l'effet d'un séisme. Jusque-là, il s'était forgé la conviction que le Consortium avait monté de toutes pièces une ONG pour tester sa nouvelle drogue en toute impunité et sans limites éthiques. Pour ce faire, quoi de mieux que la pire zone de guerre qui soit, en proie aux pires exactions imaginables et loin des yeux d'un Occident indifférent ? Le tout sous le contrôle de Casques bleus qui ne contrôlaient rien du tout, une force déployée pour se donner bonne conscience, affublée d'un nom de code de sinistre augure : MINUSS...

Eytan s'était imaginé que des innocents, déjà victimes des déplacements et des exactions des groupes armés, servaient de cobayes. Mais, si Girault confirmait ce qu'Eytan entrevoyait, le plan du Consortium était d'une autre nature : tester le produit sur des combattants, fussent-ils locaux ou mercenaires, puis les remettre en situation de se battre pour observer leurs réactions. C'était plus discret que sur des civils, dont une agressivité accrue pouvait attirer l'attention, et il est plus simple de se débarrasser d'hommes dont le destin est de mourir les armes à la main. Et si l'ONG était bidon, Eytan aurait volontiers parié que les Casques bleus chargés de la protection du camp l'étaient tout autant...

— Vous ne trouviez pas cela étrange ? demanda-t-il du ton le plus neutre possible.

— Je ne m'attendais pas à cela, très honnêtement. Mais j'ai prêté serment de soigner tous ceux qui en avaient besoin, sans aucune exception. Certains des hommes que nous avons traités étaient certainement coupables de crimes de guerre. Je suis médecin, monsieur. Pas juge.

— En cela, nous différons grandement.

De Charybde en Scylla. La confrontation ne se déroulait pas comme Eytan s'était pris à l'espérer. Girault était censé être un fumier de plus, motivé par la gloire, la richesse, ou un idéal vicié. Une narine tranchée et il aurait avoué sans difficulté la somme de ses méfaits et l'endroit où la drogue était stockée, voire fabriquée. Il aurait ensuite suffi de mettre en œuvre le plan défini par Franck et Avi et on en parlait plus.

Mais voilà, Girault n'était pas le fumier attendu. Il possédait même plutôt les attributs du brave type embarqué à son insu dans un processus qui le dépassait. Et Eytan en était de plus en plus convaincu, cet homme ne livrait pas sa vérité, mais la vérité, nue, pleine et entière. Restait à espérer qu'elle suffise à lever les zones d'ombre, encore trop nombreuses.

— J'ai bien compris ce que pouvait me coûter une digression, mais vous ne voulez toujours pas me dire qui vous êtes et ce que vous me voulez ?

Sûr de son fait, la victime promise se comportait désormais en hôte avenant, fort d'un charisme retrouvé et d'un ascendant psychologique. Eytan s'en rendit compte tout à coup, par le fait que le pistolet pointé sur lui s'était imperceptiblement détourné vers le sol.

— Ce que je vous veux compte peu. Et qui je suis ne compte absolument pas. Je cherche à empêcher une abomination et j'ai les moyens de mes ambitions. Si, comme je commence à le penser, vous êtes innocent, vous n'avez pas intérêt à en savoir plus.

— OK. C'est vous qui détenez les armes, après tout.

— Dans mon métier, on ne guérit pas, on anticipe la maladie. Qu'avez-vous fait dans cet hôpital de campagne, puisque le terme semble plus adapté ?

— Rien de spécial. Nous prenions en charge des hommes essentiellement victimes de blessures par balles. J'intervenais souvent en soutien au bloc opératoire, mais mon travail consistait principalement à gérer les cas de malnutrition, nombreux, et la gestion de l'alimentation post-opératoire pour les

310

patients nécessitant une chirurgie gastroentérologique. WRS nous donnait les moyens d'un suivi sur le long terme, ce qui facilitait les soins. Par ailleurs, ils m'ont commandé une étude sur le suivi sanguin de mes patients, ce qui est classique pour les nutritionnistes humanitaires.

Trois pièces. Il ne manquait plus que trois pièces pour visualiser le puzzle.

— Qu'advenait-il de vos patients une fois guéris ?

— Nous les confiions aux Casques bleus qui les emmenaient Dieu sait où. Se faire juger, je présume.

Deux pièces.

— Vous n'avez rien noté d'inhabituel concernant les médicaments utilisés, ou la nourriture à votre disposition ?

Girault réfléchit quelques instants.

— Pas que je sache. Je veux dire, je disposais d'aliments standard en cas de famine. Quant aux traitements, je les prescrivais mais je ne les administrais pas, mais là encore rien d'inhabituel.

— Je vois... Et parmi les infirmières se trouvait Cynthia Hamon ?

— Oui, entre autres. Elles étaient nombreuses et venaient de tous les horizons, mais j'ai particulièrement sympathisé avec une bande d'Américaines, des jeunes femmes attachantes, dynamiques et avec une joie de vivre communicative, ce qui n'est pas un luxe quand vous passez des mois coupés de tout sauf de la mort et de la souffrance.

— Laissez-moi deviner. Cynthia Hamon, Alexandra Awdren, Virginia Seller et Claire Turnip.

— Exact.

— Dites-m'en plus sur elles.

— Je ne peux pas vous raconter beaucoup plus que ce que je viens de vous dire. Elles étaient

joviales, très complices et d'excellentes profession-
nelles. Au fil du temps, nous sommes devenus très
proches.

Légère inflexion dans la voix sur les deux derniers mots. Émotion perceptible. Il ne mentait toujours pas, mais ne disait pas tout.

— Jusqu'à quel point ?

— Jusqu'à les inviter à séjourner dans ma maison parisienne. Elles ne connaissaient pas la France
et, après la dureté de notre mission, nous avions
tous besoin de nous oxygéner l'esprit.

Eytan se contorsionna pour extraire son smartphone. Il afficha à l'écran la photo trouvée dans
l'album pour la montrer à Girault.

— C'est à cette occasion que ce cliché a été pris ?

— Oui. Mon épouse possède une maison de
famille sur la Côte d'émeraude, près de Saint-Malo.
Nous y avons passé trois jours inoubliables avec
les filles.

Nouvelle inflexion. Cette fois, il fallait en avoir
le cœur net.

— Je repose ma question, prévint Eytan en
appuyant chaque mot. Jusqu'à quel point étiez-vous
proches ?

Envahi par un mauvais pressentiment, il se leva
de son fauteuil.

Cédric comprit le message. Il prit une profonde
inspiration.

— Il y a peu de distractions pendant les missions
humanitaires. Et une grande promiscuité. Comme
elle collaborait avec moi en permanence, nous
vivions collés l'un à l'autre. En prime, elle possède
des charmes auxquels il est difficile de résister. Je
vous jure que j'ai tenté de résister, mais...

— Claire Turnip, souffla Eytan.

Girault acquiesça.

— C'est une très belle femme, admit Eytan, mais je ne comprends pas pourquoi une infirmière en pneumologie travaillait avec un nutritionniste.

— Elle n'était pas là en tant qu'infirmière.

— Ah bon ?

— Elle ne pratiquait pas de soins, expliqua Girault comme s'il s'agissait à nouveau d'une évidence. Elle assurait le lien entre les soignants opérationnels, la direction logistique du camp et les instances dirigeantes de World Rescue Solidarity. Accessoirement, elle m'assistait dans mes études analytiques et transmettait mes rapports. Elle était une sorte de super-coordinatrice, si vous voulez.

Eytan manqua lâcher son téléphone, estomaqué comme il l'avait rarement été durant sa carrière. Les dernières révélations le sonnaient comme autant de coups de poing en pleine figure.

Et le pire restait à venir.

— Vous en êtes certain ? demanda Eytan tout en masquant son malaise.

— Je vous assure que c'est la pure vérité. C'est bien Claire qui m'a présenté aux mécènes de WRS en me recommandant pour prendre la direction d'une société qu'ils souhaitaient lancer. J'avoue que je ne m'attendais pas à cela, ni à l'envergure de leur projet, mais je n'ai pas hésité longtemps devant une telle opportunité.

Eytan ressentait un dégoût terrible. La politique du pire s'appliquait décidément à cette affaire. La duplicité de la jeune Claire Turnip s'inscrivait dans la plus pure tradition du Consortium, sans parler du sang-froid dont elle avait fait montre lors de leur confrontation. Réussir à berner Eytan, qui possédait pourtant le don de déceler le moindre mensonge, n'était pas une mince affaire. À bien y réfléchir, cela constituait même une première. Elle avait endossé à merveille le rôle de victime idéale à qui l'on donnerait le bon Dieu sans confession, qu'un individu comme lui rêverait de protéger de la folie des hommes. Ou comment dévoyer tout ce qui fait la beauté, et la dureté, du métier d'infirmière. Elle incarnait en apparence tout ce dont le géant était tombé amoureux, bien des décennies plus tôt.

Un souvenir qu'il tenait à distance chaque jour de sa trop longue vie, mais qui le submergea soudain, allumant en lui une colère indescriptible. Contre le Consortium. Contre cette femme. Contre lui-même.

Mais la nostalgie attendrait. L'urgence absolue commandait de sauver ce qui pouvait encore l'être. Et chaque seconde comptait.

Avec le sentiment de passer son temps vissé à son téléphone, Eytan composa le numéro du jeune policier. Il se contractait à chaque sonnerie, sans quitter Cédric Girault des yeux.

L'heure n'était plus à la compréhension, à l'analyse ou à la recherche d'un comportement plus humain. L'heure était à la libération des instincts les plus sombres dont le Pr Bleiberg avait doté Eytan, au retour du chasseur froid, capable de traquer ses proies sans relâche et de les éliminer sans daigner leur accorder le moindre regard. Les quatre dernières années passées loin des hommes et de leur passion pour la domination de l'autre, sa soumission, voire sa destruction, l'avaient peut-être adouci.

Mais si les loups sommeillent parfois, mieux vaut se méfier de leur réveil.

L'appareil contre l'oreille, il leva son arme et la pointa sur le médecin qui se décomposa en voyant la dureté nouvelle apparue sur le visage de son agresseur.

— Je vous dis la vérité, je vous jure ! hurla Girault.

À l'autre bout du fil, le répondeur d'Andy Irvine se déclencha.

Il pressa la détente une première fois.

— Andy, c'est moi.

Une deuxième fois.

— Arrête Claire Turnip à la seconde où tu auras ce message mais quoi qu'il arrive, n'interviens pas seul. Elle nous a menti. Ce n'est pas Virginia qui a recruté les filles pour travailler avec l'ONG. C'est Turnip. Elle travaille pour ceux que je combats... que nous combattons. Rappelle-moi au plus vite et fais gaffe. Ces gens ne plaisantent pas. Mais moi non plus.

Une troisième balle gicla du canon.

— Je vous jure... suppliait désormais Cédric Girault, les bras levés en une dérisoire tentative de protéger son visage.

Soulevée par les impacts des balles dans les coussins du canapé, une mousse blanchâtre virevoltait dans les airs tout autour de lui.

— Debout, ordonna Eytan en gardant son smartphone en main. Menez-moi là où résident vos gardes du corps. Et au trot !

Incapable de se lever, tremblant de tous ses membres, Girault sentit une main puissante se refermer sur le col de sa chemise et le tracter avec l'aisance d'un palan.

Le bourreau et sa victime, dont le pas hésitant lui valait de fréquentes bourrades, suivirent un long chemin dallé à travers d'épais bosquets taillés à la perfection, jusqu'à une deuxième maison à la présence insoupçonnable.

Le cas Girault était réglé. Jamais de sa vie il ne sentirait la mort le frôler d'aussi près que les balles tirées par Eytan. Et jamais il ne s'en remettrait. S'il avait menti, s'il avait dû craquer, cette épreuve aurait suffi.

Seul le cas Andy préoccupait désormais le géant. Il ne se résolvait pas à remettre le destin du policier à la chance et encore moins à Dieu, souvent trop occupé pour intervenir là où on avait besoin de lui. Il pensa bien à prévenir la police de Seattle. Après tout, dévoiler les imprudences, voire infractions, du lieutenant serait un moindre mal si cela lui permettait d'en réchapper.

Mais une option existait qui limiterait la casse.

Eytan ferma les yeux pour mieux reconstituer dans son esprit les derniers moments passés avec le jeune flic et se remémorer le nom de l'hôpital où ils s'étaient retrouvés. Une information perdue au milieu des centaines que comptait cette affaire.

Mason, murmura-t-il au moment où Avi, cagoule sur le visage, ouvrit la porte.

— Le dernier client, dit froidement Eytan en poussant Girault à l'intérieur.

Construite avec la même exigence de modernité et décorée avec autant de froideur que la villa principale, la maison consistait en un gigantesque salon orné de deux canapés de cuir crème – sur chacun desquels les cerbères se trouvaient allongés, mains nouées dans le dos à l'aide de menottes textiles –, d'un grand téléviseur à écran plat et de quelques tableaux aussi minimalistes que coûteux. L'architecte avait réservé un espace à une cuisine américaine digne d'un show-room. Le genre d'endroit où l'on passe sans jamais y cuisiner. Un escalier transparent situé à gauche de l'entrée menait à l'étage et à l'espace nuit. Seule anomalie dans cette caricature de rêve pour arriviste fortuné, une console laquée blanche sur laquelle trônaient trois moniteurs aux écrans scindés en quatre fenêtres retransmettant le flux fourni par les caméras de surveillance de la propriété. Toujours en tenue de vamp, Dje conduisit Girault vers le salon, obéissant aux ordres sans ciller. Il la suivit finalement avec l'entrain du condamné à mort en route pour l'échafaud.

Vingt minutes plus tôt, Eytan aurait sans doute souri. Plus maintenant. Il laissa ses comparses installer le dispositif indispensable pour s'assurer la plus totale coopération des trois hommes et éviter par là même de faire couler plus de sang que nécessaire, et sortit de la maison.

Ce qui se voulait l'ultime coup de fil de la journée – au standard de l'hôpital Mason – se solda, cette fois, par un succès.

— Hastings.

— Lieutenant, vous ne me connaissez pas. Je suis l'homme qui vous a sauvé la vie dans l'entrepôt. Votre équipier est en danger de mort et je me trouve trop loin de Seattle pour l'aider. J'ai besoin de votre aide. Andy a besoin de votre aide.

— C'est quoi ces conneries ?

Eytan ne disposait que de la balise « Andy » pour capter l'attention de son interlocuteur, et il se félicita que celle-ci fonctionnât. Le lieutenant Hastings ne lui avait pas raccroché au nez, ce qui constituait une première victoire, et, même s'il se montrait bourru, il écoutait. L'exercice exigeait concision, assurance et doigté. La moindre approximation, la plus légère hésitation entamerait le peu de crédit d'un appel trop anonyme pour inspirer confiance et compromettrait la situation, condamnant Andy par voie de conséquence.

Parfois, la précision des mots se montrait plus décisive encore que celle des tirs.

*
* *

Plus fermé que jamais, Eytan retourna dans la maison juste à temps pour voir Dje achever d'attacher une fine ceinture en velcro sur le torse d'un Cédric Girault incrédule.

— Les autres sont déjà équipés ? demanda l'ex-*kidon*.

— Oui, chef ! répondit la jeune femme. Trois mini-charges explosives télécommandées installées autour du torse, et qui ne demandent qu'à les couper en petits morceaux s'ils tentent de l'enlever sans qu'elles soient désactivées. Le moyen le plus sûr à ma connaissance pour transformer un ennemi en allié inconditionnel.

— Super. Change-toi et passe en tenue d'intervention. Ensuite tu équipes Avi, et vous me rejoignez. Pendant ce temps, je briefe nos petits camarades et on vous rejoint.

— Cinq sur cinq. Amène-toi.

Avi s'exécuta avec le plus perceptible des soulagements. Il hésita à asséner une tape amicale sur le bras d'Eytan en passant à son niveau, mais devant son air dur se ravisa.

Dje demanda à Avi de l'attendre puis sortit de l'enceinte de la propriété au petit trot. Quelques instants plus tard, la Jaguar entrait dans la cour, se garait et la jeune femme en sortit pour ouvrir le coffre de la voiture.

Elle aida ensuite Avi à s'équiper, lui détaillant par la même occasion le matériel dont il disposait.

— Je suis fière de te présenter le dernier modèle en date du gilet d'assaut Tico. Entièrement réglable aux mensurations du porteur, il bénéficie d'une armature faite d'un mélange de Nylon militaire et de Kevlar *made in* DuPont de Nemours. L'ensemble permet non seulement de te soulager du poids de ton matériel, mais t'offre une protection susceptible d'arrêter une bonne partie des balles. En gros, il est dix fois plus résistant qu'un pare-balles en Kevlar traditionnel.

— C'est étonnant, j'ai l'impression de ne rien porter.

— Formidable, pas vrai ? Tu disposes pourtant d'assez de chargeurs pour dératiser le Pentagone, de grenades offensives, d'une paire de ciseaux, d'une lampe tactique, ainsi que d'un réducteur de bruit pour ton fusil et tes armes de poing. Ah, et tu as aussi cette petite merveille.

Elle exhiba un manche ergonomique puis pressa un discret bouton pour faire jaillir une lame crantée.

— Emerson CQC-15, idéal pour l'homicide.

— Soit le matos indispensable à tout psycho-pathe qui se respecte.

— C'est ça, fais le malin. Tu me remercieras si ça tourne au vinaigre.

Une fois le torse harnaché, elle lui installa un holster à chaque cuisse puis y glissa deux pistolets.

— Vire tes pompes, j'ai prévu des chaussures spécifiques.

Cette fois, elle sortit de son coffre une paire de bottes grises dont le design et la matière rappelaient des chaussures de randonnée.

— Bottes Salomon 4D GTX, renforcées au niveau des…

— Vous comptez me faire subir l'argumentaire commercial à chaque fois ? Non, parce qu'au cas où mon désintérêt n'aurait pas été suffisamment clair, je sais me battre, mais je ne cours pas après et je n'ai aucune intention d'ouvrir un commerce spécialisé, hein.

Dje demeura interdite, bras écartés, avec une botte dans chaque main. Elle ressemblait à ces malheureuses jeunes femmes utilisées comme potiches au Salon de l'auto et dont les visiteurs se régalent plus encore que du châssis des véhicules.

Pas mécontent d'avoir fermé le clapet à sa volubile équipière, Avi prit les bottes du bout des doigts avec une délicatesse trop ostentatoire pour ne pas être moqueuse.

— Merci bien, ajouta-t-il histoire d'enfoncer le clou.

Masquant mal sa vexation, Dje s'équipa à son tour pendant qu'il s'accroupissait pour nouer ses lacets.

Elle tourna autour de lui, laissa glisser un ongle le long du blouson d'Avi et lui susurra à l'oreille une phrase qui le fit frissonner de la tête aux pieds et acheva de l'ébranler.

— Peut-être seras-tu plus sensible à mes autres arguments commerciaux. La nuit est loin d'être terminée, mon chou, souffla-t-elle en fermant le coffre de sa Jaguar.

Une déglutition douloureuse. Un raclement de gorge. Avi chercha une contenance et rebondit immédiatement pour ne pas laisser Dje reprendre l'ascendant. Ou du moins ne pas lui en donner l'impression.

— Vous vous êtes connus comment, avec Eytan ?

— Comme tous ceux qui rencontrent le grand, j'imagine. Au milieu d'un gigantesque merdier. À l'époque je démarrais dans une section secrète de la DGSE. Les opérations Homo, pour homicide, histoire d'éviter toute confusion malsaine. Mon groupe devait éliminer deux terroristes recherchés qui se planquaient en Europe centrale. Il nous est arrivé à peu près toutes les merdes possibles et imaginables. Un contact nous a balancés, la moitié du matériel que nous devions récupérer était défectueux, les types ne se trouvaient pas où nous pensions, et au final, de prédateurs, nous sommes devenus des proies. Nous sommes tombés dans une embuscade, promis à une mort certaine. Et puis, Eytan a surgi de nulle part. Je pense que tu le connais assez bien pour imaginer la suite. Non seulement il a transformé notre foirage en succès, mais il nous a sauvé la vie.

— Tu sais quoi de lui ?

— Qu'il est exécuteur du Mossad, ce qui suffit à faire frémir de respect n'importe quel barbouze sur la planète, et que si je te parle en ce moment même, c'est grâce à lui. Le reste ne m'intéresse pas. S'il veut m'en dire plus, il le fait. Sinon, je respecte son silence. De toute façon, il claque des doigts, je déboule. Quoi que je fasse, je ne rembourserai jamais ce que je lui dois.

*
* *

— Maintenant, vous allez très gentiment faire tout ce que je vais vous demander, sans la moindre contestation et avec un bon esprit communicatif. Si vous optez pour la rébellion, vous connaîtrez une fin... détonante. Des questions, remarques ou objections intelligentes ?

L'aspect purement rhétorique de la question n'échappa à personne. Un silence cistercien répondit donc à Eytan. Les échanges de regards entre les trois prisonniers ne laissaient planer aucun doute quant aux angoisses suscitées par les menaces proférées.

— Bon début. Comme vous allez le constater, nous ne vous demandons que peu d'efforts. Monsieur Girault, en tant que président-directeur de mes Genoux, vous allez nous faire les honneurs de vos locaux et de votre usine, quant à Heckle et Jeckle, vous allez simplement faire le pied de grue comme vous le feriez en temps normal. Tout le monde suit ? Jusque-là je ne heurte les convictions religieuses de personne ?

Bis repetita placent.

Silence, regards, peur, mais atténuée. Et cette fois, trois hochements de tête conclurent les délibérations muettes.

— J'adore les consensus spontanés.

Eytan s'approcha des prisonniers et sortit un impressionnant couteau de l'arrière de sa ceinture. Il arracha sans ménagement les bâillons des deux gardes du corps puis coupa d'un coup sec les liens autour de leurs poignets. Ils se levèrent du canapé en les massant, leur peau entaillée et rougie par les entraves. La tentation de se ruer sur le colosse qui les toisait se lut dans leurs yeux, mais la raison l'emporta sur l'instinct. Un choix rendu plus aisé par l'assurance et la supériorité affichées par Eytan dont le très discret rictus semblait dire « Venez, je n'attends que ça ».

Personne ne bougea un orteil et une alliance tacite se scella entre les quatre hommes présents.

— À partir de maintenant nous sommes dans le même bateau. La question qui intéressera mes collaborateurs et moi-même étant : comment sortirons-nous dudit bateau ?

Cédric Girault venait de parler avec un sang-froid et un aplomb contrastant avec la mine effrayée qu'il avait affichée depuis le déluge de feu qui s'était abattu sur lui dans la villa.

Il possédait visiblement des ressources insoupçonnées et se ressaisissait désormais avec un certain panache.

Moyen de pression et motivation. Le grand principe enseigné par Edwyn McIntyre se vérifiait invariablement. Eytan manqua éclater de rire, comme il l'avait fait lorsqu'il avait reçu cette leçon, dans une geôle écossaise, plus de soixante-dix ans auparavant. Mais le sort d'Andy le tracassait trop pour qu'il se laisse aller. Et son téléphone demeurait désespérément muet.

Il invita les deux gardes du corps à ouvrir la marche, satisfait de leur décontraction nouvelle. Quant à Girault, il s'approcha d'Eytan.

— Vous ne voulez pas me dire dans quoi est impliquée l'entreprise que je dirige ?

— Si vous me posez sincèrement cette question, et je pense que c'est le cas, alors il vaut mieux pour vous que je n'y réponde pas.

Cédric Girault ne se satisfit pas de la tentative d'esquive et, loin de se résigner, se montra plus insistant encore.

— Mes amies sont mortes, apparemment à cause de mon travail au Sud Soudan. Mon ancienne maîtresse semble ne pas être très recommandable. À vous entendre, mes employeurs n'hésitent pas à tuer. Vous m'avez tiré dessus, mais vous avez pris soin de me rater. Vous et vos complices êtes armés jusqu'aux dents. Je ne panique pas assez pour avoir perdu le sens des réalités. Je suis dans une merde noire, et je n'ai pas la moindre idée du pourquoi. Qu'avez-vous à perdre à me mettre à la page ? Je ne peux pas vous nuire, mais je peux sans doute vous aider. Et je pense aussi avoir le droit de décider de mon sort en toute connaissance de cause.

— Ça se défend, lança Dje, de retour une fois qu'elle et Avi eurent enfilé leur barda.

— L'argument tient la route, appuya Avi.

— Nous aider risque de fragiliser encore votre position, contesta Eytan.

— Vous me pressentez innocent, sinon vous ne passeriez pas votre temps à essayer de me protéger sans en avoir l'air.

Eytan, déstabilisé de se retrouver ainsi exposé, chercha un soutien du côté de Dje.

— Hé, gaulé, sourit-elle en haussant les sourcils. Il a raison. Rien à perdre, tout à gagner.

Seul contre tous et pressé par le temps, le géant opta pour la reddition.

— Avi, tu te charges de mettre Girault au parfum.

Les deux gardes du corps, muets jusqu'ici, se consultèrent en silence. L'un d'eux se risqua à parler.

— Nous pouvons vous indiquer comment neutraliser les caméras de surveillance de l'usine.

— Ah, voilà le bon esprit communicatif dont je parlais ! les félicita Eytan. Ces messieurs ont la trouille de se faire dessouder ?

— On fait de la sécurité privée, nous. La guerre, on a connu sur de multiples théâtres d'opérations, et si on est devenus gardes du corps, c'est pas par hasard. Et ce que vous préparez, ça a bien l'air d'être une guerre. Vous nous tenez par les couilles et vous auriez pu nous buter. Donc, notre meilleure chance de nous en tirer, c'est vous. Alors on vous aide et vous nous aidez à nous en tirer en retour. Vu ce qu'on nous paye, ça ne mérite pas de courir le risque de crever.

— Edwyn Mc Intyre était un génie, murmura Eytan.

— Quoi ?

— Rien, je parlais tout seul. Dites-moi ce que vous avez en tête, et si ça nous convient, nous vous sortirons de la merde où nous vous avons mis.

Deux clans se formèrent pour autant de conciliabules. Une dizaine de minutes s'écoulèrent dans une atmosphère appliquée. Seul Eytan s'autorisait à jeter de temps à autre des coups d'œil à l'écran de son smartphone.

Avi Lafner et Cédric Girault en terminèrent les premiers. Les avisant, Eytan abandonna ses complices de circonstances à Dje. Cette dernière profita de l'occasion pour passer de l'anglais au français, ce qui parut détendre encore un peu plus les deux hommes. Elle évoqua ensuite son appartenance à la même armée qu'eux, avant son passage à elle aussi dans le privé.

Avi et Eytan s'éloignèrent de quelques pas, en conservant tout ce petit monde dans leur champ de vision, au cas où.

— Alors ? demanda le géant.

— Si je voulais te la jouer « Affranchis », je te dirais que le « gonze est régulier ».

— Donc, tu valides ?

— Sans hésitation. Il est plus sous le choc de ce que je viens de lui raconter qu'après ta séance de tir au pigeon avec lui. Non seulement nous pouvons lui faire confiance, mais le moins que l'on puisse dire c'est qu'il n'a pas l'air très content que le Consortium se serve de sa réputation pour inonder le marché de la confiserie avec une drogue à retardement. Il ne demande qu'à nous aider.

Eytan frappa à deux reprises dans ses mains.

— Allez, tout le monde autour de moi ! Briefing final.

Avi vint se placer avec le groupe, entre Dje et l'un des gardes du corps, sous le regard de plomb de son ami.

— Nous avons trois objectifs. Le premier est de localiser, identifier et neutraliser les drogues si elles se trouvent déjà à l'usine. Le deuxième consiste à rassembler des documents me permettant de remonter la piste des actionnaires et donc du Consortium. Le dernier objectif est d'entrer et sortir sans éveiller le moindre soupçon. Pas de coup de feu, pas d'accrochage, l'opération d'infiltration dans toute sa splendeur. OK pour tout le monde ?

Acquiescement unanime.

— Pour la répartition : je m'occupe de la surveillance du périmètre. Dje, tu te charges de l'administratif, Avi, tu t'occupes de l'usine avec Cédric. Vous communiquez en commençant par votre prénom, puis sujet, verbe, complément et vous concluez par « terminé ». Simple et direct. Le seul qui ne se présente pas et qui interrompt à volonté, c'est moi.

— On peut avoir une oreillette ? demanda l'un des gardes. Nous en aurons besoin le temps de nous occuper de la sécurité.

Eytan interrogea Dje du regard.

— Je prévois toujours plus large, confirma-t-elle.

— Bien, il semble donc que nous soyons parés. Chacun sait ce qu'il a à faire. Avi, tu pars avec le Dr Girault. Dje, tu prends ta voiture. Et moi, je vais avec... heu...

— Jean-Luc et Patrick.

— Voilà, avec Jean-Luc et Patrick. *Go* !

Les groupes se formèrent tels que constitués par le chef de la meute, et, deux minutes plus tard, il ne restait plus âme qui vive dans la propriété.

Les trois voitures se suivirent en procession durant les trente minutes de trajet nécessaires pour rejoindre le siège social de l'entreprise SFH dirigée par Cédric Girault. Située à une dizaine de kilomètres de Montreux, ses locaux majestueux surplombaient les eaux du lac Léman qui reflétaient une pleine lune étincelante. Construit à flanc de montagne, un immeuble en arc de cercle trônait sur un panorama à l'étendue immense, à la manière d'un château médiéval de verre et d'acier surveillant les envahisseurs trop intrépides. Seuls visibles de la route, ses deux derniers étages, tout en transparence, se fondaient dans le paysage en une improbable harmonie.

Une voie privée quittait la route principale pour serpenter vers les sommets à travers une futaie épaisse et rejoindre le bâtiment. Les voitures l'empruntèrent jusqu'à un plateau artificiel. L'avancée de béton et de bitume constituait un immense parking, totalement déserté en cette heure avancée de la nuit. Plusieurs centaines de véhicules pouvaient y prendre place sans se gêner. De multiples lampadaires, tous éteints, délimitaient les allées.

Au loin, à quelques centaines de mètres, une guérite équipée d'une barrière fermait l'entrée. Mais si la construction cyclopéenne ressemblait en tout point à des bureaux, aucune usine n'apparaissait à l'horizon.

La voiture de tête freina très en amont du parking et se déporta sur le côté de la voie. Les suivantes l'imitèrent.

— Patrick et Jean-Luc se rendent à la guérite. Ils nous donnent le *go* dès que la voie est libre. Je descends de la voiture. À partir de maintenant, je couvre le périmètre. Vous savez tous ce que vous avez à faire, dit Eytan sur un ton déterminé.

Dje effectua une marche arrière délicate pour garer sa Jaguar à la lisière de la forêt. Une fois assurée qu'elle n'était pas visible de la route, elle l'abandonna, non sans laisser les clefs sur le contact, pour monter dans la voiture où se trouvaient les deux médecins.

Eytan quitta à son tour son véhicule, également soigneusement dissimulé, avec plusieurs fusils d'assaut en bandoulière, les poches de sa veste et de son pantalon boursouflées par les chargeurs. Il se dirigea vers les arbres qui bordaient le parking et disparut comme par enchantement.

Il chercha l'arbre au tronc le plus large et, ayant trouvé son bonheur, grimpa sur la plus haute branche susceptible de supporter son poids. Il profita de sa position pour mieux analyser les lieux.

L'immeuble principal s'étendait sur plusieurs dizaines de mètres et s'élevait sur sept étages. Une voie bitumée menait à l'entrée et plusieurs emplacements pour voiture, certainement dévolus aux cadres dirigeants. La route contournait la construction et semblait se poursuivre loin le long de la montagne.

Eytan accrocha ses armes avec soin, testant la résistance des branchages et s'assurant de voir sans être vu.

Au sol, les deux anciens soldats français avaient lancé les hostilités. Parvenus à la guérite, ils étaient sortis de leur véhicule et discutaient avec les deux agents de sécurité en poste pour la nuit. La conversation tournait autour de la volonté du grand chef de venir travailler à pas d'heure, et une litanie de plaintes contre les huiles s'ensuivit. La lutte des classes créait une solidarité bienvenue. Eytan ne comprenait pas tout car la discussion se déroulait trop vite pour son français rouillé. Jean-Luc quitta le poste de sécurité accompagné de ses occupants pour se rendre à sa voiture. Patrick resta seul à l'intérieur. Cette fois, c'est lui qui donna les nouvelles consignes.

— Patrick. Jean-Luc a prétexté avoir besoin d'eux pour déplacer des cartons de documents à la demande du patron. Il les emmène au service marketing, au deuxième étage. De là, ils ne verront pas les voitures. Je vous ouvre la barrière dès que Jean-Luc me fait savoir qu'ils sont dans l'ascenseur.

— Efficace, salua sincèrement Eytan.

Les actes confirmèrent les paroles, et les trois hommes pénétrèrent dans l'immeuble sans encombre.

— Jean-Luc. Le boss passe d'abord à l'usine et il nous rejoint ensuite. Nous allons au deuxième.

— Patrick. C'est bon pour M. Girault, vous pouvez y aller, j'ai coupé les caméras.

La voiture transportant Dje, Avi et Cédric Girault démarra. Comme prévu, Patrick releva la barrière pour qu'elle puisse s'arrêter sur le parking des dirigeants. Dje descendit du véhicule avec, à la main, la carte d'accès remise par le P-DG, puis pénétra à son tour dans le siège.

— Tu es certain d'avoir la main sur les *logs* qui enregistrent les utilisations des cartes ? lança la jeune femme à l'attention de Patrick.

— C'est bon, les caméras n'enregistrent plus et j'efface les journaux des entrées au fur et à mesure, la rassura-t-il.

— Dje. Je suis sur site. Direction le dernier étage.

Pendant ce temps, Avi et Cédric étaient repartis et suivaient déjà la route en direction de l'usine, située à plusieurs centaines de mètres de là, sur l'autre flanc de la montagne.

Depuis son poste d'observation, Eytan se félicitait du sens de l'organisation de ses ouailles, et particulièrement des dernières recrues. Tout se déroulait selon le plan, avec une souplesse qui permettrait de limiter, voire d'éviter la casse.

Le calme régna plusieurs minutes durant, jusqu'à ce qu'un ronronnement lointain lui rappelle la fragilité de sa stratégie.

Il se contorsionna pour observer les environs, et plus particulièrement la voie menant à la société. Les bruits s'amplifièrent. Des lueurs de phares apparurent.

— La merde... alerta-t-il.

— Jean-Luc. Que se passe-t-il ? Terminé.

— On a de la visite.

— Avi. Tu dis ça pour nous faire rire, hein ? Terminé.

— Pas mon style. Concentration maximale. Trois vans, quatre berlines, vitres teintées, nombre d'ennemis indéterminé, mais à vue de nez, ça peut faire du monde.

330

— Dje. Consignes ? Terminé.

— Attends, une seconde, Dje. Avi, où en êtes-vous ?

— Avi. Nous sommes au cœur de l'usine, nous nous dirigeons vers le site de stockage des matières premières. Terminé.

— Le convoi arrive à la guérite. Patrick, tu les gères.

— Avi. Comment se fait-il que ça rapplique ? Un de nos blaireaux nous a balancés ? Terminé.

Eytan réfléchit à toute vitesse. Ses soupçons se portèrent immédiatement sur Claire Turnip. Seule celle-ci avait pu alerter le Consortium de l'implication d'Eytan dans cette affaire et justifier le débarquement de la cavalerie.

— Pas un de nos blaireaux, une infirmière… Avi, combien de temps pour régler la question de ton côté ?

— Avi. À vue de nez, vingt minutes si on se grouille. Terminé.

— Grouillez-vous, alors. Dje ? Tu as vingt minutes. Avi donnera le top départ. À son *go* vous décrochez.

— Dje. Compris, cinq sur cinq. Je n'élimine pas les hommes qui accompagnent Jean-Luc ? Terminé.

— Non. Dans quelques secondes, ils sortiront prêter main-forte aux arrivants. À partir de maintenant, je suis le seul à transmettre, sauf si vous avez un problème vital ou si votre objectif est accompli. Je vous informe de la situation en temps réel. Ne vous laissez pas distraire par le bruit.

— *Le bruit* ? répéta Avi. Tu ne vas quand même pas…

— Oublier la stratégie qui consistait à éviter le contact et à ne pas attirer l'attention de nos visiteurs ? Je vais me gêner.

Un court silence.

Le calme avant la tempête.

Eytan sortit le petit étui métallique contenant les seringues remplies du sérum fourni par Franck. Bien qu'accordant une confiance aveugle aux talents du scientifique, il hésita un court instant avant de planter l'aiguille dans son avant-bras. L'injection fut brève, moins douloureuse qu'à l'accoutumée. Il rangea aiguille et étui, puis se prépara au combat.

Un homme descendit du van qui ouvrait la route. Eytan ne parvenait pas à distinguer ses traits mais se rendit vite compte qu'il disposait d'un gabarit qui ne lui enviait rien. Il portait un ensemble commando noir, des pistolets des deux côtés de sa ceinture et un gilet en Kevlar.

Patrick sortit à sa rencontre. Bien que grand lui-même, il arrivait à peine à la mâchoire du visiteur. Ce dernier s'avança d'un pas, et, après avoir jeté un œil à la ronde, dégaina son arme et la leva dans la foulée.

— Désolé, mec, mais j'essaye de sauver ta peau, annonça Eytan à voix haute.

Il pressa la détente de son fusil d'assaut et, avec un temps de visée extraordinairement court pour une précision optimale, logea une balle dans l'épaule de son complice.

Éclaboussé par un jet de sang, le balèze se précipita en arrière et se plaça à couvert du van.

Eytan orienta son arme vers le dernier véhicule de la file.

— *Showtime...*

La paisible nuit helvète s'illumina soudain.

Chapitre 27

À proximité de l'usine,
quelques minutes plus tôt.

Cédric Girault et Avi Lafner avaient atteint l'usine une poignée de minutes seulement après avoir déposé Dje sur le parking des bureaux. Frappé du sceau du Consortium tel que le fantasque médecin se le figurait, le complexe industriel paraissait inimaginable en un tel endroit. Niché sur le versant opposé de la montagne, il était construit en escalier, à la manière des rizières asiatiques. Outre un investissement colossal et une volonté de se fondre dans le paysage, il représentait une véritable prouesse architecturale.

Hormis par la route empruntée par les deux hommes, l'accès à l'endroit était limité et périlleux.

L'ensemble se déclinait sur trois niveaux, chacun construit sur un modèle similaire. Une plateforme en béton accueillait un bâtiment de plain-pied tout en longueur.

Avi s'était imaginé malgré lui un complexe similaire aux raffineries pétrolières, sans doute à cause de la nature même des matières premières utilisées dans la fabrication des chewing-gums. Seule excentricité relative, les concepteurs avaient creusé des tunnels dans les plateformes de soutènement pour accueillir des baies de chargement et déchargement à l'attention des camions.

— Quand l'usine fonctionnera, d'ici deux semaines, les ouvriers se gareront à l'extérieur et seront transportés en navette jusqu'ici. Ça limitera le trafic qui ne sera plus dévolu qu'au fret, précisa Cédric Girault devant l'incompréhension évidente d'Avi.

— La production n'a pas commencé ?

— Non, pour le moment, seuls les services administratifs sont ouverts. L'installation et les tests de l'unité de production ont été achevés la semaine dernière.

— Et vous le lancez sur quel segment de marché, votre produit ?

— Ce sera un chewing-gum peu calorique et… j'hésite à vous le dire après ce que vous m'avez expliqué des plans de ce… Consortium.

— Au point où nous en sommes.

— Énergisant…

Outre le cynisme étourdissant de la démarche, Avi repensa au credo souvent défendu par Eytan ou Franck lorsqu'il s'agissait d'évoquer les dérives du monde. « Plus c'est gros, mieux ça passe. » Le Consortium mettait un plan hallucinant à exécution et non seulement l'étalait sur la place publique, mais en faisait carrément un argument marketing. Comme quoi, effectivement, plus c'était gros, mieux ça passait. Mais la logique du scientifique s'imposa face à l'indignation de l'homme. Le recours à des produits légaux visant à « donner un coup de fouet » servirait non seulement de leurre, mais aussi de masque aux doses de drogue de combat. Doublement malin. Doublement inquiétant.

Sous la conduite de Cédric Girault, ils pénétrèrent dans l'usine située sur la plus haute plate-forme. L'odeur de peinture neuve saturait encore les lieux. Du sol en béton ciré aux machines en acier inoxydable rutilantes, tout n'était que propreté irréprochable. Trois chaînes de fabrication similaires en tous points et parfaitement parallèles s'étendaient sur la longueur du bâtiment.

Girault profita de ce qu'ils devaient se rendre à l'unité de stockage des matières premières pour expliquer le procédé de fabrication à Avi, désireux de le connaître dans le détail.

— Fabriquer du chewing-gum n'est pas très compliqué. Vous commencez par ce que l'on appelle la gomme base. C'est un mélange à base de polymère. Ensuite, vous versez le colorant, puis les additifs de conservation et enfin ceux pour le goût. Puis vous injectez du glucose, un liquide qui permet de conserver la gomme base souple. Ensuite, du dextrose, un adoucissant en poudre. Une fois les mélanges effectués, la machine va pétrir le tout pendant vingt minutes, ce qui donne à la sortie une matière proche de la pâte à pain. Cette pâte sera ensuite transférée à une machine d'extrusion qui va la découper en longues lamelles molles, semblables à des churros. Après vient le processus de refroidissement, puis le découpage au format final de consommation au rythme de neuf cents gommes par minute. Et voilà, le produit n'a plus qu'à être emballé et expédié. Vous voyez ? Simplissime.

Pour un peu, Avi aurait profité de la visite avec un regard d'enfant émerveillé. Girault connaissait son affaire et une certaine fascination pour le procédé de fabrication transpirait de sa façon de montrer les machines et de décrire le processus.

Ils arrivaient au bout de la ligne de production quand la voix d'Eytan tonna dans l'oreillette d'Avi.

— Il faut qu'on accélère, déclara Avi tout en subissant les claquements sourds des tirs d'Eytan dans son oreillette.

Le fantasque médecin se dit que, si Eytan n'avait pas eu recours aux silencieux, il aurait perdu une bonne partie de son audition durant l'opération.

— Un souci ? demanda Cédric Girault avec le calme de celui qui ignore à quel point une situation échappe au contrôle de ses instigateurs.

— Plutôt une palanquée qu'un seul, mais Eytan s'en charge. Direction l'entrepôt, et au pas de course, maintenant.

Girault ne se fit pas prier et courut en direction d'une porte coulissante verticale située tout à bout du bâtiment. Avi se cala sur sa foulée. Arrivé devant la porte, Girault pressa un gros bouton rouge pour l'ouvrir. Elle s'enroula sur son axe, libérant le passage vers un large couloir au bout duquel une nouvelle porte barrait l'accès. Il tapa un code sur le boîtier situé sur le mur adjacent. Le son d'un lourd mécanisme retentit.

— J'espère que votre ami sait ce qu'il fait, déclara Girault en ouvrant le passage.

— Nous sommes deux.

Ils débouchèrent sur un vestiaire.

— Enfilez des gants, un masque et une charlotte. On oublie la blouse.

— C'est digne d'un laboratoire P4, votre histoire.

— Les normes sanitaires sont drastiques.

— Je m'en doute.

Ils s'équipèrent aussi rapidement que possible, puis quittèrent le sas pour entrer dans un entrepôt gigantesque. Des chariots à roulettes rappelant ceux employés dans les laveries industrielles attendaient sur la gauche. Des centaines de barils se tenaient au garde à vous de part et d'autre de l'allée centrale. De lourds sacs en plastique opaque occupaient de solides étagères en métal montant jusqu'au plafond. Au sol, des marquages de couleur. Sur les containers, des codes-barres pour seules indications. Un espace aussi aseptisé qu'optimisé jusqu'au moindre centimètre carré.

— Que cherchons-nous précisément ? demanda Cédric.

— Une poudre blanche, neutre, semblable à n'importe quelle matière première pour médicament, comme ce à quoi doit ressembler...

— ... le composé énergisant de notre nouveau chewing-gum ?

— Gagné. Le moyen le plus simple pour dissimuler la drogue et maîtriser son dosage consiste à l'intégrer directement à un composant dont tout le monde trouve la présence normale dans l'usine. Les énergisants masquent la drogue qui se trouve de toute façon en minuscule quantité et en devient indétectable aux examens sanguins. Les molécules se séparent durant le transit et traversent la paroi intestinale pour aller se fixer dans le sang. Là, elles vont dormir jusqu'à ce que la dose prédéterminée soit atteinte.

— Comme les nanoparticules, par exemple celles de dioxyde de titane qu'on trouve déjà dans les chewing-gums traditionnels, ces particules qui sont mille fois plus petites que les globules rouges,

peuvent traverser la paroi intestinale et sont potentiellement cancérigènes ?

— Nous parlons la même langue, docteur.

Cédric guida Avi vers le fond de l'entrepôt. Il
s'immobilisa devant deux barils.

— Et voilà. La bombe biologique à retardement.

— C'est l'hypothèse que je partage avec… une
sommité de la science qui travaille avec Eytan
et moi.

— Et sans le savoir, j'ai aidé ces malades à
mettre au point leur plan…

— C'est possible. Mais le plus important dans
votre phrase, est le début : « Sans le savoir. »

— Je ne me sens pas mieux pour autant.

— Si vous voulez vous sentir mieux, aidez-moi
à neutraliser cette saloperie. Mais prenons les problèmes dans l'ordre. Vous stockez des produits pour
combien de temps de production ?

— Trois mois pour le démarrage, ensuite l'approvisionnement sera mensuel, voire hebdomadaire si
les ventes suivent. Ces deux barils correspondent
à la dose nécessaire à des dizaines de milliers de
boîtes. C'est vous dire si le dosage est infime et
précis.

— OK. Bon, il nous reste dix minutes pour
répondre à une question : comment nous débarrasser de cette merde sans que personne s'en aper-
çoive ?

— Vous n'avez pas d'idée ?

— Ne sachant pas exactement sur quoi nous
allions tomber, j'avais gardé des pistes d'impro-
visations, répondit Avi distraitement en levant les
yeux au plafond et vers les énormes tuyaux qui le
parcouraient. L'usine est climatisée ?

— Oui, évidemment.

— Alors j'ai bien plus qu'une idée. J'ai une solution.

*
* *

*Bureaux de l'entreprise,
quelques minutes plus tôt.*

Dje gravit les dernières marches de l'escalier conduisant au septième et dernier étage de l'immeuble. Elle avait mené l'ascension à un rythme infernal qui aurait mis à mal les performances cardio-vasculaires de bon nombre de sportifs accomplis.

Plaquée à la porte, elle observa à droite et à gauche pour s'assurer de l'absence de menace potentielle. Eytan voulait de la discrétion, il en aurait. Une fois sûre de son fait, elle s'élança dans l'interminable couloir qui distribuait les bureaux de la direction et de la comptabilité. D'après les informations fournies par Girault, ce qu'elle cherchait se trouvait deux portes après son bureau – indiqué par une plaque à son nom –, à droite en sortant.

Après une hésitation coupable – formatée par l'armée, Dje se repérait aussi aisément grâce aux points cardinaux ou en degrés voire en heures qu'elle avait des difficultés à reconnaître sa droite de sa gauche –, elle prit ce qui se confirma rapidement être la bonne direction.

Après avoir parlé à Eytan, l'ordre de ne pas intervenir la soulagea. Si elle ne rechignait à aucune des tâches nécessaires au bon accomplissement d'une mission lorsqu'elle la jugeait légitime et utile, Dje ne souhaitait pas pour autant abattre des hommes de sang-froid.

Les premiers coups de feu incitèrent la jeune femme à accélérer le mouvement.

Vingt minutes, c'était à la fois beaucoup et peu pour trouver ce qu'elle cherchait. Elle poussa la porte menant au service juridique et constata avec soulagement qu'elle n'était pas fermée à clef. Elle pénétra dans un vaste *open space*.

Sans attendre, elle se précipita vers l'armoire qui, elle, était bien verrouillée. Elle hésita à la forcer, mais se ravisa tant Eytan avait insisté sur le besoin de ne laisser aucune trace d'effraction.

Dje échafauda une rapide équation. *Si les accès à l'immeuble se font par carte, si le périmètre extérieur est bouclé et surveillé en permanence, si la porte du service juridique ne fait l'objet d'aucune sécurité particulière, et enfin si l'armoire ferme bêtement à clef, alors cette société ressemble à n'importe quelle société. Et dans n'importe quelle société, personne ne court le risque de rentrer chez soi avec les clefs d'armoires pouvant renfermer des documents auxquels le patron pourrait souhaiter accéder en urgence et à toute heure. Donc ces putains de clefs sont forcément dans le coin.*

Elle regarda partout autour d'elle, fouilla chaque tiroir de chaque bureau, tout en prenant soin de ne rien changer de place. Elle examina le moindre pot à crayons. La pression s'accroissait, et ses gestes devenaient, malgré elle, plus hésitants.

Elle finit par découvrir dans l'un d'eux un petit trousseau de clefs minuscules qu'elle serra fort dans sa paume.

Dans son oreillette, les rafales s'intensifiaient.

Chapitre 28

Eytan maintenait une pression constante sur ses adversaires et contraignait le type qui s'apprêtait à exécuter Patrick d'une balle dans la tête à rester à couvert de son van.

Mais l'espoir de sortir le garde du corps de ce mauvais pas se dissipa trop vite.

Depuis son abri, celui qui semblait être le chef des assaillants vida son chargeur en direction de la guérite.

La messe était dite. Les règles scellées. Pas de quartier, pas de prisonnier.

Eytan répondit à l'assassinat par un déluge de feu.

Tout en délimitant un périmètre de tir visant à empêcher quiconque de sortir des véhicules, il établit la liste mentale des paramètres à prendre en compte : temps nécessaire à Avi et Dje pour remplir leurs objectifs, sortie imminente de Jean-Luc et des veilleurs de nuit du bâtiment et nombre potentiel des ennemis prisonniers des voitures et vans estimé entre quatorze et trente-quatre suivant les places occupées. Sans omettre un suivi rigoureux des munitions à sa disposition.

Dans l'absolu, Eytan aurait pu massacrer tout ce petit monde sans avoir à forcer son talent. Sa position préférentielle conjuguée à l'impossibilité d'être découvert lui conférait un avantage décisif que son expérience du combat et sa maîtrise totale de lui-même ne faisaient qu'accentuer. Mais ce massacre n'aurait pour effet que d'annihiler le plan que Franck, Avi et lui avaient concocté pour contrarier celui du Consortium. Il condamnait également à mort le Dr Girault dont l'organisation se débarrasserait sans le moindre état d'âme.

L'heure n'était pas à l'héroïsme, mais au pragmatisme le plus froid, le plus glacial qui soit.

La stratégie s'affina dans toute sa cruauté.

L'efficacité y gagnerait ce que l'honneur y perdrait.

Eytan se désintéressa du butor planqué derrière le van de tête et cibla les roues des véhicules. Avec une précision diabolique, il creva les quatre pneus de chacune des fourgonnettes, laissant traîner quelques rafales sur leur carrosserie pour en confirmer le blindage. Juste de quoi garder sous pression les occupants.

Le temps d'un changement de chargeur en souplesse, et trois des quatre berlines connurent le même sort.

Jean-Luc jaillit de l'immeuble, suivi de près par les veilleurs de nuit.

Sur un champ de bataille, les valeurs s'effacent pour laisser place aux seules priorités et en l'espèce, elles se résumaient à réussir la mission, exfiltrer Avi et Dje et si possible Cédric Girault. Tenter de sauver les deux gardes du corps était une erreur. Idem pour les veilleurs de nuit, dont Eytan doutait qu'ils appartiennent au Consortium. Aussi louable qu'était l'intention, elle compliquait une situation déjà critique.

Si seulement Eytan avait pu éliminer la totalité du commando coincé dans les véhicules sans compromettre sa mission... Si seulement il avait simplement pu faire sauter l'usine pour mettre fin au Programme D-X... Si seulement il n'était pas contraint à une stratégie plus complexe, inscrite dans le long terme. Si seulement il n'était pas déterminé à éliminer une fois pour toutes l'organisation secrète responsable de son existence.

Si seulement ce monde n'était pas dément...

Eytan fit basculer son arme en mode « balle par balle » et, sans trembler, logea un projectile dans la tête de chacun des hommes. Trois tirs parfaits, entre les deux yeux.

Au moins ne se virent-ils pas mourir...

Le seul cadeau qu'Eytan pouvait leur faire et qui, finalement, revenait à accomplir une tâche dont les troupes du Consortium se seraient acquittées après leur avoir fait subir un interrogatoire en règle. Jean-Luc en avait trop vu et, comme tout le monde, il aurait fini par parler sous la torture.

Sa funeste tâche accomplie, Eytan cessa le feu et se concentra sur celui qu'il prenait pour le leader. Toujours à couvert, celui-ci jeta un coup d'œil par-dessus le capot, en direction de la forêt, un téléphone solidement vissé à l'oreille. La fenêtre aurait été suffisante pour l'abattre à la volée. Mais la réussite du plan passait par la survie de ce type.

— Vas-y, ducon, murmura Eytan, préviens papa...

*
* *

Ankara, à proximité
du palais présidentiel Ak Saray

Coincée au milieu d'une procession de voitures officielles depuis près de trente minutes, la limousine progressait à l'allure d'un escargot asthmatique. Juan rêvait de se dégourdir les jambes en fumant une cigarette au grand air.

Mais pour le moment, il sacrifiait aux exigences mégalomaniaques d'un dirigeant turc décidé à illustrer l'adage voulant que, si le pouvoir corrompt, le pouvoir absolu corrompt absolument.

Les invités à la réception donnée en l'honneur de ce qui ressemblait de plus en plus à un dictateur s'entassaient dans des véhicules organisés en procession au milieu d'un invraisemblable bouchon.

Trop loin pour apercevoir un palais dont on disait l'architecture merveilleuse de mégalomanie, Juan se concentra sur son reflet dans la vitre qui le séparait de son chauffeur et lui garantissait au moins un peu d'intimité. Il profita de l'occasion pour lisser ses épais cheveux noirs plaqués sur son crâne. Il caressa ensuite sa courte barbe à l'entretien aussi soigné que celui de ses ongles ou ses sourcils. Son charme ténébreux de matador méritait une attention permanente, tant pour séduire les femmes que pour impressionner les hommes. Et plus Juan approchait de la quarantaine, plus cette attention s'avérait nécessaire.

Il réajustait son nœud papillon quand des vibrations secouèrent sa veste de smoking. Il en retira la phablette dévolue à sa fonction la moins rémunératrice, mais de loin la plus excitante.

Distraction bienvenue dans son marasme actuel...

— Opérations.

— Nous sommes sur site, monsieur. Nous subissons un feu nourri.

— Morg ?

— Je pense que oui.

— Putain... Il est rentré dans l'enceinte ?

— Ça m'étonnerait, il nous allume depuis le périmètre extérieur.

— Nous avons réagi in extremis. Au mieux abattez-le, au pire repoussez-le.

— Ce n'est pas si simple, monsieur. Il est précis, rapide, et il m'est impossible de le repérer.

— Vous pouvez me rappeler combien vous êtes ?

— Vingt-trois unités, monsieur, moi compris.

— Et Morg, il est combien ?

— Pour l'instant, vu que les tirs proviennent tous de la même zone, je dirais qu'il est seul, monsieur.

— Vingt-trois contre un et vous m'appelez pour chialer. Si vous vous retrouvez face à lui, vous comptez faire quoi ? Hurler « maman » et sucer votre pouce ?

— Absolument pas, monsieur. Je demande l'autorisation de lancer mes hommes à l'assaut malgré le risque d'en perdre un nombre non négligeable.

— Évidemment que vous l'avez cette autorisation à la con ! Sur le terrain, c'est encore vous qui commandez, bordel !

— Vous m'avez dit que vous vouliez...

— ... être tenu au courant en temps réel... c'était une image ! Et vous allez me nettoyer ce merdier, et en profondeur. Je ne veux aucun témoin, aucun risque, aucun hasard. Si vous parvenez à repousser Morg, vous lancerez une opération de déminage générale et vérifierez l'intégrité des installations.

— C'était mon intention.

— Alors tout va pour le mieux dans le meilleur des mondes. Occupez-vous de votre fou furieux. Je dois rejoindre Erdogan pour lui fourguer du métal à cracher sur ces cons de Kurdes. Il est gravement atteint, mais il y a quelques billets à gratter. Allez, avec ce que j'entends en bruit de fond, vous avez du boulot, et moi aussi. Ne vous loupez pas. Nous n'aurons pas de deuxième chance.

Juan coupa court à la conversation. Il devait gérer simultanément un assaut contre une place stratégique pour son organisation, l'exfiltration d'un agent de Seattle, et la rencontre avec un client potentiel en pleine dérive dictatoriale.

Il réajusta à nouveau son nœud papillon et les manches de sa chemise en se répétant intérieurement à quel point il adorait sa vie.

*
* *

Eytan consulta sa montre. Cinq minutes venaient de s'écouler depuis l'arrivée du convoi. Il lui fallait encore tenir quinze minutes, en espérant que ce délai suffise à Dje et Avi.

Au moins les situations étaient-elles fixées, ce qui constituait une première étape. En temps normal, il aurait conservé cette domination jusqu'à l'élimination de la menace, mais le véritable enjeu de la partie l'obligerait bientôt à renoncer à son avantage.

Avec un sens aigu de la coordination, les portes de tous les véhicules s'ouvrirent, vomissant des colonnes d'hommes harnachés de la tête au pied.

Eytan épaula à nouveau son fusil.

La séance de ball-trap commença, défouloir idéal qui, en plus, servait sa cause.

En l'espace de dix secondes, autant de combattants tombèrent, frappés en pleine tête, tous issus de la ligne la plus éloignée de la position d'Eytan. À peine avaient-ils sauté de l'arrière du van ou de la portière côté passager que la mort les fauchait.

L'équipage de la deuxième fourgonnette connut le même sort, mais certains avaient presque réussi à se mettre à couvert.

Eytan venait d'envoyer le message le plus limpide et le plus simple à saisir qui soit : je te vois, je te tue. Et l'immobilité totale des abrutis survivants collés aux carrosseries attestait de leur parfaite compréhension des règles du jeu.

Maintenant qu'il avait pris l'ascendant psychologique et gravé ses intentions dans l'esprit de ses adversaires, il ne restait plus qu'à jouer la montre.

Les secondes s'égrenèrent dans un silence si lourd qu'il aurait pu inspirer Ennio Morricone pour *Il était une fois dans l'Ouest*. Ne manquait plus que l'harmonica.

Après une minute complète d'inaction, débuta la séquence qu'Eytan attendait et nommait intérieurement « le grand n'importe quoi ». Un incontournable du répertoire militaire qui consistait à lever son arme par-dessus sa tête et à tirer derrière soi, à l'aveugle. Supposée inciter l'ennemi à la prudence, cette stratégie dénuée d'intérêt tactique servait principalement à enrichir les fabricants de cartouches.

Un commando s'y mit, puis deux, puis dix, finalement tout ce petit monde suivit, dans une cacophonie hallucinante d'inutilité.

Pour éviter de subir les effets de la malchance face à une telle quantité de projectiles tirés dans toutes les directions possibles, Eytan s'allongea sur son perchoir afin de profiter de la protection de la branche. À trois reprises, des éclats d'écorce giclèrent en contrebas et aux alentours sans le faire ciller.

Eytan profita de l'accalmie pendant que les hommes rechargeaient leurs armes pour retrouver la terre ferme, tout en prenant soin de ne pas générer de sons susceptibles d'indiquer sa position. Il était grand temps de passer au tir couché.

Il s'allongea donc au pied d'un tronc voisin et adopta la position classique du tireur de précision, jambes écartées, et épaula de nouveau son arme.

Une nouvelle phase s'annonçait, plus structurée mais tout aussi amusante. Celle-là, il l'appelait « la tactique du con » qui, dans le cinéma américain, correspond au célèbre « vas-y, on te couvre ». Les planqués se lèvent tous en chœur et allument comme des forcenés pendant qu'un ou plusieurs intrépides quittent leur position à couvert pour progresser vers une nouvelle position.

Lorsque les premières rafales se firent entendre, couvrant partiellement les « *go, go, go* » des quatre imbéciles qui s'élançaient au pas de charge vers la forêt, Eytan se demanda si l'univers avait engendré phénomène plus prévisible qu'un militaire... Lui, à l'inverse, cultivait l'imprévisibilité. Il ne visa pas les hommes en plein assaut, mais ceux qui les couvraient. Cinq pressions sur la détente, cinq nouveaux morts.

Le choix des cibles déstabilisa la section lancée vers la forêt. Ils jetèrent un regard derrière eux et virent leurs camarades tomber. Ils repartirent de l'avant puis hésitèrent un moment avant de se jeter à plat ventre dans la lisière de la forêt.

Rapide décompte.

Quinze morts lors de la première séquence. Cinq lors de la deuxième. Restaient une dizaine de gugusses : le chef, qui commençait à fusionner avec le capot de son van, quatre miraculés qui ne devaient leur survie qu'au plan échafaudé par Eytan et six autres guignols répartis entre les voitures et les fourgonnettes. Bref, un superbe chaos illustrant à merveille la règle d'or : diviser pour régner.

Début de la troisième et avant-dernière phase : la séquence épouvante. Pour être totalement réussie, celle-ci exigeait doigté, détermination et une pointe de vice. Hélas pour les participants, Eytan y excellait plus encore que dans les précédentes.

Il abandonna son fusil à terre, bien en évidence, puis se colla à un arbre voisin, de manière à n'être détectable ni du parking ni de la partie de la forêt située de l'autre côté de la voie d'accès où se trouvaient ses quatre cibles. Il dégaina ensuite les deux couteaux fournis par Dje. En toute logique, ces hommes s'éloigneraient de dix pas les uns des autres pour quadriller le plus de terrain possible tout en conservant un contact visuel et sonore. Ensuite, ils avanceraient, arme au poing, en balayant du regard la droite, la gauche et le sol, puisque les derniers tirs subis ne provenaient plus d'une position en hauteur.

Ce qu'ils firent.

Un nouveau tir retentit dix secondes plus tard qu'Eytan ne l'avait envisagé pour leur permettre de traverser la route et rejoindre ainsi leur agresseur.

Malgré de louables efforts de furtivité, le bruissement des pas indiquait la position des commandos aussi clairement que si Eytan les avait en ligne de mire. Ainsi savait-il qu'il était positionné pile entre les deux hommes du milieu.

Quatre pas.

Il croisa les bras sur ses épaules et raffermit la prise sur la lame de ses armes, poignée vers le haut.

Trois pas.

Restait un point à éclaircir avant d'en finir.

Deux pas.

Ces types étaient-ils sous l'emprise de la drogue de combat produite par le Consortium ?

Un pas.

Réponse imminente.

Au moment où la ligne formée par les soldats coupa la position d'Eytan, il déplia les bras d'un geste vif et délié, expédiant les couteaux vers les deux du milieu. Celui de gauche émit un gémissement ténu quand le métal déchira la chair de sa gorge. Il bascula sur le côté et se vida consciencieusement de son sang. Celui situé à droite connut un sort différent. La lame ne pénétra pas au niveau de la carotide, mais à la jointure du cou et du deltoïde. De quoi souffrir, mais pas mourir. Enfin, pas sur le coup.

Un hurlement perçant et de multiples tentatives maladroites d'agripper le couteau plus tard, l'homme fournissait à Eytan la réponse à sa question : pas drogués.

Et en avant pour l'ultime phase. La plus délicate.

Pris dans le feu croisé des deux commandos indemnes, Eytan profita de leur surprise et de la couverture fournie par l'homme de droite qui battait des bras pathétiquement. Le géant partit en trombe vers la route.

— Contact ! hurla l'un des survivants derrière lui, avant d'ouvrir le feu.

De la façon la plus logique qui soit, les ennemis restés sur le parking ainsi que leur chef avaient quitté leurs couvertures respectives pour refermer le piège sur leur agresseur.

Sans cesser de courir, Eytan dégagea la sécurité du holster à sa cuisse et dégaina un Glock 17. Puis il s'arrêta soudain et pivota à cent quatre-vingts degrés. Quatre coups de feu fauchèrent ses deux poursuivants immédiats.

Restait maintenant à s'occuper des trois derniers péquenauds et de leur chef.

Eytan se releva, puis repartit, non pas vers la route, mais vers la Jaguar dissimulée par Dje.

Il s'installa au volant, prit soin de claquer la portière le plus bruyamment possible, et démarra le moteur. La voiture patina quelque peu, soulevant des mottes de terre et de branchages mêlés, puis avança brusquement. Une fois les pneus sur le bitume, le bolide exprima sa pleine puissance.

En regardant dans le rétroviseur, Eytan constata avec satisfaction que ce qu'il restait du commando envoyé par le Consortium s'engouffrait dans la seule voiture encore en état de fonctionnement, et s'élançait à sa poursuite.

— Situation, ordonna-t-il après avoir pressé son oreillette.

— Avi. Prêt à décrocher dans trois minutes. Terminé.

— Dje. Prête. Terminé.

— Aucune trace de menace pour vous ?

— Avi. Aucune. Terminé.

— Dje. Aucune. Terminé.

— Parfait, j'éloigne les derniers ennemis. Vous dégagez au plus vite. On se retrouve au point de rendez-vous dans deux heures. Beau travail, tout le monde. Ah, message pour Avi et Cédric : évitez de regarder le parking quand vous partirez...

Chapitre 29

Seattle, quelques heures plus tôt.

Après deux jours en apnée, Andy avait enfin pu s'accorder une nuit de sommeil si profond qu'un tremblement de terre n'aurait pas réussi à l'interrompre. Toutefois, elle fut peuplée de cauchemars à la vivacité horrifique. Aux images de Cynthia pendue par les pieds dans le hangar désaffecté s'ajoutèrent celles de Satch étendu au sol, du faux gardien de nuit prêt à le frapper à son tour, du géant au tee-shirt ensanglanté. Une cacophonie de cris, chocs et sons de moteur amplifiait l'impression de sombrer dans les enfers, ou pire, au cœur de la noirceur de l'âme humaine.

Et pourtant, c'est la douceur qui le rappela au monde réel, celle de Damian qui, avec un luxe de tendresse et de prévenance, suppléa le réveil. Ils partagèrent un petit déjeuner durant lequel le policier conta à son compagnon une version expurgée, et surtout la moins anxiogène possible, de ses mésaventures. Version similaire à celle fournie à ses supérieurs et au FBI, et qui, si elle venait à être démontée, lui vaudrait non seulement la perte de son travail mais aussi un probable passage par la case prison.

Lors de la réunion de débriefing imposée par le FBI, la veille au soir, le capitaine Tanner s'était montré d'un soutien bienvenu face aux rafales de questions des agents Rosicky et Stamos. Les fédéraux avaient fouiné dans les moindres détails, éprouvant à de multiples reprises les dires d'Andy sans cacher leurs doutes devant son récit. Le chef était venu à son secours en rappelant qu'un flic avait été sauvé grâce à son collègue, qu'une victime potentielle avait été identifiée et mise à l'abri, et que la respectable institution créée par le pas du tout respectable J.E. Hoover disposait d'un témoin susceptible de débloquer son enquête. Tout ça grâce au courage et à l'abnégation d'un membre des forces de police de Seattle. Bref, il ne voyait pas de raison de s'acharner sur des broutilles dans la mesure où tous les intervenants sortaient vainqueurs de ce bordel.

Chacun avait suivi sa partition avec application. Évidemment, Tanner s'était fendu de félicitations pour son protégé face aux agents avant, une fois les deux pingouins partis, de dérouler une liste exhaustive des sévices corporels qu'il lui réservait s'il « ne lui déballait pas la totale en lui payant une tournée ». Une promesse qui ne coûta guère au jeune lieutenant tant il était impatient de partager l'impensable aventure qu'avaient été les dernières quarante-huit heures. Mais avant de s'en acquitter, il obtint l'autorisation de rendre visite à Claire Turnip, désormais sous la protection conjointe du Bureau fédéral et de la police de Seattle. À une prévenance sincère s'ajoutait l'espoir d'établir un lien dont l'informalité lui permettrait peut-être d'obtenir des renseignements susceptibles d'aider Eytan.

L'absence de nouvelles de celui-ci contrariait quelque peu Andy, quand bien même la proximité de cet homme était synonyme de danger mortel et immédiat.

Le reste de la matinée se perdit sous une montagne de rapports, formulaires et autres déclarations administratives. Seules quelques nouvelles rassurantes de Satch – sous la forme de SMS laconiques – égayèrent la fastidieuse mais inévitable besogne.

Après un sandwich englouti sur le pouce, Andy conduisit jusqu'à l'hôtel où, grâce à la générosité fédérale, le témoin principal de l'affaire bénéficiait d'une suite.

Au dernier étage du luxueux établissement situé au cœur de la ville, ladite suite était gardée par deux agents spéciaux conformes à tous les stéréotypes. En costume, cravate noire et chemise blanche, les cerbères rappelaient Will Smith et Tommy Lee Jones sur les affiches de *Men in Black*. Andy se présenta à eux avec la crainte de les voir dégainer un stylo d'où jaillirait un flash lumineux qui effacerait de sa mémoire les derniers jours. Ça aurait au moins quelques avantages…

Après vérification de son identité, l'accès au témoin lui fut accordé et Claire Turnip ouvrit la porte pour l'accueillir avec le genre de sourire qui justifie les sacrifices consentis et l'âpreté du métier de flic.

— Faites comme chez vous, lieutenant, mettez-vous à l'aise.

Andy accepta l'invitation et retira son blouson de cuir, révélant le holster autour de ses épaules et noué sur son torse.

— Dans sa grande générosité, l'hôtel fournit thé et café. Puis-je vous proposer une boisson chaude ?

— Un thé, avec plaisir. Merci. Vous êtes bien installée ?

— Je ne m'attendais pas à un tel luxe quand vous m'avez parlé de me mettre à l'abri. Entre les hommes qui montent la garde dans le couloir et votre visite, je me sens en parfaite sécurité. Le confort de cette suite achève de m'apaiser, si telle est votre question. La seule chose qui me manque, ce sont mes livres.

— Nous arrangerons cela. Vous aimez lire ?

— J'ai découvert la lecture sur le tard, mais je ne peux plus m'en passer. Je dévore au moins un bouquin par semaine.

— Un genre de prédilection ?

— Pas particulièrement. J'ai des goûts éclectiques. Je plonge avec le même plaisir dans Borges ou dans Steve Berry.

— Je lisais pas mal de thrillers avant d'entrer dans la police. J'aimais bien ça.

— Mais depuis que le crime fait partie de votre quotidien, vous appréciez moins.

— Disons que je pointe rapidement les incohérences avec la réalité. C'est regrettable, d'ailleurs. Un roman ne devrait pas forcément retranscrire la vérité factuelle.

— Je suis d'accord avec vous. Certains livres sont là pour nous emporter, même dans l'invraisemblable. Une évasion d'autant plus salutaire quand on travaille au contact de ce que la vie a de plus dur à offrir.

— Allez faire comprendre aux gens la dureté de notre quotidien...

— Ils ne peuvent pas la mesurer avant d'y être confrontés eux-mêmes. Aussi loin que je fouille dans ma mémoire, j'ai toujours voulu soigner, sauver, me rendre utile. Infirmière est bien plus qu'un métier. C'est un sacerdoce. Comme flic.

— C'est clair. Nos métiers sont similaires à plus d'un titre. Le boulot laisse peu de place à la vie privée. Sans parler du fait que nous mettons les mains dans la merde d'une société qui ne veut surtout pas la voir. La différence est que les flics sont souvent perçus comme des ennemis, là où vous êtes considérées comme des héroïnes.

— Vous avez raison pour ce qui est de mettre les mains dans la merde. Mais chez nous, ce n'est pas une métaphore. J'ai passé des années à vider des seaux d'excréments, à placer des sondes urinaires, à faire des toilettes mortuaires, le tout dans les conditions les plus dégueulasses imaginables. J'ai suivi des patients depuis l'annonce de leur cancer jusqu'à leur chimio et parfois leur décès. J'ai vu mes collègues s'effondrer, sombrer dans la dépression et tenter de la tromper dans l'alcool. Ce boulot nous déconstruit jusqu'à ce que nous nous effondrions. Tout est bon pour oublier, et j'ai tout essayé. Les sorties en boîte après le boulot, les coups d'un soir, l'ivresse à tout prix pour nier la réalité. Mais le devoir n'attend pas, alors nous, les héroïnes comme vous dites, on doit être là, envers et contre tout. Jusqu'au jour où on pète les plombs et où on se brise comme un bateau sur des récifs.

— Qu'est-ce qui vous a fait craquer, vous ?

— La journée de merde de trop. Trois décès dans l'après-midi, suivis d'une soirée où j'ai beaucoup, beaucoup trop bu. Retour à mon appartement, et craquage en règle. Je ne me souviens pas de grand-chose, j'étais incohérente et confuse. C'est une amie, qui m'a appelée à ce moment-là, qui a prévenu les pompiers.

— Je vois. C'est violent.

— Surtout quand vous n'avez personne à vos côtés pour vous soutenir. Je venais de vivre une séparation douloureuse. La goutte d'eau...

— Et pourtant, vous êtes toujours infirmière.

— Mes supérieurs ont été compréhensifs. On m'a affectée à un service moins difficile. Je ne m'en suis pas si mal sortie.

Le claquement de la bouilloire indiqua que la bonne température était atteinte. Claire versa délicatement l'eau chaude dans deux tasses marquées du logo de l'hôtel. Elle disposa avec délicatesse un sachet de thé et un sucre sur la table

— Je comprends ce que vous vivez. Je suis loin d'avoir atteint le stade que vous avez connu, et en vous écoutant, je me dis que mon compagnon m'apporte une stabilité salutaire.

— Vous êtes homosexuel ?

— Oui.

— Dommage, sourit Claire en présentant à Andy une tasse de thé fumant.

Il la saisit, une main sur la soucoupe, l'autre sur la tasse pour maintenir un équilibre précaire, et il sourit en retour, habitué à décevoir les femmes.

— Comment êtes-vous parvenue à sortir de votre dépression ?

Claire demeura penchée et s'approcha si près de son visage qu'il sentait son souffle sur sa peau.

— Grâce à mes amies. Et je tiens à ce que vous sachiez que je les ai protégées le plus possible, murmura-t-elle.

— De quoi parlez-vous ? demanda Andy.

Avec une vitesse fulgurante, Claire tendit la main vers le holster du policier, dont elle fit sauter la languette de protection avant d'en extraire son arme.

Tasse et soucoupe volèrent en éclats.

— Si seulement Cynthia n'avait pas fouiné...

La peur muette qui croissait en Andy hurla en même temps que le canon du pistolet pointé vers lui. Avant même qu'il puisse localiser la partie de son corps d'où provenait la violente douleur qui l'envahissait, une nouvelle détonation claqua. Abandonné par ses jambes, il s'agenouilla tout à coup puis, torturé par le feu qui embrasait ses quadriceps, bascula tête la première contre la moquette tuftée. Cette fois, le doute n'était plus permis. Deux balles. Une pour chaque cuisse. Son rythme cardiaque s'emballa dangereusement et respirer lui réclama un effort considérable. Tandis que la pire des fièvres consumait son front, un froid glacial s'empara de tout son corps. Ses doigts se contractèrent sous l'effet de la douleur. Haletant, il releva le menton.

Claire se tenait face à lui, arme baissée vers le sol. Sourire en coin, elle le considérait avec curiosité.

La porte d'entrée de la chambre s'ouvrit à la volée. Claire cacha ses mains dans son dos. Les deux agents du FBI en faction déboulèrent, pistolets au poing. Andy aurait voulu hurler pour les prévenir, mais encore choqué, il n'en eut pas la force.

Avant qu'ils aient pu prendre conscience de la situation, et avec un calme confondant, Claire leur logea à chacun une balle entre les deux yeux.

Claire enjamba les corps sans leur accorder le moindre regard, referma la porte, puis regagna le salon. Elle fouilla les poches du blouson d'Andy pour en sortir le téléphone. Une lumière bleue clignotante et une icône indiquaient un appel en absence, dont seuls les premiers chiffres étaient affichés ; c'était un numéro étranger. Elle consulta sa montre puis fit glisser un fauteuil pour le positionner dans l'axe du policier avant de s'y installer, jambes croisées. Elle posa le portable d'Andy sur un des accoudoirs.

— Vous remercierez le FBI d'avoir choisi cet endroit pour me loger. Son isolement du reste de l'hôtel garantit la discrétion des coups de feu. Où en étais-je ? Ah oui... Si seulement Cynthia n'avait pas mis la main sur cette clef USB, poursuivit-elle comme si rien ne venait de se produire. Si seulement cette cruche ne m'en avait pas parlé et évoqué ses craintes que notre mission humanitaire n'ait servi à couvrir des tests pharmacologiques sur des êtres humains...

Andy ouvrit la bouche, mais seul un râle de souffrance franchit ses lèvres.

— Vous me demandiez comment je m'étais remise de mon burn out ? Je suis partie dans une maison de repos, pour couper avec mon univers et tenter de me reconstruire. Mais j'y ai trouvé bien plus que cela. J'ai rencontré une femme, là-bas. Elle suivait une cure de sommeil. C'était une personne exceptionnelle, humaine, visionnaire. Elle m'a considérée. Respectée. Vous comprenez ? Respectée. Je n'aurais jamais cru cela possible, mais je suis tombée amoureuse d'elle et cet amour s'est avéré réciproque, bien loin de la lubricité sordide de vos congénères masculins. Alors quand elle m'a proposé de rejoindre l'organisation à laquelle elle appartenait et qu'elle dirige aujourd'hui, j'ai saisi l'opportunité. J'ai recruté mes amies pour les extirper de leur quotidien, et leur faire gagner de l'argent par la même occasion. J'ai même sondé le terrain pour les recruter, mais elles manquaient de hauteur, d'ouverture d'esprit.

— Vous nous avez dit que Virginia vous avait toutes recrutées...

— Je mens bien, n'est-ce pas ? J'ai eu un petit coup de stress quand vous m'avez appelée mais j'ai vite compris que vous me considériez comme une victime et non une coupable. Et jouer la victime n'avait rien de sorcier. Je n'allais tout de même pas m'attirer les foudres de la police ! Sans parler de celles de votre comparse. Cet homme a de quoi inquiéter même une innocente. Alors imaginez une coupable. Mais, éclairez-moi, lieutenant Irvine, par quel étrange caprice du destin un policier de Seattle se retrouve-t-il à collaborer avec un ancien tueur professionnel passé par les rangs du MI6 et du Mossad ? Un homme qui s'évertue à contrarier nos projets depuis des années.

Le silence d'Andy, entre volonté de ne pas compromettre son sauveur et le peu qu'il savait sur ce dernier, fut disséqué par le regard perçant de l'infirmière.

— Vous ignorez qui il est vraiment, n'est-ce pas ? Le plus amusant est que, jusqu'à ce que je prévienne mon organisation du sort que vous me réserviez, je l'ignorais aussi. Remarquez, le peu que je sais de lui est tellement invraisemblable que vous ne me croiriez pas.

Elle sortit de la poche de son gilet un smartphone qu'elle posa sur un des accoudoirs, à côté de celui d'Andy.

— Oui, j'ai remis mon portable personnel à vos amis du FBI qui me l'ont demandé pour s'assurer que je ne l'utilise pas, au risque de faire repérer son signal. Mais j'ai conservé celui de mon... comment dire... activité parallèle. C'est confortable, le rôle de victime. On ne vous fouille pas, on gobe tout ce que vous racontez... confortable, vraiment.

Jusqu'au trognon. L'expression tournait en boucle dans l'esprit d'Andy. Claire les avait baisés jusqu'au trognon. Et ni lui, ni Eytan, ni le FBI n'avaient rien vu venir. Certes elle avait su donner le change, et rien ne trahissait sa culpabilité, mais tous s'étaient enferrés dans une certitude qui, il le savait, allait lui coûter la vie.

— Vous êtes un homme sympathique, lieutenant. Alors je vais vous faire une proposition et je ne la ferai qu'une fois. Joignez-vous à nous. Vous aussi, vous serez considéré, rémunéré, vous vous élèverez au-dessus de cette fange qui nous englue et nous salit. Vous participerez à une œuvre plus grande que vous ne pouvez l'imaginer. Le Consortium dessine les contours d'un monde neuf, façonne l'avenir d'une humanité qui a désespérément besoin d'être guidée. Rejoignez-nous.

— Vous êtes cinglée...

La réponse fut automatique, irréfléchie, comme l'expression d'un réflexe d'honnêteté et loyauté mêlées. Le discours de cette femme possédait une seule vertu aux yeux embués du policier. Il attestait des bonnes intentions d'Eytan. Alors oui, Andy allait mourir, mais il avait fait le bon choix en accordant sa confiance au géant, et cette pensée, pourtant futile face à l'enjeu, le réconfortait.

— Je vais oublier l'insulte et ne retenir que ce que je considère comme votre refus. Prévisible mais regrettable.

Elle consulta l'écran de son téléphone.

— Mes chauffeurs sont arrivés, vous m'excuserez de prendre congé un peu abruptement. Adieu, lieutenant Irvine, et merci d'avoir voulu me protéger. Cet altruisme vous vaut la vie sauve. À moins que l'hémorragie ne vous tue, ce qui arrivera vite sans prise en charge. Je vous aurais volontiers soigné, mais ma carrière d'infirmière s'est arrêtée quand vous avez découvert mon existence...

Claire se leva d'un bond, mima une parodie de salut militaire, ramassa son sac à main et quitta la suite.

Andy la regarda s'éloigner d'une démarche fière et hautaine. Il tenta de ramper jusqu'à son téléphone, mais ses forces l'abandonnèrent quand une nouvelle vague glacée parcourut son corps. La chambre devint floue, puis disparut dans les ténèbres.

*
* *

Satch traversa le hall de l'hôtel aussi vite que son embonpoint le lui permettait. Sans parler des maux de tête qui ne le lâchaient plus depuis que les analgésiques dispensés par l'hôpital avaient cessé d'agir.

L'étrange appel téléphonique reçu quelques minutes plus tôt lui avait fait l'effet d'un électrochoc au point de le transcender par-delà les courbatures ou l'épuisement. Le mystérieux individu avait trouvé les justes mots pour sortir le policier vétéran de sa torpeur.

Englués dans les méandres d'une mémoire salement amochée par le coup reçu, les événements des dernières heures ne trouvaient aucun enchaînement logique et les explications succinctes livrées par Andy ne suffisaient pas à emboîter les pièces du puzzle.

Les seules certitudes glanées durant la conversation avec l'inconnu – plutôt un monologue – étaient que le gamin s'était retrouvé malgré lui dans un merdier épique et qu'il pourrait bien ne pas bénéficier d'une bonne fortune similaire à celle qui avait épargné à Satch une fin brutale.

Trente années passées dans la police avaient appris au vieux de la vieille à distinguer le menu fretin du gros gibier. Et le mec à l'autre bout du fil n'avait rien d'un plaisantin. L'assurance dans la voix, l'approche méthodique des faits et le choix d'un vocabulaire martial indiquaient qu'il s'agissait d'un homme formé à l'école des forces spéciales. Quant à sa connaissance de l'enquête policière, elle ne pouvait provenir que de renseignements fournis par Andy. De quoi prendre au sérieux les menaces qui pesaient sur la vie du gamin.

Satch n'avait pas réfléchi à deux fois et avait déserté sa chambre après avoir enfilé son pantalon, ses chaussures et son imperméable. Caleçon et chaussettes étaient une perte de temps. Son arme, elle, croupissait quelque part dans les locaux de la police depuis son hospitalisation.

Il avait ignoré les éclats de voix de l'infirmière en chef, et le temps que celle-ci rameute collègues et médecins, il avait déjà réquisitionné une voiture sur le parking. Il était tombé sur un futur papa qui, après avoir vu sa plaque de policier, avait accepté de lui servir de chauffeur. Il avait ensuite passé un rapide coup de fil à Tanner qui, une fois prévenu du danger encouru par le lieutenant Irvine, lui avait donné l'adresse de l'hôtel où logeait Claire Turnip.

La complicité entre les deux grands anciens du service avait joué à plein et, pendant que Satch se rendait à l'hôtel, Tanner avait rameuté les troupes et s'était mis lui-même en route.

Voilà comment, vingt minutes après l'appel d'un dénommé Eytan dont il ne savait rien, Satch se retrouvait dans l'ascenseur menant à la suite réservée par le FBI, dont les représentants locaux eux-mêmes devaient se pointer sous peu.

Seul et sans arme, la prudence aurait dicté d'attendre le soutien. Mais si la prudence est mère de sûreté, elle s'accorde mal à la fidélité.

Satch parvint au dernier étage de l'immeuble. Il passa la tête entre les portes ouvertes de l'ascenseur pour découvrir un couloir désert, qui s'étendait sur une dizaine de mètres de part et d'autre de l'appareil et desservait deux suites, situées chacune à une extrémité. Si l'absence de garde en faction ne suffisait pas à donner l'alerte, la porte entrouverte de l'un des appartements remplissait allégrement ce rôle.

À pas feutrés, il longea le mur, puis arrivé au niveau de la porte, s'y colla pour écouter ce qu'il se passait à l'intérieur. Rien. Aucune activité. Satch pénétra dans la suite, sans plus prendre de précaution. S'agissait-il d'une prescience nourrie par l'habitude du pire ? D'un renoncement entretenu par une carrière trop longue pour croire encore aux fins heureuses ?

La scène qu'il redoutait s'offrit à lui dans toute son horreur.

Deux hommes gisaient au sol, le front perforé, leurs corps tordus dans des poses improbables, grotesques. Un peu plus loin, au pied d'un fauteuil, Andy reposait sur le ventre, face contre terre. Sous ses jambes, deux énormes taches noircissaient la moquette en un funeste présage.

Et puis, tout à coup, l'espoir surgit de nulle part. L'élève secoua la tête avant d'être pris d'une violente quinte de toux. Le maître se précipita vers lui et s'accroupit à ses côtés.

Comme s'il avait senti sa présence bienveillante, Andy ouvrit péniblement les yeux.

— T'es plus blanc qu'une merde de laitier, plaisanta Satch en caressant les cheveux de son protégé. Andy... Laisse-moi regarder.

Satch examina les perforations créées par les balles dans le jean d'Andy. Il dégaina son téléphone puis appela les secours.

— Ça va aller, gamin.

— Elle s'est enfuie, murmura Andy. Elle a fait tuer Cynthia. Il faut la rattraper.

— Reste calme. On va lancer un avis de recherche, mais ne t'agite pas.

— Qu'est-ce que tu fous ici ?

— À ta place j'aurais sans doute posé la même question, mais commencer par « merci » n'aurait rien de scandaleux.

— Merci, Satch...

Le sourire affiché par Andy se mua à nouveau en rictus de douleur. Ses doigts se posèrent sur la main du solide vétéran et serrèrent de toutes les forces dont il disposait.

— Ça sert à ça un équipier, fiston.

— Alors, qu'est-ce que tu fous ici ? insista le jeune inspecteur.

— J'ai reçu un coup de fil à l'hosto. Je ne sais pas de qui il s'agit, mais il a su trouver les mots pour que je ne l'envoie pas chier. Et visiblement, ce mec t'a à la bonne. C'est surtout à lui que tu dois des remerciements. À moi, tu dois plutôt des explications.

— Je te raconterai tout, je te le jure, mais promets-moi de ne parler de lui à personne.

— Pourquoi je ferais ça ?

— Ce n'est pas moi qui t'ai sauvé la peau à l'entrepôt.

— Je sais, petit, c'est l'homme qui m'a appelé. Eytan.

— C'est quelqu'un de bien, Satch. Faut le couvrir.

Satch acquiesça, et pendant qu'Andy, dans un état second, répétait en boucle « faut le couvrir », il se rendit à la salle de bains, mouilla une serviette puis s'assit à côté de son protégé afin d'humidifier son front brûlant. Le vétéran veilla sur la recrue, comme la recrue avait veillé sur le vétéran.

Satch s'écarta à peine à l'arrivée des secours. Il accompagna les brancardiers lorsqu'ils évacuèrent Andy sans jamais cesser de lui tenir la main. Seule l'insistance du médecin à répéter qu'Andy se remettrait de ses blessures convainquit Satch de le laisser partir.

L'arrivée de Tanner, accompagné par une légion de flics, sonna comme un véritable réconfort face à la solitude qui envahissait le vieux policier.

— Vous commencez gentiment à me faire chier tous les deux, tonna Tanner en se ruant sur lui.

— Kris ? Pas maintenant.

— Je te foutrais volontiers une avoine pour avoir quitté l'hosto…

— Te retiens pas.

Le jeu de rôle reprenait ses droits. La vie reprenait son cours. À cet instant seulement, Satch réalisa qu'Andy était sauvé. Le regard de Tanner s'adoucit. À croire qu'il partageait les sentiments de son complice de toujours.

— Tu vas faire comme le môme et m'inventer un ramassis de conneries pour justifier ta présence ici, pas vrai ?

— Je n'ai pas encore pris le temps de réfléchir, mais il y a des chances que je te pipeaute, ouais. À ma décharge, j'ai raté un paquet d'épisodes dans l'histoire et je suis presque autant à la ramasse que toi, mais je peux t'affirmer deux choses : ce bordel nous dépasse. Et nous avons tout intérêt à nous en tenir le plus loin possible.

Une voiture déboula en trombe et se gara en épi dans un crissement de pneus.

— Ouais, il nous dépasse, mais il va falloir le gérer, le merdier, soupira Tanner en voyant Rosicky et Stamos sortir du véhicule, visages fermés.

— Et moi je te paye un verre une fois que c'est fait.

— À quoi trinquerons-nous ? Aux merdiers, à tous les connards comme nous qui y plongent les mains ?

Sans attendre la réponse, Kris Tanner partit à la rencontre des fédéraux.

— Je trinquerai à tous les Andy assez cinglés pour vouloir prendre notre relève.

Chapitre 30

Montreux.

Avi et Cédric quittèrent l'usine après que le futur ex-P-DG de l'entreprise se fut assuré qu'aucune trace ne subsistait de leur intervention. Ils se précipitèrent dans leur voiture, non sans prévenir Dje qu'ils la récupéraient au passage. Elle confirma en avoir terminé avec sa partie de la mission et leur indiqua qu'elle se trouvait déjà dans le hall et guettait leur arrivée.

Sans nouvelles d'Eytan depuis plusieurs minutes, les deux hommes retrouvèrent la jeune femme puis prirent le large après avoir traversé le champ de bataille laissé derrière lui par leur leader.

La guérite à l'entrée de la société s'était à moitié effondrée et ce qui restait de la structure était criblé d'impacts de balles. Tout comme les trois fourgonnettes et les deux voitures noires dont les carrosseries, pourtant blindées, portaient les stigmates d'une embuscade prévue pour ne laisser aucune chance à ses victimes. Et au cas où les dégâts matériels n'auraient pas suffisamment attesté de la violence de la confrontation, la multitude de cadavres jonchant le bitume ne laissait pas de place au doute.

Savoir ce dont Eytan était capable était une chose. Être confronté aux résultats de cette capacité en était une autre. Même Dje, pourtant passée par l'armée française et ses services action, écarquilla des yeux stupéfaits.

— Que s'est-il passé ? demanda Cédric d'une voix chevrotante.

— Ils se sont pointés au mauvais endroit, au mauvais moment, commenta Avi d'une voix blanche.

— Et ils s'en sont pris au mauvais gars, confirma Dje.

Par réflexe, Avi avait ralenti et traversait au pas ce cimetière à ciel ouvert, lui conférant une certaine sacralité.

— Vous voulez dire qu'il a affronté tous ces gens seul ? insista Cédric.

— Oui. Et pire, il n'a même pas forcé.

Dje enfonça le clou.

— Imaginez quand il doit s'employer...

— Je mesure ma chance d'être encore en vie.

— Cédric, s'il avait eu le moindre doute vous concernant, la chance n'aurait pas suffi à vous sauver.

Avi accéléra et, guidé par Dje, la déposa où était caché le 4 × 4 d'Eytan, à la lisière de la forêt. Ils prirent ensuite la direction de la villa où ils s'étaient retrouvés quelques heures plus tôt. Le jour se levait, colorant le ciel d'un rose pastel. Le silence domina durant le trajet, chacun guettant un signal sonore d'Eytan, sorti du rayon d'action des émetteurs depuis un long moment. Jusqu'à...

— Vous en êtes où ?

Entre deux grésillements, la voix du géant se fit plus claire. L'ambiance s'allégea. Même Cédric, dont la situation s'annonçait la plus précaire, esquissa un sourire.

— Avi. Nous sommes en route. Terminé.

— L'opération est achevée, Avi, tu n'as plus besoin de respecter les consignes de transmission.

Dje ne put refréner un éclat de rire.

— Où es-tu ? demanda-t-elle.

— Je suis au point de rendez-vous. Je vous attends.

Une poignée de minutes s'écoulèrent jusqu'aux retrouvailles. Eytan, assis sur un muret à demi effondré, les attendait, un cigare entre les dents. Il tordait sa casquette pour l'essorer, ce qui alimenta une flaque déjà large au sol. La lueur des phares dévoila un Eytan trempé de la tête aux pieds. Sa veste séchait à côté de lui, et son tee-shirt moulait son torse, soulignant la puissance de sa musculature.

Dje se gara près de lui et coupa le contact tout en laissant les phares allumés.

— Tout va bien ? s'enquit Avi à peine sorti.

Lui seul remarqua la seringue vide posée sur sa veste.

— Impec, répondit Eytan comme si la question le surprenait. Pourquoi ?

Il se leva, plus dégoulinant qu'une éponge pressée.

— Non, mais tu as raison, je ne sais pas ce qui me pousse à te poser la question. Peut-être les bagnoles criblées d'impacts de balle sur le parking. À moins que ce ne soit la vingtaine de cadavres qui jonchaient le bitume. Ou le fait que tu es là sans ta voiture et trempé comme une soupe. Tu sais ce que c'est, les angoissés, ça s'inquiète toujours pour des détails...

— Malgré les apparences, je n'ai jamais été vraiment exposé. J'ai baladé les quatre péquenauds que j'ai épargnés pendant une petite course-poursuite à travers la campagne montreusienne histoire de vous laisser le temps d'achever vos tâches. Au bout d'un moment, je leur ai donné l'impression qu'ils allaient me coincer et j'ai fini en jetant la bagnole dans le lac.

Il s'adressa à Dje :

— Je réglerai la note. Désolé.

— Oh, moi, tant que tu payes... soupira-t-elle, à peine concernée.

— À l'heure qu'il est, soit ils me pensent noyé, poursuivit Eytan, soit ils pensent que je m'en suis sorti, mais dans les deux cas, ils sont certains de m'avoir mis en déroute avant que j'aie pu faire un feu d'artifice avec leur usine. Donc, ils sont persuadés d'avoir gagné alors qu'ils ont perdu. C'est con, un méchant, conclut Eytan avec un sourire satisfait. Et vous alors ? Comment ça s'est passé ?

— À ce niveau, je préfère me taire, souffla Avi.

— Tu exerceras ton droit au mutisme après m'avoir rendu compte de tes propres exploits.

— Nous avons trouvé le produit que nous cherchions. Pour être tout à fait honnête, nous *pensons* l'avoir trouvé. Il nous aurait fallu un laboratoire d'analyse et plusieurs jours pour en être certains à cent pour cent, annonça Girault.

Avi intervint pour couper court à l'irritation naissante d'Eytan. Il soupira.

— Je sais que supposer est le plus sûr moyen pour se faire enfler, mais les réserves émises par Cédric sont purement scientifiques. Il n'y a qu'un seul moyen pour le Consortium d'intégrer la drogue à sa recette pour une fabrication industrielle et sans qu'elle soit détectable : la masquer derrière un autre produit. En l'espèce, le composé énergisant qui leur servira d'argument commercial.

— Un chewing-gum énergisant ? Couverture idéale et cynisme absolu.

— Je me suis dit la même chose. Et en même temps, si tu adoptes la logique des pourris, force est de reconnaître que c'est assez génial.

— Nous leur tresserons des lauriers une autre fois, si tu veux bien. Tu as pu agir ?

— Ah ouais, et c'était même assez marrant. Un rapide cours de chimie amusante s'impose. Les drogues naturelles, genre cannabis, se conservent assez longtemps. En gros, si tu oublies un joint dans une poche, tu peux le fumer un bon moment après. Par contre, les drogues de synthèse, comme la méthamphétamine, supportent mal l'exposition à l'air. Les molécules 3D se brisent et...

— Version courte, Avi.

— Oui, pardon. Donc, j'ai exposé les composés énergisants, et très certainement la drogue, à la climatisation de l'usine.

— Et ? C'est tout ?

— Si j'osais, je te dirais que c'est con comme la lune, mais ça réclame quelques connaissances. Des années à développer leur saloperie, une logistique et des moyens de fou furieux pour la tester, la produire. Un connard s'amuse à l'éventer et pouf, il ne reste qu'un machin insipide, incolore et parfaitement inutile. Ma partie préférée, c'est qu'ils vont mettre plusieurs mois à réaliser que leur programme s'est bêtement évaporé. Alors, satisfait de sa section scientifique, le commando ?

— Hormis le fait qu'on ne puisse pas être certain à cent pour cent qu'il s'agisse effectivement du produit que l'on cherche, je trouve ton idée remarquable.

— Il convient de rendre à César ce qui lui appartient. Franck est pour beaucoup dans cette stratégie. Maintenant, il ne faut pas se tromper, nous n'avons fait que gagner du temps, mais tu peux le mettre à profit pour...

— Solder les comptes. Bien joué, mec. Dje, tu n'as rien trouvé ?

— Bien sûr que si, mais tu ne me crois pas assez idiote pour embarquer des documents ? J'ai sorti les papiers, photographié les papiers, rangé les papiers, ni vu ni connu, j't'embrouille.

Avi émit un sifflement admiratif.

— Je ne peux pas prétendre au prix Nobel, mais dans ma partie, je me défends aussi. Rien dans les mains, rien dans les poches, tout dans la carte SD. Tu as tout ce que tu souhaitais, et sans doute plus. Comptes bancaires, bordereaux de virement, et la petite surprise du chef, un compte rendu d'assemblée générale avec le nom des participants et les entreprises qu'ils représentent.

— Avec ça, et le temps gagné grâce à Avi...

Ce dernier toussa bruyamment.

— ... et au Dr Girault, nous avons ce qu'il faut pour remonter la piste vers les têtes pensantes du Consortium. Je peux voir le compte rendu d'assemblée générale ?

— Bien sûr.

Dje fit défiler quelques clichés sur l'écran de son téléphone. Eytan les agrandit pour mieux distinguer les différents noms. L'un d'eux retint son attention. Il hocha la tête de dépit, mais garda son écœurement pour lui.

— Les deux gardes du corps sont morts, annonça-t-il froidement pour cacher le trouble qui venait de le gagner.

— Et maintenant ? demanda Dje.

— Maintenant, Avi et moi rentrons à Chicago. Quant à toi... il faut que tu t'occupes du Dr Girault. Planque, nouvelle identité, protection.

— Pardon ? s'exclama celui-ci.

— Quand j'étais à Seattle, j'ai montré votre photo à Claire Turnip. Celle que conservait Virginia. Celle avec laquelle se trouvait la clef USB. À cet instant-là, j'ai dessiné une cible sur votre front. Que ce soit involontaire ne change rien. Après le massacre de ce soir, leur priorité sera de s'assurer que l'usine est intacte. Leur deuxième souci sera de vous trouver, de savoir si vous êtes au courant de mon implication, et quelle que soit votre réponse, de vous éliminer pour ne laisser aucune trace et ne courir aucun risque.

— Je suis mort.

— Cédric Girault l'est. Mais vous pouvez continuer à vivre, sous une nouvelle identité, et avec une prudence de tous les instants.

— Et ma famille ?

— Vous devez vous en tenir à distance pour le moment. Aucun contact sous peine de vous mettre tous en danger de mort. Si je fais bien mon travail, cette situation sera temporaire. Sinon, vous comprendrez pourquoi certaines personnes prient pour ne mourir qu'une fois. Dje, je peux te parler une seconde ?

Eytan abandonna Cédric à son désarroi et à Avi qui se lança dans une tentative de réconfort compliquée.

— Dje, accepterais-tu de m'assister dans la vendetta qui s'annonce ?

— Siffle et je répondrai.

— Le temps de faire le tri dans les informations glanées aujourd'hui et je te sifflerai.

— T'emballe pas trop quand même, je n'ai jamais dit que ce serait gratuit.

— Ton prix sera le mien. Filez, maintenant, avant que ça ne grouille de tueurs dans le coin.

— Prends soin de toi.

— Toi aussi.

Dje invita Cédric Girault, sévèrement sonné, à monter dans la voiture, puis adressa un signe de la main à Avi et Eytan avant de prendre le volant et de s'éloigner sous l'aube naissante.

Chapitre 31

Dierhagen, Poméranie occidentale,
sur les bords de la mer Baltique,
décembre 1943.

L'embarcation glissait sur l'eau, propulsée par les coups de rames vigoureux mais fluides de Stefan Starlin. Dos au rivage, il démontrait à quel point sa puissante musculature n'était pas qu'esthétique. En dépit de la charge importante supportée par la barque – Jean-Pierre, Matt et Eytan n'étaient pas des poids plume, sans compter l'armement du groupe –, l'Anglo-Polonais n'avait rien à envier à un petit moteur.

Une osmose immédiate s'était créée entre les quatre hommes et les vannes fusaient. Mais depuis que le commando avait quitté l'Angleterre régnait une concentration extrême. Les rares paroles échangées concernaient la mission, et seulement la mission. Même Eytan, d'ordinaire sûr de sa supériorité au combat, faisait montre d'une certaine crispation.

Partie d'Angleterre une semaine plus tôt, la troupe avait rejoint les côtes du Danemark par bateau avant d'y retrouver des membres appartenant au BOPA[1]. Très organisés et bénéficiant de nombreux appuis au sein des autorités danoises, les Partisans – pour la plupart de jeunes étudiants – avaient orchestré la traversée du pays d'ouest en est à bord de camionnettes. Si les membres du SEDI s'étaient attendus à en découdre avec les troupes d'occupation, ils en avaient été pour leurs frais. Aucun accroc ne vint contrarier le voyage, et c'est avec une relative tranquillité qu'ils avaient rallié la côte baltique. Là, ils furent confiés aux bons soins de pêcheurs, eux aussi habitués à mystifier les Allemands[2], qui les rapprochèrent des rives allemandes.

À la manœuvre depuis son poste de commandement britannique, Edwyn McIntyre avait préparé le périple avec une telle rigueur qu'il s'était presque transformé en promenade de santé.

Les ordres édictés par le fondateur et patron du SEDI ne pouvaient être plus clairs :

« Le SEDI doit intercepter l'un des chercheurs de Temmler en charge de mettre au point une nouvelle version de la Pervitine. Une opération nommée Programme D-IX au sein de l'entreprise et que Goering ne devrait pas tarder à valider. Le chercheur partage son temps entre Berlin et sa résidence. Attaquer le siège de l'entreprise à Berlin étant trop dangereux, l'action sera menée à sa maison de campagne. Récupérer les documents fera

---

1. Le *Borgerlige Partisaner*, l'une des sections de la résistance danoise, affiliée au parti communiste.
2. Encouragés par le gouvernement danois, les pêcheurs évacuèrent de nombreux juifs vers la Suède afin de leur éviter la déportation.

l'objet d'une mission accomplie par des agents dormants à Berlin même. La vôtre est d'éliminer ce scientifique pour ralentir l'élaboration du nouveau produit. Il bénéficie d'une protection importante fournie par la SS, dont il faudra également vous débarrasser.

Cette action obligera nos agents infiltrés à Berlin à s'endormir un long moment, mais elle enverra un message fort : nous pouvons frapper n'importe qui, n'importe où. »

Connaître McIntyre, c'était comprendre que le plus important n'était pas d'abattre un scientifique. Le plus important était d'incarner la toute-puissance de la peur. Si le SEDI réussissait, s'il se développait, il démontrerait qu'aucune personnalité du Reich n'était plus à l'abri. Et si l'information se répandait parmi les poches de résistance à travers l'Europe – McIntyre s'y emploierait avec gourmandise –, alors leur moral n'en serait que meilleur.

Voilà quelle était l'écrasante responsabilité qui pesait sur Jean-Pierre Gaudin, le Français, Matt Colbert, l'Américain, Eytan Morgenstern, le Polonais, et Stefan Starlin. Voilà pourquoi l'échec n'était pas une option.

Après une dernière impulsion, Stefan releva les rames et laissa la barque filer vers le sable de la plage. Si la lune n'avait pas suffi à éclairer les environs, les flashs rouges et jaunes au loin à l'ouest y parvenaient fort bien, tout comme les faisceaux lumineux émis par les projecteurs de défense et les flashs blancs émanant des batteries anti-aériennes. L'aviation alliée bombardait les installations industrielles de Rostock, à une quarantaine de kilomètres de là. De quoi inciter tous les habitants des alentours à se cloîtrer et les forces militaires à se concentrer sur la ville attaquée. Une coïncidence bienvenue. Trop pour ne pas porter la marque McIntyre, synonyme d'une certaine omnipotence...

Sous un froid mordant mais moins polaire qu'ils n'auraient pu le craindre – le thermomètre approchait zéro degré –, les quatre hommes ajustèrent leurs épaisses parkas et leurs cagoules sombres, empoignèrent les sacs à dos contenant leur matériel de combat puis, mitrailleuses en main, s'élancèrent sur la plage.

La première opération du SEDI commençait pour de bon.

*
* *

Le sommeil le fuyait depuis des semaines. Otto Hahnemann retira ses binocles, se massa vigoureusement les yeux puis s'étira dans un bâillement à se décrocher la mâchoire. Qu'il lui paraissait loin le temps où il dormait à poings fermés sitôt la nuit tombée, pour ne se réveiller qu'aux premières lueurs de l'aube... La faute à cette foutue guerre qui maintenait les hommes sous une pression constante. L'exaltation des premiers succès, quatre années plus tôt, avait allégé la peine. Aujourd'hui, les revers s'accumulaient et le fardeau devenait plus lourd à porter. Certes, ceux restés à l'arrière subissaient des privations moindres que les soldats au front. Certes, ces derniers risquaient la mort à tout instant. Mais la vie se voulait chaque jour plus pénible, et les bombardements incessants de ces satanés Alliés amenaient la mort et la destruction sur la grande Allemagne qu'Otto aimait tant.

En tant que scientifique, il possédait la certitude que seule la science fournirait au Reich l'avantage décisif qui lui donnerait un ascendant définitif sur le conflit. Et qu'importe que cet ascendant passe par les missiles balistiques, les bombes atomiques ou toute autre prouesse. Il en était convaincu, une seule démonstration de force suffirait à contraindre Anglais et Américains à stopper les combats. Las, il y avait fort à parier que leurs ennemis partagent son point de vue. Mais cet aspect dépassait ses compétences. Lui ne pouvait qu'offrir aux militaires allemands les moyens de fortifier leurs troupes, de les mener aux portes de l'invincibilité. Ce n'était pas assez pour gagner définitivement la guerre, mais suffisant pour leur garantir la victoire dans de nombreuses batailles. Alors il travaillait d'arrache-pied à la mise au point de sa formule, enchaînait les tests, reprenait sans cesse ses calculs, affinait ses dosages. Son exigence de résultat était infinie.

La solution se tenait là, toute proche, et s'échinait encore à le fuir. Mais, il le savait au plus profond de son âme, elle ne lui résisterait plus longtemps.

Lorsque s'éleva du gramophone posé sur le buffet du salon attenant à son bureau la mélancolie d'une sonate de Schubert, Otto lutta contre le désir de monter à l'étage pour rejoindre sa tendre épouse et se lover contre elle. Elle ne sentirait pas sa présence, contrainte d'avaler le somnifère qu'il lui prescrivait afin de sauvegarder un sommeil fragilisé par la peur des bombardements sur Rostock, pourtant lointaine. Mais lui sentirait son souffle, sa peau, sa chaleur, autant de réconforts qui lui donnaient la force de continuer.

Il se promit de la rejoindre avant la fin de la nuit, non sans un détour par la chambre de Constanze, leur fille unique, joyau de leur existence qui, elle, jouissait d'un sommeil de plomb en toute circonstance. Puisse la bénédiction de l'innocence ne jamais l'abandonner...

Un cri monta depuis l'extérieur de la maison, rapidement étouffé. Otto quitta son bureau pour se diriger vers l'une des fenêtres de la pièce dont il écarta les rideaux, puis scruta le jardin. Le vent marin fouettait les branches des arbres, mais aucun autre mouvement anormal n'attira son attention. Rassuré, il marcha jusqu'au gramophone et retourna le disque pour profiter davantage des accords de Schubert.

*
* *

À l'extérieur, une danse macabre se jouait dans la pénombre. La dizaine de gardes SS affectés à la surveillance de la demeure avaient subi les foudres de quatre hommes formés à tuer, et privés de leur passe-temps depuis trop longtemps.

Le commando avait contourné le bourg de Dierhagen et atteint sans encombre la propriété du Pr Hahnemann. Située au sommet d'une petite colline au milieu d'un parc arboré, légèrement à l'écart des autres habitations, la massive demeure s'élevait sur trois niveaux et respirait le calme et la tranquillité.

Mais les hommes du SEDI ne prêtaient guère attention au calme et à la tranquillité.

Après avoir profité de la végétation, tapis dans les fourrés, pour observer les patrouilles, Matt, Jean-Pierre et Stefan s'étaient réparti les secteurs avant de se séparer. Ensuite, tels des prédateurs de l'ombre, ils s'étaient jetés sur leurs proies sans leur laisser la moindre chance. Même s'ils étaient seuls contre deux, l'effet de surprise conjugué à un entraînement de haut vol leur procurait un avantage déterminant qui transforma l'opération en carnage silencieux et par trop facile. Le mode opératoire était le suivant : les hommes du SEDI surgissaient dans le dos de leurs cibles, égorgeaient le premier Allemand, avant, dans un même élan, de plaquer une main sur la bouche de son comparse et de lui dessiner également un second sourire. Propre, net, sans bavure. Sauf pour Jean-Pierre, surpris par un mouvement de recul plus vif qu'escompté de sa deuxième victime. Un geste qui ne suffit pas à lui sauver la vie, mais qui lui fit lâcher un cri très vite étouffé dans une gerbe de sang.

En parallèle, Eytan s'était approché d'une dépendance située près du portail d'entrée de la propriété, où quatre autres SS jouaient aux cartes en attendant de relever leurs camarades.

Quand la porte s'ouvrit à la volée, ils n'eurent pas le temps d'émettre le moindre cri. Deux couteaux acérés volèrent, lancés avec une parfaite synchronisation de la main droite et la main gauche, pour s'enfoncer dans la gorge des types qui lui faisaient face. Le temps que leurs homologues se retournent, deux nouvelles lames fendirent l'air, avec un résultat similaire.

Le géant s'approcha, récupéra ses armes et les essuya sur les uniformes des SS. Puis, sans un regard pour les quatre cadavres, il se dirigea vers la maison pour finir le travail.

*
* *

Eytan, désormais avec un pistolet en main, suivit le chemin de terre menant au perron de la demeure et en monta les marches quatre à quatre. Arrivé devant la porte d'entrée, il tourna la poignée qui ne montra aucune résistance. Avec pas moins de dix gardes, pourquoi s'ennuyer à fermer à clef...

Une fois dans le hall, le tueur ignora l'escalier monumental qui menait aux étages et laissa la musique le guider vers une porte située sur sa gauche. Sans plus de précaution, il l'ouvrit et fit irruption dans la pièce.

Sur sa droite, un homme d'une trentaine d'années, peut-être plus proche des quarante, se tenait penché sur une feuille qu'il noircissait frénétiquement. Avisant Eytan, il sursauta et se leva en envoyant son fauteuil à la renverse.

— Bonsoir, professeur Hahnemann, déclara Eytan dans un allemand dénué d'accent.

— Qui êtes-vous ?

Eytan n'avait aucune intention de répondre à la question. Trois pressions sur une détente, autant de projectiles crachés à grande vitesse, puis ne resterait que le néant. Quel intérêt pourrait trouver sa cible à donner un nom à sa mort ? Dans une poignée de secondes, ses interrogations, ses certitudes, ses émotions, tout ce qui constituait l'histoire de sa vie s'évanouirait pour toujours.

Tellement simple.

Tellement froid.

Au regard inflexible du tueur se confronta celui, résigné, de la victime.

— Ma protection rapprochée a donc été éliminée…

Hochement de tête.

— Puis-je négocier ma vie contre mes travaux ? Ou peut-être un transfert vers l'Angleterre ?

— Je crains que cela ne figure pas dans mon ordre de mission, annonça Eytan sans ciller.

Son doigt allait presser la détente lorsqu'une voix fluette retentit dans la pièce.

— Papa !

Nullement décontenancé, Eytan suivit du regard la fillette qui pénétrait dans la pièce sans se soucier d'un danger qu'elle avait pourtant remarqué. Elle se précipita sur son père et enlaça sa jambe.

Si elle avait été plus grande, elle aurait certainement fait barrage de son corps. Elle se collait à son père avec une force telle qu'elle semblait vouloir se fondre en lui. S'il n'en montra rien, la puissance de cet amour bouleversa le géant.

— Constanze, murmura Hahnemann, des trémolos dans la voix.

Les yeux de l'homme s'embuèrent. Il caressa les cheveux en bataille de l'enfant avec une douceur touchante.

— Éloignez votre fille, professeur. Son avenir dépend de vous seul. Faites-la partir, et je vous donne ma parole qu'elle aura la vie sauve. Quant à votre mort, elle sera rapide et indolore.

Les épaules d'Hahnemann se voûtaient un peu plus à chaque seconde face à la détermination froide de l'assassin qui ne laissait aucun espoir quant à une quelconque mansuétude. Le regard du grand jeune homme qui le menaçait d'un pistolet ne trahissait ni pitié ni hésitation. Il promettait une mort rapide, sèche, inéluctable. Et la chance offerte à Constanze d'échapper à sa justice constituerait son unique concession.

Le père repoussa sa fille mais ne parvint pas à lui faire lâcher son pantalon auquel elle s'accrochait de toute la force de ses petits doigts, de toute la rage de son désespoir. Ils luttèrent tous deux avec plus d'acharnement, mais l'adulte l'emporta et la petite tomba à la renverse sur les fesses.

— Cet acte ne vous dédouane pas de vos crimes, mais il vous honore.

— J'aime ma fille, répondit Hahnemann sur le ton désarmant de l'évidence.

— C'est un aspect de l'être humain qui m'échappera sans doute aussi longtemps qu'il me sera donné de vivre.

Un cliquetis métallique, une détonation sourde et l'existence du Pr Hahnemann s'acheva. Il s'affaissa sur les genoux, bras ballants. Un filet de sang perlait à peine entre ses deux yeux quand deux nouvelles balles vinrent se loger dans son cœur. Cette fois, il bascula en arrière.

— Même les pires monstres sont capables d'aimer.

Bras tendu, pistolet pointé vers l'endroit où se tenait sa victime quelques secondes plus tôt, Eytan tourna la tête vers la fillette. Assise sur la moquette, elle fixait sur lui de grands yeux verts emplis de larmes qui refusaient de s'écouler.

Il ne lut ni haine ni peur dans son regard, seulement l'incompréhension brute face à une violence dont aucun enfant ne devrait jamais être témoin ou victime. Dont aucun *être humain* ne devrait jamais être témoin ou victime.

Eytan aurait voulu expliquer à Constanze le pour-quoi de cet acte, l'impérieuse nécessité de mettre fin à la folie qui submergeait le monde, quel qu'en soit le coût. Lui faire comprendre que la mort de son père sauverait certainement d'innombrables innocents. Lui révéler qu'il avait été à la même place qu'elle, quelques années plus tôt.

Il se demanda alors quelle était la véritable motivation derrière le dilemme qui s'emparait de lui.

Voulait-il sauver les illusions qui s'évanouissaient de ce regard enfantin, ou trouver une rédemption dans la justification de son acte ?

Edwyn McIntyre avait dit ne pas vouloir se contenter d'un super-soldat génétiquement modifié. Il voulait un être humain capable de maintenir son équilibre sur la mince ligne de crête entre la raison et la sauvagerie. Un objectif dans lequel Eytan se reconnaissait, se projetterait corps et âme. Mais la vérité que son mentor lui avait cachée, le regard de cette fillette la lui hurlait.

Contraintes par la démence du monde, raison et sauvagerie se confondent parfois. Eytan com-prit quel serait le fardeau qu'il lui faudrait porter : assumer la sauvagerie sans jamais pouvoir se pro-téger derrière le bouclier de la raison. Manier les armes du mal pour le vaincre. Devenir le mal. Et vivre avec.

*
* *

Dans le parc, Stefan, Jean-Pierre et Matt, bien que surveillant l'arrivée d'éventuels renforts, débattaient à tout rompre. Les coups de feu provenant de la maison provoquèrent à peine une pause.

— Tu as failli nous faire repérer ! gronda Stefan à l'attention du Français.

— Ce con de Boche a tourné la tête au moment où je lui tombais dessus, ça peut arriver, répondit Jean-Pierre.

Matt vint à la rescousse.

— Stefan, mollo. Il l'a eu. On les a tous eus et nous sommes tous indemnes.

— C'est vrai, mais c'est pas du boulot propre. Ici, ça va, y a rien dans le coin, juste quelques frisés à dessouder. On peut foutre le bordel autant qu'on veut, c'est gratuit. Mais en milieu urbain ou au cœur d'une installation militaire, ce genre de connerie fout toute une mission en l'air et condamne ceux qui la mènent.

Vertement tancé, le solide forestier français se rembrunit. Il gratifia ses compères d'un regard noir.

— Je sais que j'ai merdé, admit-il, mâchoire contractée. Ça ne se reproduira plus.

L'arrivée d'Eytan coupa court au procès.

— C'est bon ? lui lança Stefan.

— Non, mais c'est fait, si c'est le sens de ta question. Un problème de votre côté ?

— Rien à signaler, hormis que Jean-Pierre...

— J'ai laissé le temps à un SS de gueuler.

— J'ai entendu. Ce n'est pas grave, Hahnemann est mort.

Devant la gravité affichée par le plus jeune de la bande, Matt tenta d'apaiser l'ambiance.

— Mc Intyre sera satisfait de savoir que le programme D-IX a pris du plomb dans l'aile. Avec un peu de bol, on n'en entendra plus parler.

— Ouais, souffla Eytan, avec un peu de bol...
Inutile de faire attendre le bateau qui doit nous
ramener au Danemark. On décroche.

Eytan ouvrit la marche, suivi de près par Jean-
Pierre. Matt et Stefan s'ébrouèrent légèrement en
retrait.

— S'il fait cette gueule-là après une mission
réussie, je me demande comment il réagira à une
mission ratée, plaisanta l'Américain.

— Si nous échouons un jour, prie pour être
encore en vie et pouvoir subir ses foudres...

Chapitre 32

Le duo s'engouffra à son tour dans son véhicule tout-terrain. Souffrant de courbatures qu'il ne souhaitait pas révéler pour éviter un interminable débat, Eytan confia la conduite à Avi.

— Ça fait cher la bonne action, souffla le médecin. Le pauvre bougre a été plus que coopératif.

— Si les bonnes actions garantissaient le bonheur, ce monde serait très différent. Ouais. Ça ne rassure pas, mais c'est irréfutable.

Avi pointa la seringue toujours posée sur la veste humide d'Eytan.

— Tu as testé le nouveau sérum ?

— Je me suis fait une piqûre préventive, comme Franck me l'avait suggéré. Au lieu de me retrouver impuissant pendant de longues minutes, je me suis contenté d'une grosse fatigue et d'une vague suée, toutes deux passagères. Il a bien bossé ! Par contre, mes yeux me démangent méchamment.

Eytan se frotta les paupières et, quand il les rouvrit, le blanc de ses yeux était rougi. Ce qui laissa au médecin une désagréable sensation de déjà-vu.

— Tant...

Le médecin s'interrompit, comme frappé d'apoplexie. Ce n'était pas une sensation. Ces symptômes, Avi les avaient effectivement constatés auparavant.

— Avi ?

— ... mieux... tant mieux, se reprit Avi. Pardon, une simple absence. Dis-moi, qu'est-ce qui t'a fait tiquer quand Dje t'a donné le rapport d'assemblée générale ? Et ne cherche pas à nier, tu es le seul à croire que personne n'a remarqué ton expression.

— Cypher avait raison. Tout ceci est ma faute.

— Tu parles du carnage sur le parking ? Parce que si tu as un doute sur ta responsabilité, ce n'est pas l'ostéoporose qui te guette, mais Alzheimer.

La plaisanterie arracha l'esquisse d'un sourire à Eytan qui se rembrunit instantanément.

— Je parle du programme D-X, des plans du Consortium.

— Mais encore ?

— En 1943, j'ai été chargé d'éliminer un scientifique allemand, Otto Hahnemann, qui travaillait sur une nouvelle drogue de combat. Une version améliorée de la Pervitine qui aurait pu changer le cours de la guerre.

— Et tu l'as raté ?

— Je n'ai jamais raté une cible. Sa mort a retardé les plans de la Wehrmacht et la guerre a pris fin avant que les chercheurs parviennent à reproduire sa formule. Quand je l'ai abattu, sa fille, Constanze, était présente. La petite avait six ans environ. Je l'ai laissée vivre.

— Tu n'as pas abattu une enfant, OK. Je ne vais pas te tresser des lauriers, mais je n'y vois rien que de très nor...

— Son nom figure sur la liste des membres du conseil, l'interrompit Eytan.

— Tu te fous de moi ?

— Je préférerais. J'ignore comment elle a rejoint le Consortium, mais ce qui est certain, c'est que nous sommes confrontés à une drogue de combat plus que similaire à celle sur laquelle travaillait Hahnemann. Je ne crois pas au hasard, Avi.

— En assassinant son père devant elle, tu aurais nourri un désir de revanche ?

— Ça ne serait pas une première, déclara Eytan en fixant son ami.

Déporté avec ses parents, témoin du meurtre de son petit frère, emprisonné et torturé par un savant fou, le géant connaissait son sujet mieux que quiconque.

— Et tu te dis que tu aurais dû l'abattre, elle aussi, n'est-ce pas ?

— Tuer mes ennemis et les enfants de mes ennemis pour les empêcher de grandir et déchaîner leur colère. Une règle cruelle, mais pas si stupide. Bon nombre de nazis qui pensaient avoir échappé à leurs juges ont pu l'expérimenter à cause de moi. Oui, Avi, le présent me pousse à regretter de ne pas l'avoir tuée. Aujourd'hui, à l'aune de tout ce dont je sais l'être humain capable, je ne devrais plus hésiter à en sacrifier un pour en sauver des milliers d'autres. Dilemme insoutenable...

— Pas terrible pour le moral, ton constat.

Eytan baissa la visière de sa casquette puis reposa sa tête sur la vitre de sa portière. Son regard se perdit vers la cime des montagnes d'où filtraient les premiers rayons du soleil.

— Pas terrible pour le moral, ce monde.

Chapitre 33

Paris, quelques heures plus tard.

Avi et Eytan s'étaient relayés pour effectuer les six heures de trajet séparant Montreux de Paris. Le médecin, étonnamment sombre et pensif pour quelqu'un qui venait de réussir une mission montée dans une improvisation totale – donc propice à l'échec –, s'était chargé de réserver des billets d'avion pour Chicago. L'avion décollait en fin de journée.

Débarrassé depuis plusieurs années de l'obligation inhérente à son métier d'enchaîner les nuits blanches, il affichait un visage creusé et émacié à leur arrivée dans la capitale française. Même le ravitaillement effectué dans une station-service sur l'autoroute n'avait pas suffi à pallier la fatigue. Outre les dix ans supplémentaires gravés sur ses traits, elle se manifestait par un caractère ombrageux auquel l'ex-*kidon* préféra ne pas se frotter.

À sa différence, Eytan se sentait plus dynamique que jamais, au point de se demander si la nouvelle formule du sérum élaborée par Franck ne possédait pas des vertus énergisantes. Face à l'épuisement de son camarade, il prit l'initiative de louer une chambre d'hôtel afin qu'il puisse faire une sieste bien méritée. Le choix se porta sur un palace voisin de la place de la Concorde, disposé à préparer une chambre avant l'heure habituelle contre un supplément exorbitant.

Partis de Suisse à l'aube, ils arrivèrent à Paris en toute fin de matinée. Après avoir déposé un Avi en piteux état, Eytan repartit immédiatement vers le nord-ouest de la ville et l'Hôpital américain de Neuilly.

Il se plia à la fouille exigée par le personnel de sécurité, puis se présenta à l'accueil pour y demander la chambre d'Archibald Mountbatten, dont il doutait encore qu'il s'agisse du vrai nom de celui qui, à ses yeux, resterait éternellement Cypher. La secrétaire chercha dans la base de données avant d'appeler un certain Dr Tanguy. Elle raccrocha en adressant un sourire livré en série avec sa fonction.

— Le chirurgien qui a opéré M. Mountbatten arrive. Si vous voulez bien vous asseoir.

Et d'indiquer un des sièges avec une autorité muette peu propice à toute forme de discussion. Eytan s'était préparé à de nombreux scénarios en se rendant à l'hôpital, de la disparition pure et simple de Cypher à un guet-apens tendu par ses sbires, mais tout ce qui l'attendait, c'était l'arrivée d'un homme débonnaire en blouse blanche.

— Vous êtes de la famille ? demanda le sympathique quinquagénaire.

— D'une manière assez détournée.

— Puis-je vous demander votre nom ?

— Eytan Morg.

— Il a évoqué la possibilité de votre visite. Suivez-moi.

396

Eytan obtempéra et cala ses pas sur ceux du personnage à la démarche énergique et au sourire facile. Il le guida à travers les couloirs jusqu'au service de réanimation. Le Dr Tanguy s'arrêta devant une chambre dont la porte était ouverte. Il s'en écarta légèrement pour laisser la vue libre au visiteur.

Cypher reposait, bras le long du corps, sur un lit aux draps blancs repliés sur son torse. Des adhésifs barraient son visage et maintenaient un tube qui plongeait dans sa bouche. De multiples perfusions, reliées à une impressionnante machine, transperçaient son corps et des capteurs reliaient son torse à un scope cardiaque.

— J'ai effectué la transplantation cette nuit avec mon équipe, expliqua le Dr Tanguy. Il va rester en réanimation trois ou quatre jours, puis nous le transférerons dans un autre service pour au moins deux semaines.

— Il va m'emmerder jusqu'au bout, ce con, murmura Eytan avant de demander à voix haute : Est-ce qu'il va survivre ?

— L'opération s'est parfaitement déroulée et il va bénéficier du meilleur suivi possible. Votre ami dispose d'une vingtaine d'années devant lui.

— Vous m'en voyez ravi.

Lard ou cochon, impossible de faire la différence.

— Aucune chance qu'il quitte votre établissement avant deux semaines ?

— Aucune. Avant que j'oublie, il a laissé un message à votre intention. Il espère que vous lui rendrez visite durant sa convalescence.

— Alors, quand il se réveillera, rassurez-le, et dites-lui qu'il est loin d'en avoir terminé avec moi...

Moins de cinq minutes plus tard, Eytan retrouvait le volant de son quatre-quatre quand son téléphone lui indiqua la réception d'un SMS.

« J'ai bien reçu votre message vocal. Claire a réussi à s'enfuir. Elle a évoqué un changement chez elle après une rencontre avec une femme dans une maison de repos. Je vous envoie les coordonnées de cette maison dès que j'aurai remonté la piste, ça pourrait vous être utile. Elle m'a tiré deux balles dans les jambes, mais je suis vivant et j'ai un paquet d'emmerdes à gérer avec ma hiérarchie. J'espère que vous vous en sortez de votre côté et j'espère pouvoir vous rembourser un jour. Andy. »

Eytan se sentit plus léger au fur et à mesure de la lecture du message. Il n'y a pas si longtemps, il n'y aurait pas répondu. Pas par mépris. Pas par indifférence. Plutôt par la crainte de ne traîner que malheur et destruction dans son sillage. Mais peut-être était-il temps d'offrir à ceux qui croisaient sa route plus que malheur et destruction.

« Merci pour les nouvelles. De mon côté, le boulot avance et je suis preneur de l'adresse de cette maison de repos, mais ne prends plus de risque inutile. Soigne-toi et gère tes emmerdes en n'oubliant jamais que seuls les vivants en ont. Et j'espère que tu n'auras jamais l'occasion de me rembourser. E. »

Eytan envoya son message puis démarra sa voiture, pressé de récupérer Avi, de sauter dans l'avion, et de retrouver le calme ouaté de l'université de Chicago.

Chapitre 34

Le vol direct affrété par Lufthansa reliant Paris à Chicago parut interminable à Avi. Le soulagement d'en avoir terminé, au moins pour l'instant, avec une crise sanitaire des plus tragiques et d'avoir réchappé aux multiples dangers postés sur la route d'Eytan et de son étrange équipe n'apportait pas au médecin le réconfort espéré. L'idée qui s'était fait jour dans son esprit depuis qu'ils avaient quitté la Suisse ne cessait de se préciser, les contours de l'abomination qu'il entrevoyait s'affinaient minute après minute et le tourmentaient sans lui accorder le moindre répit.

Inconscient de la détresse d'Avi, Eytan se détendit et profita des plaisirs de la classe affaire réservée pour l'occasion. Il eut beau s'enquérir à plusieurs reprises de l'état psychologique de son équipier et ami, Avi se borna à lui dire qu'il était silencieux à cause du trop-plein d'adrénaline des derniers jours. Le mensonge accomplit son œuvre et Eytan passa les neuf heures de vol entre visionnage de films et somnolence.

Une fois qu'ils furent débarqués à Chicago, Eytan prit la direction de l'hôtel où il avait loué une chambre. Avi prétexta que Franck voulait être mis au courant des derniers événements pour filer directement à l'université. Ils convinrent de s'y retrouver deux heures plus tard.

Même dans le taxi, Avi continua de ruminer, malgré la fatigue du décalage horaire. Celle-ci lui embrumait un peu plus l'esprit et quand il rallia l'institution qui abritait l'esprit supérieur du Pr Meyer, il nageait en plein désarroi.

Sac de voyage en bandoulière, il se rendit au bureau de Franck mais trouva porte close. Après un échange plus sec qu'il ne l'aurait souhaité avec une des secrétaires du département, cette dernière l'informa que le professeur se trouvait dans un des nombreux laboratoires de chimie.

Sans faire montre de la plus élémentaire politesse, Avi fit irruption dans la pièce avec fracas.

— Alors, c'était ça que vous n'arriviez pas à dire, l'autre jour, quand vous parliez de la mort avec Eytan ? Et votre coup de mou à la fin de la discussion c'était ça aussi ?

— Bonjour, Avi. Et je ne comprends pas un traître mot de votre charabia.

— Dites-moi que vous n'avez pas fait ça...

Franck continua à régler le microscope électronique à fluorescence récemment acquis par son département.

— Cet engin est absolument remarquable. Rien de surprenant à ce que ses inventeurs aient décroché le Nobel de chimie. Réussir à contourner les limites de la diffraction n'est pas un mince exploit. Tout s'est bien passé en Suisse ? demanda-t-il enfin avec un détachement qui attisa la rage d'Avi.

— Ne me prenez pas pour un con, Franck, je ne suis pas d'humeur.

Le Pr Meyer s'immobilisa. Il se détourna de son précieux équipement, s'assit sur le rebord de la table et retira ses lunettes pour se masser les paupières.

— Quand avez-vous compris ?

— En constatant les symptômes d'Eytan après son injection préventive... Donc, vous admettez ?

— Et avec un certain soulagement, pour tout dire.

— Pourquoi...

Franck n'accorda pas à Avi le temps d'achever sa question.

— À votre avis ?

— Quoi ?

— D'après vous, docteur Lafner, ma décision relève-t-elle d'un traumatisme psychologique ? Un lien pathologique à mon père adoptif, peut-être ? À moins que vous ne me prêtiez des intentions plus sordides, comme l'appât du gain ou une quête de reconnaissance auprès de mes pairs.

— Rien de tout cela. J'envisageais plutôt une motivation que vous avez pris soin de ne pas citer.

— Et qui serait ?

— La nécessité scientifique.

— Intéressant, poursuivez.

— Développer la nouvelle version du sérum d'Eytan n'était possible qu'in vivo, n'est-ce pas ? Et incompatible avec les tests cliniques sur des animaux.

— Félicitations.

— Et je n'ai rien vu...

— Je m'étais injecté le mutagène bien avant notre rencontre, Avi. Quinze ans avant pour être précis.

— Ce qui explique pourquoi vous êtes aussi alerte malgré votre âge...

Franck se leva, contourna Avi sans le regarder et s'installa à son bureau. Il fouilla parmi une pile de feuilles, en saisit deux, puis ouvrit l'un des tiroirs du meuble.

— En effet, répondit-il en sortant une agrafeuse en plastique vert, mais vous n'imaginez pas à quel point ce bénéfice m'indiffère. C'est un effet secondaire, pas une finalité.

Avi sentait croître en lui plus de colère qu'il ne l'aurait voulu. L'indifférence, pire, l'inconséquence dont Franck Meyer faisait montre était insupportable au médecin.

— C'est de la pure démence !

Il cracha ces mots plus qu'il ne les prononça, sans perturber le moins du monde le professeur, toujours captivé par un classement auquel il aurait eu tout le loisir de s'atteler des semaines plus tôt. Ou, à juger par l'étendue du capharnaüm, des mois plus tôt...

— La pure démence tient plutôt dans la création originelle de ce mutagène, même si je dois admettre que ce Bleiberg était un génie comme la Terre en a peu compté.

— Génie ? Vous osez qualifier ce malade de génie ? Après ce qu'il a fait à tous les gamins qui sont morts à cause de lui ? Après toutes les souffrances qu'il a fait endurer à Eytan ?

Franck abattit brutalement la liasse de papiers qu'il tenait entre ses mains. Oublié le détachement affecté jusqu'alors. Un éclair de rage traversa son regard qu'il pointa sans concession sur Avi. Quant au ton de sa voix, il se fit plus coupant qu'un diamant.

— Je vous conseille de ne pas me parler comme si je méprisais ce par quoi Eytan est passé. Les conditions et finalités sont inqualifiables, mais cela n'enlève rien à la réalité scientifique. Ce Bleiberg possédait un siècle d'avance sur les meilleurs généticiens actuels et encore aujourd'hui la plupart ne comprendraient rien à ses travaux. Vous pouvez vous enfouir la tête dans le sol et jouer l'autruche si ça vous chante, mais notre devoir de scientifiques est de regarder la réalité en face. Elle nous apprend que la génétique va nous permettre de repousser les limites de l'humanité, d'améliorer ses performances, de soigner ses maux, et, un jour pas si lointain, de repousser la mort. Ça, Avi, ce sont des faits. Pas des fantasmes, pas une vue de l'esprit, pas un délire d'écrivain à l'imagination trop fertile. Alors, oui, Bleiberg était un génie, ne vous en déplaise et, mieux, ne m'en déplaise. Je vous rappelle qu'Albert Einstein, l'un des esprits les plus brillants de l'histoire humaine, un pacifiste convaincu, a contribué à l'élaboration de la plus terrible arme de destruction massive qui soit. Et au cas où ça ne suffirait pas, je vous avouerais n'avoir aucune leçon à recevoir d'un médecin qui a soigné pendant des années des militaires et des agents secrets pour un des services les plus rudes de la planète !

« J'ai recréé le mutagène, et je me suis injecté cette saloperie afin de développer son sérum et l'améliorer. Je suis devenu mon propre cobaye. Pour ce faire, j'ai utilisé des échantillons du sang d'Eytan alors que je lui avais juré de les détruire et, pour son bien, j'ai trahi sa confiance. Si cette réalité vous est insoutenable, alors, je me suis trompé à votre égard, et je ne vous retiens pas.

Il chaussa à nouveau ses lunettes de sa main droite tandis que de sa main gauche, il désignait la porte.

Le caractère de Franck Meyer s'exprimait dans toute sa splendide complexité. Derrière l'excentrique professeur trop rapidement pris pour un vieil emmerdeur se cachait un individu sombre, à la recherche constante d'une maîtrise de lui-même. Une noirceur qu'Avi entrevoyait à de très rares moments et que Franck partageait avec Eytan. Une manière comme une autre d'exprimer une douleur qu'aucun des deux ne savait mettre en mots.

Lors des moments partagés avec Jacky et Jeremy, devenus pour Avi comme une seconde famille, le trio évoquait souvent les efforts déployés par ces deux hommes pour masquer ce qu'ils étaient vraiment. Leur volonté commune de repousser ceux qui les approchaient, motivée par la crainte de les perdre, possédait quelque chose de déchirant.

— Vous auriez pu mourir...

— D'après mes calculs, je n'avais que trente pour cent de chances de survivre.

— Vous êtes cinglé.

— Je n'ai jamais prétendu être tout à fait normal, même si je vous mets au défi de définir le concept de normalité.

— Pardon... Tout ceci me perturbe.

— Votre réaction est naturelle. Il me semble important que vous compreniez que la science a joué un rôle mineur dans une décision qui fut tout sauf aisée à prendre.

— Expliquez-moi. S'il vous plaît.

— J'étais un adolescent agité, Avi, comme beaucoup de ceux pour qui les bons résultats scolaires ne réclament aucun effort. Le système éducatif n'assouvissait pas ma curiosité et mes professeurs couraient après mon savoir plus que je ne courais après le leur. Et comme la force d'une équipe se mesure à celle de son membre le plus faible, j'étais sans cesse tiré vers le bas pour ne pas larguer ceux de ma classe qui éprouvaient des difficultés à suivre. Je trompais mon ennui en essayant de me faire accepter par mes camarades. Alors j'enchaînais les petites infractions, les absences et plaisanteries de même. Pas de quoi fouetter un chat, mais assez pour attirer l'attention de la direction de mon collège. À l'époque, j'ignorais encore à quel point Eytan aimait verrouiller les situations et j'étais loin de me douter que le directeur de l'établissement me portait une attention toute particulière.

« Alerté sur mon comportement et afin de pallier mon dilettantisme naissant, Eytan n'a pas opté pour la fermeté ni pour la contrainte. Il s'est contenté de déposer un poème sur ma table de chevet, une nuit. Quand je me suis réveillé, il était parti pour Dieu sait quelle mission dans Dieu sait quel pays, comme toujours. J'ai trouvé le poème et j'ai pris le temps de le lire, encore et encore, jusqu'à m'imprégner de chaque mot, de la moindre virgule. Mon âme vibre toujours de sa puissance.

Franck se pencha vers Avi, prit une profonde inspiration et déclama les vers avec passion. Sur certains vers, de discrets vibratos trahissaient une émotion qui l'amenait au bord des larmes.

« Si tu peux voir détruit l'ouvrage de ta vie,
Et sans dire un seul mot te mettre à rebâtir,
Ou, perdre d'un seul coup le gain de cent parties,
Sans un geste et sans un soupir ;

Si tu peux être amant sans être fou d'amour,
Si tu peux être fort sans cesser d'être tendre
Et, te sentant haï sans haïr à ton tour,
Pourtant lutter et te défendre ;

Si tu peux supporter d'entendre tes paroles
Travesties par des gueux pour exciter des sots,
Et d'entendre mentir sur toi leur bouche folle,
Sans mentir toi-même d'un seul mot ;

Si tu peux rester digne en étant populaire,
Si tu peux rester peuple en conseillant les rois
Et si tu peux aimer tous tes amis en frère
Sans qu'aucun d'eux soit tout pour toi ;

Si tu sais méditer, observer et connaître
Sans jamais devenir sceptique ou destructeur ;
Rêver, mais sans laisser ton rêve être ton maître,
Penser sans n'être qu'un penseur ;

Si peux être dur sans jamais être en rage,
Si tu peux être brave et jamais imprudent,
Si tu sais être bon, si tu sais être sage
Sans être moral ni pédant ;

Si tu peux rencontrer Triomphe après Défaite
Et recevoir ces deux menteurs d'un même front,
Si tu peux conserver ton courage et ta tête
Quand tous les autres les perdront,

Alors, les Rois, les Dieux, la Chance et la Victoire
Seront à tout jamais tes esclaves soumis
Et, ce qui vaut mieux que les Rois et la Gloire,

Tu seras un Homme, mon fils. »

— Rudyard Kipling... Merveilleux texte, l'un des plus inspirants que je connaisse. Vous vous êtes reconnu dans ce poème ?

— Moi ? Non. Lui, oui. Il n'y a pas une seule idée louée par Kipling qui ne corresponde pas trait pour trait à Eytan. Il m'a offert ce poème pour me montrer une voie. Celle qu'il s'est choisie. Peut-être espérait-il me voir l'emprunter à mon tour, je n'en ai jamais parlé avec lui. Mais ma nature profonde m'en empêche. Je suis par trop colérique, impétueux et égoïste pour ne serait-ce qu'essayer de suivre le moindre précepte stoïcien. Je me suis repris après cette lecture, mais pas pour en suivre les idées.

— Pourquoi, alors ?

— Pour honorer celui qui avait le courage de les suivre.

Avi se pencha vers l'avant. Il passa les mains dans ses cheveux de part et d'autre de son crâne. Franck continua sur sa lancée.

— Si vous saviez comment je le regardais quand j'étais môme... Le jour où je l'ai vu pour la première fois, sur le pont de ce bateau qui m'emportait vers Israël[1], c'était comme si j'avais vu Zorro en personne. Plus qu'un modèle, il incarnait un idéal à atteindre. J'ai rêvé de l'avoir pour père, et sans le voir venir, je l'ai eu. Il m'a adopté quand il a adopté Eli. Pour un enfant, Superman ne s'appelle pas Clark Kent, mais papa, et pour nous deux, Eytan l'était, Superman. Eli était beaucoup plus jeune et, surtout, il a tout de suite su ce qu'il voulait. Aussi loin que je m'en souvienne, il n'a jamais cessé de vouloir ressembler à Eytan. À croire qu'il existait

---

1. Voir *Le Projet Shiro* dans *La Trilogie Bleiberg*.

entre ces deux-là un réel lien biologique. Eli est devenu un combattant. C'était sa manière à lui de veiller sur Eytan, et j'aime autant vous dire que l'autre grand dadais a tout fait pour dissuader le gamin de marcher dans ses pas. En vain. S'il semblait plus posé que moi, Eli possédait en réalité une personnalité au moins aussi trempée et passionnée que la mienne.

— Et vous ?

— Moi ? Pour moi, aimer son père ne signifie pas forcément vouloir lui ressembler. J'ai très vite compris quelles étaient les souffrances de cet homme. Qui voudrait endurer une telle solitude ? Qui pourrait supporter de dispenser des sentences aussi radicales à longueur de temps ? J'aime Eytan, Avi, d'une façon qui m'est propre, mais jamais je n'aurais voulu être lui. Et quoi que je m'injecte, quoi que je fasse, je ne serai jamais lui. Personne ne sera jamais lui. Alors je me suis contenté d'être moi-même, de travailler sur ce pour quoi j'étais doué. J'ai étudié la chimie, la biochimie, la génétique, repoussant sans cesse mes limites. Et ce « moi » que je me suis construit, Avi, je l'ai mis intégralement à son service dans un domaine dont sa survie dépend et qui est, pour le commun des mortels, totalement insondable.

— Pour aimer Eytan, vous vous êtes lancé à la poursuite intellectuelle de l'homme qui lui a fait le plus de mal ? Vous êtes, d'une certaine manière, devenu Bleiberg ?

— Triste ironie, vous ne trouvez pas ?

— Désespérante, sourit Avi. Alors, c'est ça, votre sacrifice ?

— Je ne vous suis pas.

408

— Nous en parlons beaucoup avec Jacky. Eli lui avait touché deux mots du dévouement qu'inspirait Eytan chez certaines personnes. Pour Eli, c'était plus que ça. C'était un sacrifice. Et pour vous aussi, malgré vos efforts pour le masquer.

— Vous pensez que j'ai quitté Israël sciemment afin de poursuivre mes études le plus loin possible de mon père et de mon frère ? Vous imaginez que je leur aurais infligé une distance géographique et humaine dans le but de dissimuler le fait que toutes mes recherches, tout mon travail ne visaient qu'à les aider ? Et si nous poussons votre raisonnement, peut-être aurais-je fait tout ça pour épargner à Eytan les soucis qu'Eli lui a causés et la peur bleue qu'il a de mettre ses proches en danger. Peut-être même aurais-je préféré endosser le costume du connard ingrat, à peine concerné par les autres et indifférent à leurs sentiments plutôt que d'assumer et imposer les miens. Vous croyez vraiment que j'aurais fait ça ?

— Personne de sensé ne s'embarquerait dans une telle entreprise.

— Non, effectivement, personne de sensé.

Franck se leva et s'approcha d'Avi, qui se leva à son tour.

— Je compte sur vous pour que tout ceci reste entre nous. Si Eytan venait à l'apprendre...

— Ça lui briserait le cœur. Vous pouvez compter sur moi.

— Merci et... bienvenue dans la famille.

Une poignée de main scella leur accord.

— Un peu dysfonctionnelle, la famille.

— Guère plus que n'importe quelle autre.

La sonnerie du téléphone mobile de Franck retentit dans la pièce.

— Eytan nous attend en bas.

Le professeur et le médecin traversèrent en silence les couloirs de l'université, dévalèrent les escaliers et débouchèrent sur le perron magistral du bâtiment pour y découvrir un nouvel Eytan. Il portait un jean délavé tombant sur une paire de baskets blanches striées de bandes grises. Un épais pull gris en mailles à col rond soulignait la puissance de son cou comme la largeur de ses épaules.

— À force de me demander de changer, vous avez gagné. Alors, j'essaye, s'excusa presque le géant, bras écartés, un large sourire aux lèvres.

Il tendit une main à Franck, qui s'avança en l'ignorant et lui infligea une embrassade qui laissa Eytan tétanisé.

— Moi aussi, murmura le septuagénaire au moment où les bras protecteurs d'Eytan l'enveloppèrent.

L'étreinte dura le temps d'un souffle.

Avi resta en retrait pour observer les retrouvailles entre les deux hommes. Fort des révélations de Franck, le médecin réalisa pour la première fois le peu de différences qui existaient entre ces personnalités faites de violence et d'amour, de passion et de retenue. Deux chevaliers des temps modernes abrités dans leurs armures de pudeur.

Alors, il comprit.

Sous les bombes ou la mitraille, quand la mort et la barbarie nous écrasent de leurs ombres, quand tout espoir nous abandonne, nous avons tous besoin que des individus se dressent. Et quand ils se tiennent là, debout devant nous, nous nous accrochons à eux de toutes les forces qui nous restent. Ils dissipent les ombres de la mort, effacent toute barbarie. Et dans la main qu'ils nous tendent pour nous aider à nous relever, nous retrouvons l'espoir qui nous avait quittés. Ils possèdent ce supplément d'âme qui nous insuffle le désir de vivre.

Ces individus sont rares, mais ils existent. Nous les craignons toujours, les aimons parfois, les repoussons souvent, mais, à un moment ou à un autre de notre existence, nous les appelons de tous de nos vœux. Leurs sentiments passent en arrière-plan de l'impérieuse nécessité de continuer à se battre. Ils nous semblent durs, impavides, insensibles même. Mais ils ne le sont pas. Le prix qu'ils payent est celui que nous ne payons pas. Qu'importe que nous les appelions héros, mentors ou inspirations. Au final, ils ne diffèrent guère de nous. Ils ne sont, en vérité, qu'un peu plus humains.

Eytan et Franck invitèrent Avi à s'approcher d'eux.

— Franck, rassure-toi, je vais te raconter comment s'est passée notre petite escapade en Suisse. Puis Jeremy et Jacky vont nous rejoindre ici. En Europe, Dje n'attend qu'un signal pour venir en renfort, et je compte battre le rappel de quelques contacts susceptibles de nous aider dans la guerre qui nous attend. Quant à l'ancien Cypher, il semblerait qu'il doive survivre après tout. Il faudra le garder à l'œil. Désormais, notre objectif est simple : éliminer le Consortium une bonne fois pour toutes. Je peux compter sur vous en dépit des risques ?

— J'ai déjà entendu des questions stupides, mais je suis tellement content que tu le demandes… dit Avi.

Le regard de Franck confirma son soutien.

— Nous avons passé les derniers jours à courir derrière le Consortium, déclara Eytan en allumant un cigare sous les yeux réprobateurs de ses amis. Désormais, nous reprenons la main.

— Je sens que ça va être brutal, dit Avi.

Eytan sourit, d'un sourire si carnassier qu'il inquiéta ses compagnons.

Eytan et ses amis parviendront-ils
à éliminer le Consortium ?
Quelle sera la riposte
de la mystérieuse organisation ?
À suivre…

———

11982

Composition
NORD COMPO

Achevé d'imprimer en Slovaquie
par NOVOPRINT SLK
le 11 septembre 2018.

Dépôt légal : octobre 2018.
EAN 9782290155080
OTP L21EPNN000428N001

ÉDITIONS J'AI LU
87, quai Panhard-et-Levassor, 75013 Paris

Diffusion France et étranger : Flammarion